Library

編小説集

平凡社ライブラリー

Heibonsha Library

病《やまい》短編小説集

E.ヘミングウェイ、W.S.モームほか著
石塚久郎監訳

平凡社

本著作は平凡社ライブラリー・オリジナル版です。

目次

1　消耗病・結核

村の誇り

ワシントン・アーヴィング／馬上紗矢香 訳

狼よ、吠えないでおくれ。
フクロウよ、甲高く鳴かないでおくれ、墓の周りで翼を羽ばたかせないでおくれ！
荒れ狂う風や嵐よ、柔らかく甘美な埋葬の土を枯渇させにやって来ないでおくれ！
愛よ、ただ春の如くこの墓をずっと元気に保っておくれ。

――ヘリック〔イングランドの詩人ロバート・ヘリック（一五九一―一六七四）の「エフタの娘の葬送歌」第十二連〕

かつてイングランドの人里離れた田舎をあてもなく歩いていた時のことであった。脇道をずっと進んでいくと人目につかない田園地帯に行き着いた。そうしてある日の午後、とある村に到着した。村には田舎特有の美しい風景が広がっていた。村人たちはみな素朴で飾り気がなく、大通り沿いの村人とはまるで違っていた。私はそこで一晩を過ごすことにし、早めに夕食を済ませると、あたりの景色を楽しむために散歩へ出かけた。

すると、旅人にはよくあるように、私の足も村からほんの少し離れた教会へと向かっていた。

確かにこの教会には好奇心を掻き立てるものがあった。古い塔には蔦の葉がぎっしり生い茂っていて、新緑の隙間からわずかに見えるのは、建物を支えるために突き出た補強壁、灰色の壁の角、風変わりに彫刻された飾りのみだった。その日は素晴らしい夕暮れであった。朝のうちは曇っていて小雨がぱらつくこともあったが、午後になると晴れ上がった。どんよりとした雲がまだ頭上を覆っていたが、西の方には金色に輝く空が広がっていた。沈みゆく太陽の光が差すと木の葉の滴が輝き、太陽に照らされた自然はみな憂いに満ちた微笑みを見せた。それは善良なキリスト教徒が、現世の罪や悲しみに微笑みかけ、この世を去る時に見せる穏やかな最期の姿のようであった。あの世では栄光に包まれ復活するに違いないと信じながら迎える最期の姿だ。

私は土に埋もれかかった墓石に腰を下ろし、物思いに耽る者たちがそうするように、昔懐かしい風景や古い友達――遠方の友達や今は亡き友達――に思いを馳せた。そうやって憂鬱な思いに浸っていると、喜びよりもずっと甘美なものが感じられた。近くの教会から鐘がときおり鳴り響くのが耳に入ってきた。鐘の音色は私の情感を邪魔するどころか、目の前の光景と一緒になって、むしろその情感と調和した。程なくして気が付いたのだが、その鐘の音は墓の新たな住人を弔うための音に違いなかった。

やがて葬列が村の草原を横切るのが見えた。葬列は小道に沿ってゆっくりと進んでいたが、見えなくなったと思ったら、また垣根の隙間から現れ、しばらくして私が座っている墓石の横を通り過ぎた。棺は白い服を着た若い娘たちによって支えられていた。棺の前を十七歳くらいの娘が白い花々で作られた冠を抱えて歩いていたが、これは故人が若くして亡くなった未婚の乙女であることを意味していた。棺の後には両親が続いていた。彼らは農民の中でも地位が高い立派な夫婦であった。父親は感情を抑えているようだったが、一点をじっと見つめる眼差し、しかめられた眉、そして深い皺の刻まれた顔を見れば、いかに彼が苦悶しているかが分かった。妻は夫の腕にもたれかかり、娘を失った母の悲しみから、ひくひくとしゃくりあげて泣き崩れていた。

私はその葬列を追って教会へと入って行った。棺は中央の通路に置かれ、白い花冠は白い手袋とともに故人がかつて座っていた座席にそっと掛けられていた。

葬式の重々しい物悲しさは誰もが知っているはずだ。愛する人の葬儀に参列したことがない幸せ者などいるだろうか。その葬儀が、このように人生の最も輝いている時期に旅立って行った美しい無垢な亡骸のためのものならば、これほど痛ましいことはこの世にはあるまい。葬送は簡素だが非常に厳かなものだった。「土を土に——灰を灰に——塵を塵に！」と唱えながら、故人の若い仲間たちの涙は堰を切ったように止めどなく流れていた。父親は依然として自分の感情と格闘しているように見えたが、死者はきっと神のみもとに召され祝福されるのだからと自らを慰めているようであった。しかし、母親は自分の娘はまるで野に咲く一輪の花で、花盛りの真っただ中に摘み取られて萎《しお》れてしまったとしか思えなかった。彼女はラケルのように「子供の死を嘆き悲しみ、慰められることはない」〔「エレミヤ書」三十一・十五、「マタイによる福音書」二・十八〕のだ。

宿に戻ろうとした際、私は故人の人生の一部始終を聞くにいたった。それはどこにでもある、よく耳にする話であった。亡くなった娘は美しく、この村の誇りだった。父親は元々裕福な農夫であったが、やがて貧しい暮らしになってしまった。娘は一人っ子で、ほとんど家の中で暮らし、質素な田舎で大事に育てられた。彼女は村の牧師の教え子で、教会の若い信者たちの中でも牧師のお気に入りであった。心優しい牧師は親身になって彼女の教育の面倒を見たが、牧師の教育は彼女が生活する領域にふさわしいものに止まった。というのも、牧師は彼女を身分にふさわしい装飾品のように仕立て上げることだけを望み、それ以上の教育は必要ないと考えたのだ。彼女は両親の優しさと寛大さに恵まれたこともあり、日常の細々とした仕事は何もしなくてよかったので、生来の気品と繊細さに、華奢で美しい容姿ともども一段と磨きが掛かっていった。彼女が姿を現すと、庭園に咲くべきか弱い花が間違って野原の雑草の中に咲いてしまったかのように感じられた。

友人の誰もが彼女の並外れた魅力を認めたが、誰もその魅力に嫉妬することはなかった。控えめで礼儀正しい態度と人を惹き付ける優しさが遥かに勝っていたからだ。次の詩歌はまさに彼女のことを歌っているかのようである。

緑豊かな田舎に今まで放たれた者たちの中で
生まれが卑しいのにこんなに美しい娘はいない。
彼女の行いも様子も身分以上のものが感じられ、
このような場所にはおよそ似つかわしくない気品がある。

〔シェイクスピア『冬物語』第四幕第四場一五六―九行〕

この村は人里離れた所にあり、今もなおイングランドの古い風習の名残りをとどめていた。村では田舎の祭りや休日の娯楽が行われていたし、かつて流行した五月祭の習慣が辛うじて残っていた。実のところ、今の牧師がこうした風習を残すようにと働きかけたのだ。彼は古い慣習が大好きだった。世俗的な楽しい慣習を奨励することで、善意ある人々が増えるのであれば、キリスト教徒としての自分の使命を全うできると素直に考えていた。毎年牧師の指示によって、五月柱《メイポール》が村の草原の真ん中に立てられ、五月一日には花輪やリボンで飾られた。そして昔のように五月の女王が任命され、競技会の主役を務めたり、賞品と報酬の分配を行ったりした。絵のように美しい村の風景と奇抜な田舎の祝祭は、時々やって来る訪問者たちの関心を引いたものであった。とある五月祭の日のこと、訪問者の中にある青年将校がいた。彼の連隊がその頃近隣に滞在していたのだ。彼は祭りの華やかな行列に漂う素朴な風情に魅了されたが、何よりも彼を惹き付けたのは、まるで咲き始めたばかりのような五月の女王の美しさであった。その女王は村人たちのお気に入りで、頭に花冠を載せ、少女の恥じらいと喜びが美しく混ざり合った表情をして、頬を赤らめ微笑んでいた。素朴な田舎の気質も手伝って、彼はすぐさま彼女と知り合いになり、よく考えもせずに彼女に言い寄った。青年将校たちが純粋な田舎娘を弄ぼうとしてとかくやりがちな手だ。

彼の口説き文句には、驚かせたり警戒心を抱かせるようなことなど何もなかった。彼は愛について一言も口にしなかった。だが、言葉よりも雄弁に、愛をうまくしっかりと相手の心に伝える方法がある。目の輝き、声の調子、言葉や表情や振る舞いの一つ一つから溢れ出るたくさんの優しさ。こういったものこそ実に雄弁に愛を語り、しっかりと相手の心に愛を伝えるのだが、とても言葉では言い表せない。こんな方法を使われたら無理もあるまい。乙女の無邪気で多感な心はいとも簡単に彼のものとなっていた。そう、彼女はほとんど気付かぬうちに恋に落ちていた。情熱は日に日に強くなっていき、思考や感覚はすべて奪い取られた。この情熱は一体何なのか、これからどうなってしまうのかなどと考える暇もなかった。実際、彼女は将来のことなど考えもしなかったのだ。彼と一緒にいると、容姿や言葉にすっかり夢中になっていたし、彼がいない時も、会っていた時のことばかり思い浮かべているのだった。彼女は彼と一緒に近くの緑豊かな小道や田園の中をあちこちと歩き回った。彼は自然の中に新たな美を見出すことを彼女に教え、教養のある洗練された人々が使う言葉で語りかけ、ロマンス小説や詩歌の魅力を耳元でささやいたりした。

おそらく男女の間において、この無垢な娘の情熱ほど純粋なものはないだろう。最初に彼女を魅了したのは、彼女を崇拝する青年将校の雄々しい容姿と立派な軍服姿だったかもしれないが、彼女の心を奪ったのはこういったものではなかった。彼女の気持ちは崇拝のようなものに近く、彼が遥か高い次元にいるかのように尊敬していた。彼と一緒にいると、生まれながらの繊細で詩的な心が激しく高ぶるのだった。そして今、彼女は目覚め、初めて自然界の美と荘厳さを鋭く感じ取ったのである。彼女には身分や財力といった卑しい区別などまるで気にならなかった。彼を尊敬したのは他でもない、慣れ親しんだ田舎の人々にはまったく見られないその知性や振る舞い、そして行儀の良さであった。彼女はいつもうっとりとして彼の話に耳を傾けていた。喜びを隠すかのように伏し目がちに聞き入っていたが、その頬は興奮してぽっと赤くなっていた。あるいは、恥ずかしがりながらも尊敬の眼差しを思い切って彼に注いでみても、すぐに目を逸らしてしまい、彼に比べて自分はなんて卑しいのだろうとため息をついて赤面するのであった。

彼女の恋人も同じように気持ちが高ぶっていたが、彼の情熱には俗な感情も混じっていた。もともと彼は気まぐれに彼女を誘ったのだった。というのも、同僚の将校たちが村の娘たちを口説き落としたとよく自慢するのを耳にして、気骨ある男として名を上げるには、こうした武勇伝の一つや二つくらい経験しなければと思っていたからだ。しかし、情熱家の彼にそんなことはできなかった。方々をさすらい自堕落な生活を送っていたからと言って、冷淡で自分勝手な人間にはなっていなかった。自分が彼女の心を燃え立たせようとしていたまさにその炎が自分の心に火を点け、自分が今どんな状況にあるのかも忘れて、彼女を本気で愛してしまったのである。

彼はどうすべきだったのだろうか。昔からこういう浅はかな恋愛には次から次へと障害が起きるものだ。彼の社会的地位、結婚は同じ階層の人をつなぐものであるという偏見、そして結婚が高慢で頑固な父親の一存によるということ――こうしたことを考えると、彼女との結婚は諦める他なかった。――しかし、彼女はあまりにも優しく、彼に全幅の信頼を置いている無垢な存在に見えた。その純粋な振る舞い、非の打ち所がない生活態度、訴えかけるようなしとやかな表情を前にして、どんなみだらな感情も萎縮してしまった。彼は上流社会の男どもがよくやるように、女性に対して薄情な態度をとり、恥ずかしい行為で乙女の貞操を冷たくあしらえば自分の燃え上がる情熱が冷めるのではないかと考えたが、無駄であった。彼女のそばに行くと、この無垢な乙女は神秘的で落ち着いた魅力に包まれていて、そんな神聖な領域にはどんなやましい考えも入り込めないのだった。

突然、連隊に大陸に赴くようにとの命令が下ると、彼の心は混乱で一杯になった。どうすべきか決めかねて、もがき苦しんだ。その知らせを彼女に伝えられないまま、出発の日が近づいてきた。とうとう、ある日の夕方、いつものように散歩をしている途中で、その事実を彼女に打ち明けたのだった。

まさか彼と別れるなんて彼女は今まで考えもしなかった。夢のような至福の時間がふいに終わりを告げた。彼女はどうにもならない突然の不幸に見舞われたのだと感じ、子供のように無邪気に泣きじゃくるのだった。彼は彼女を自分の胸に引き寄せ、その柔らかい頰を伝って流れ落ちる涙に接吻した。彼女はそれを受け入れた。というのも、悲しみや優しさが入り混じるような時には、こうした恋人同士の愛情表現は得てして神聖化されるからだ。彼には生まれつき衝動的なところがあった。今こうして彼の胸に身を委ねている美女の姿、彼女を自分のものにしたという自信、そして彼女を永遠に失ってしまうのではないかという不安、こうしたすべてが相まって彼の善良な心を打ちのめした――彼は大胆にも彼女に家を出て人生の伴侶になってくれないかと迫ったのだった。

彼は女を誘惑することにおいてはまったくの初心者であったから、自分の卑しさに顔を赤らめて口ごもってしまった。しかし、彼女は純粋な心の持ち主だったので、最初は彼が何を言っているのか皆目見当もつかず困惑した。どうしてあの粗末な家に両親を残して、生まれ育った村を離れなくてはならないのかと。しかし、やっと純粋な彼女にも彼が何を言おうとしているのか思い浮かぶと、怖気づいてしまった。彼女は泣かなかった。非難の言葉を彼に浴びせるようなこともしなかった。彼女は一言も言葉を発しなかった。ただ毒蛇を怖がるかのように怯え尻込み、彼の心にぐさりと突き刺さるほどの苦悶の表情を浮かべた。両手をぎゅっと握りしめて苦しみを耐えたが、まるで避難するかのように両親の待つ家へと逃げ帰って行った。

将校は困惑し、自分の行いを恥じ、後悔の念を残したままその村を去って行った。混乱した気持ちのままでも落ち着いていられたのは、出発の慌ただしさで気が紛れていたからだった。景色も変わり、楽しみもまたやって来る、そして新しい出会いもある。そうこうするうちに、自責の念はどこかに行ってしまい、将校の繊細な感情は脇に追いやられてしまった。だが、軍隊生活の喧騒や駐屯地での飲めや歌えやのばか騒ぎの最中でも、隊列に並んで行進していても、けたたましい戦闘の真っただ中でさえ、彼は時々密かに田舎の村の静かで素朴な光景へと思いを馳せていた――白い田舎家――きらきらと輝く小川とサンザシの垣根に沿って続く小道、そして彼の腕にもたれ掛かり、愛する気持ちから知らず知らずのうちに瞳を輝かせ、彼の話に聞き入っているあの小さな村娘へと。

哀れな乙女が受けた衝撃は酷いものであった。理想の世界ががらがらと崩れ去ったのだ。彼女の繊細な体は、失神やヒステリックな激しい発作でうち震えた。やがて憂鬱症に陥り、恋慕に身をやつしていった。彼女はあの時、家の窓から村を去る連隊の行進を眺めていた。その中にあの不実な恋人を見つけた。彼はまるで勝利を収めたかのように、ドラムやトランペットの響きと軍隊の華やかさに包まれ、遠ざかって行った。彼女は最後に精一杯、痛々しいほどの眼差しを彼に注いだ。昇る朝日が彼の姿を照らして輝き、羽根飾りは風に揺れていた。彼の姿は彼女の視界から鮮やかな幻影のように消え去り、そして彼女は深い暗闇の中にひとり取り残された。

彼女がその後どうなったか細かく話しても退屈なだけだ。それは巷の恋物語よろしく憂鬱なものであった。彼女は人目を避け、かつての恋人とよく歩いた小道をひとりでさまよった。ひとり寂しく泣き、矢で射抜かれた鹿のように、心に突き刺さった痛々しい悲しみに浸ってふさぎ込んでいた。もうすぐ夜だというのに村の教会の玄関にぽつんと座っていることもあった。乳搾りの女たちは、野原から帰る道すがら、彼女がサンザシの小道で憂いに満ちた歌を口ずさんでいるのをときおり耳にしたのだった。教会では熱心に祈るようになった。やせ衰えていたが、顔は病的に紅潮しており、全身を覆う憂鬱さにはどこか神聖な雰囲気が漂っていた。老人たちは彼女が近づいて来ると、まるで霊的な何かを避けるかのように彼女に道を譲った。彼女の後ろ姿を見送ると、彼女にこれから不吉なことが起こるのではないかと首を振るのだった。

彼女は自分がどんどん墓場に近づいているのだと確信していたが、そこが彼女にとっての永遠の安息の住み処だと感じ、むしろ待ち遠しく思っていた。彼女をこの世に繫ぎ止めていた白銀の糸は解けてしまい、明るい太陽の下であっても、もう喜びなど何もないように感じられた。その優しい胸に恋人に対する恨みの念があったとしても、そんなものはもう消え去ってしまっていた。彼女には怒る気力すらなくなっていた。そして、悲しみに包まれた優しさがこみ上げてくると、彼に別れの手紙をしたためた。それは誰もが読めるような分かりやすい言葉で綴られていたが、その平明さゆえにかえって皆の同情を誘ったのだった。彼女は自分がもう長くはないことを伝え、彼の仕打ちがその原因であるということも隠さなかった。これまでどんなに苦しんだかまで書いた。しかし、彼を赦します、祝福しますという言葉を最後に贈り、これでやっと彼女は安息のうちに死ぬことができると綴られていた。

次第に彼女の体は衰弱し、もう外出もままならなかった。よろめきながら窓の方に辿り着くのがやっとで、そこで椅子にもたれかかり、一日中座って外の風景を眺めることが彼女の楽しみとなっていた。それでも愚痴など一切こぼさなかったし、心を蝕む病について誰にも明かしはしなかった。彼女は恋人の名前を挙げることすらしなかったが、母の胸に頭をもたせ掛けて、さめざめと泣くのだった。哀れな両親は心配な気持ちを口に出せずに、二人の希望の花が萎れていくのを見守ることとしかできなかった。彼らはその花がまた蘇ると信じていたし、時々彼女の頬がこの世のものとは思えない鮮やかなばら色に染まるのを見て、これは健康が回復している兆しだと嬉しくなるのだった。

ある日曜の午後、彼女はいつものように両親の間に座っていた。その手は両親の手にしっかりと握りしめられていた。部屋の格子窓は開け放たれていて、そこからそっと入って来るやわらかな風は、生い茂るスイカズラの芳しい香りを運び込んだ。そのスイカズラは、かつて彼女自身の手で窓の周りに蔓を絡ませたものであった。

彼女の父はちょうど聖書を読んでいるところであった。現世の儚さと天国の喜びを語っている章だった。彼女は父の朗読を耳にすると安らぎ、気持ちも落ち着いたようだった。彼女は遠くにある村の教会を見やった。夕方の礼拝を知らせる鐘が鳴ると、最後の村人が遅れて教会へと入って行った。辺りすべては安息日ならではの神聖な静けさに包まれた。両親は愛おしい気持ちで娘の顔を見つめていた。病に侵され悲しみに暮れていると顔も酷い状態になるものだが、彼女はまるで天使のような表情をしていた。その澄んだ青い瞳の中には涙が揺れていた。あの無慈悲な恋人のことを考えていたのだろうか。それとも彼女の思いは、もうすぐ自分が埋葬されることになる遠い教会の墓地の方へと彷徨《さまよ》っていたのだろうか。

突然馬蹄の音が聞こえた――一人の男が馬に乗ってこの小屋へと疾走して来たのだ――彼は窓の前で馬から下りた――哀れな娘は微かに驚きの叫び声を上げると、椅子に深く身を沈めた――その男は後悔の念を募らせてやって来た彼女の恋人だったのだ！　彼は家に駆け込み、彼女に近づいて自分の胸に抱きしめようとした。しかし、彼女のやつれ果てた姿――今にも死にそうな顔つき――とても青ざめているが、こんな状態にあってもなお美しい顔、こうしたものを目の前にして彼は打ちのめされた。そして彼は悶え苦しみながら彼女の足元に倒れこんだ。彼女は衰弱しきっていて起き上がることができなかった――やっとのことでその震える手を伸ばそうとした――唇は何かを話しているかのように動いていたが、言葉は出てこなかった――彼女は言いようのない優しい微笑みを浮かべて彼を見下ろした。そして、永遠にその目を閉じた。

これがこの村で私が集めた話の一部始終である。話の情報はあまりにも不十分だし、人に勧めるほど目新しくもないということは自分でも分かっている。奇妙な出来事や流行りの物語に熱狂する現代において、この物語は陳腐でつまらないものに映るかもしれない。しかし、当時の私には大変興味深いものに思われた。目を引く出来事が他にたくさんあるのに、ちょうど感動的な葬儀を目にしたせいか胸が強く揺さぶられたのだ。その後、私はその地を通りかかることがあり、教会を再び訪れることになったが、単に興味をそそられたからではない。再訪したのは冬の夕方のことであった。木々の葉は枯れ落ち、むき出しの教会の庭には侘しさが漂っていた。乾燥した草地を風が通り抜け、冷たい音を立てていた。しかし、村のみんなに好かれていた娘の墓の周りには常緑樹が植えられて、芝生を傷めないようにと墓の上には柳がしなだれていた。

教会のドアが開いていたので、足を踏み入れてみた。彼女の座席には葬式の日と同じように今でも花飾りと手袋が掛けられていた。確かに花は枯れていたが、塵でその白さが汚れないようにと細心の注意が払われているようであった。私はこれまでたくさんの記念碑を見てきた。そのどれもが芸術の粋を尽くし見る者の共感を誘うものだったが、この無垢なる故人のためにつくられた簡素だが優美な記念碑ほど私の心に深い感動を与えるものはなかった。

サナトリウム

W・サマセット・モーム／石塚久郎 訳

サナトリウムに入って六週間というもの、アシェンデンはベッドのなかで時を過ごした。会いにくるものなどほとんどいない。せいぜい、朝夕回診にやってくる担当医か係の看護師、そうでなければ食事を運んでくる女中ぐらいのものだ。肺結核だと分かった時は込み入った事情があってスイスへ行くことが叶わず、ロンドンの専門医のすすめで、スコットランド北部のこのサナトリウムに入ったのだった。最初の六週間が過ぎ、ようやく待ち望んだ日がやってきた。その日の朝、ベッドから出てもよいという許可が医者からおりたのだ。午後になると看護師がやってきて、アシェンデンの着替えを手伝い、ベランダまで彼を連れて行き、クッションの上に座らせ毛布をかけ、雲ひとつない空から降り注ぐ陽光を浴びるようにしてくれた。冬の真っただ中だった。丘の上に建てられたサナトリウムからは広々とした雪景色を眺望することができた。ベランダにはデッキチェアが並び、そこで入寮患者がくつろいでいた。隣の人とおしゃべりするものもいれば本を読んでいるものもいた。ときおり咳き込む患者もいるが、咳き込んだあとは心配そうに口にあてたハンカチを見るのだった。看護師は、立ち去る前にいかにも看護師らしいてきぱきとした態度で、隣のチェアで横になっている男にアシェンデンを紹介した。

「こちらがアシェンデンさんです」と彼女は言い、続けてアシェンデンに、「こちらがマクラウドさんです。マクラウドさんとキャンベルさんはここで一番長いんですよ」と言った。

アシェンデンのもう一方の隣には、青い目を輝かした赤毛のかわいい娘が横になっていた。化粧はしていなかったが、唇は赤く、頬も紅潮していた。そのせいか、肌は驚くほど白く見えた。肌の滑らかな白さは結核のせいだと分かっていても、愛らしさに変わりはない。毛皮のコートを身にまとい毛布にくるまっていたせいで体は見えなかったが、顔はひどく痩せていた。あまりに痩せているので、実際は大きいとはいえない鼻もちょっとばかり目立った。彼女はアシェンデンを親しげに見やったが話しかけはしなかった。アシェンデンも見知らぬ人々に囲まれ気まずかったので、誰かに話しかけられるのを待っていた。

「病室の外に出るのははじめてなんだろう?」マクラウドが話しかけた。

「ええ」

「何号室?」と聞かれ、アシェンデンは病室の番号を教えた。

「そいつは狭い部屋だな。部屋のことなら何でも訊いてくれ。なにせ十七年もここにいるからね。俺のはここじゃ一番の部屋だ。もらうべくしてもらった。キャンベルのやつはそこから俺を追い出して代わりに居座ろうって腹だ。出る気なんかこれっぽっちもないね。だって、俺には優先権があるんだから。キャンベルの野郎がくる半年も前にきたんだ」

寝そべっているマクラウドの背丈は異様なほど長く見える。顔の皮膚が骨にぴたりと張りつき、頬は痩せ、こめかみも窪んでいるので頭蓋骨の形状がすけて見えそうだ。痩せ細った顔に大きく骨ばった鼻が突き出て、目は異常なほど大きい。

「十七年とは長いですね」とアシェンデンは言ったが、そう言ったのは他に何も思い浮かばなかったからだ。

「時が過ぎるのはあっという間さ。ここは気に入っている。そりゃ、入って一、二年は夏になれば帰ってたけど、それも最初だけ。今はここが俺の住みかだからね。弟が一人と妹が二人いるが、三人とも結婚して家庭を持っている。俺は煙たがられるだけでね。ここで何年か過ごしてまた普通の暮らしに戻ってもどうも馴染めない。ダチにはそれぞれの生活があるし、もう前のようにつるんで何かしようなんてできない。それに世の中めまぐるしく動いている。なんでもないことに空騒ぎしている。騒々しいったらありゃしない。そうとも、ここにいる方がよっぽど楽さ。棺に入れられて運び出されるまで俺はここから一生動かないな」

時間をかけて養生さえすれば快復できると専門医から聞いていたので、マクラウドの言い分にアシェンデンは興味をそそられた。

「一日何をして過ごしているんですか?」とアシェンデンは尋ねた。

「何って、結核を患うってことは一日がかりの仕事さ。体温を計る、体重計にのる、時間をかけて身支たくをする。朝食をとって新聞を読み散歩にでかける。そしたら安静の時間がきて、ランチを食べブリッジをする。また安静の時間がきて夕食にありつく。ブリッジを少しばかり楽しんだあと就寝の時間がくるってことさ。ここの図書館はなかなかの品ぞろえで新刊も読めるんだが、本なんか読んでいる暇なんてないな。俺は人と話す。いろんな人に出会えるからね。連中はここにやってきては出ていく。病気が治ったと思って出ていくやつもいるが、たいていはここに舞い戻る。死んでいなくなるやつもいる。これまで大勢の最期を見てきたよ。この世とおさらばする前にまだまだ見るだろうな」

アシェンデンの隣に座っていた娘が話に割り込んだ。

「霊柩車を見てあんなにうれしそうに笑う人は、マクラウドさんの他にまずいらっしゃらないわ」

マクラウドはくすりと笑った。

「それはどうか分からないが、本心はみんなこう思ってる。霊柩車で運ばれるのはあいつで、この俺じゃない。ああ、よかったってね。これが人の性《さが》だな」

マクラウドは、このかわいらしい娘をアシェンデンが知らないのに気づき、彼女を紹介した。

「ああ、二人とも会うのはこれがはじめてかな。こちらがアシェンデン氏。こちらはミス・ビショップ。イングランド生まれだが、なかなかいい子だ」

「ここにどれくらいいらっしゃるのですか?」とアシェンデンは尋ねた。

「まだ二年ですの。この冬が最後になります。レノックス先生がおっしゃるには、あと数ヶ月もすれば快復するから家に帰れるでしょうって」

「それは愚かってもんだな」とマクラウドは言った。「いや、のんびり暮らせる所にいなさいっていうことだ」

とその時、一人の男が杖をつきながらベランダの方にゆっくりと歩いてきた。

「あら、テンプルトン少佐だわ」とミス・ビショップは言い、にっこり笑って青い目を輝かせた。テンプルトン少佐がやってくると、「またお目にかかれてうれしいわ」と声をかけた。

「なんてことはなかったんです。ただの風邪でしてね。もうすっかり元気です」

この言葉を言い終えるが早いか彼は咳き込みだした。杖に寄りかからずにはいられなかったが、咳の発作が治まるとにこやかな笑みを浮かべた。

「この忌々しい咳はどうすることもできん」とテンプルトン。「タバコの吸い過ぎでしてね。レノックス先生にはやめろと言われているんだが、無理だな。そんなことできるわけがない」

テンプルトンは背が高く、舞台に立ったら映えそうな男だ。血色の悪い浅黒い顔に黒々としたきれいな目をして、黒い口髭はきちんと切りそろえられている。アストラカン〔アストラハン地方産の子羊の巻毛黒皮〕の襟をほどこした毛皮をはおっていた。洗練された身なりはちょっとばかり気障に見えた。ミス・ビショップはアシェンデンに彼を紹介した。テンプルトン少佐は、気さくにちょっとしたお愛想を言うと、一緒に散歩に出かけないかとビショップを誘った。彼はサナトリウムの裏の林を往復するようにと医師から指示されていたのだ。ぶらりぶらりと外へ出ていく二人の姿をマクラウドはまじまじと眺めた。

「あの二人はねんごろなんじゃないかな」と彼は言った。「結核になる前は女に手が早かったってもっぱらの噂だぜ」

「そっちの方はもうたいそうなことはできないんじゃないですか」とアシェンデンは言った。

「分かったもんじゃないぜ。ここでいろんなもめごとを何度も目にしたからね。いくら話してもネタは尽きないぜ。聞きたいかい」

「ええ、是非お聞かせください」

マクラウドはにやりとした。

「いいぜ、ひとつ聞かせてやろう。あれは三、四年前だったかな。そうとう尻の軽い美人がいてね。そいつの旦那ときたら一週間おきには彼女に会いにやってくるんだ。彼女にぞっこんでロンドンから飛行機で飛んできてたな。でもレノックス先生はお見通しでね、彼女には旦那の他にいい人がいるって睨んだ。が、それが誰だか分からないもんだから、ある晩、みんなが寝静まったあと、彼女の部屋の入り口の所に薄くペンキを塗っておいたんだ。次の日、みんなのスリッパを点検できるようにね。うまいことを思いついたもんだ。で、スリッパにペンキがついている張本人は追い出されたってわけさ。レノックス先生はそういうことにはどうしたって厳しい。悪い噂がたっちゃあ困るからね」

「テンプルトン少佐はここに来てどれくらいになるんですか?」

「三、四ヶ月ってところだな。だいたいはベッドで過ごしている。間違いなくやばいね。アイヴィ・ビショップが彼に惚れ込むようなことがあったら、大ばか者だ。快復する見込みは彼女にはある。快復した人を大勢見てきたんだから、俺には分かるさ。そいつの顔を見ればよくなるかならないかは直ぐに分かる。よくならないって時には勘をすっと働かせてあとどれくらいもつか予測する。まず、はずさない。テンプルトンはもって二年ってところだろうな」

そう言ってマクラウドは、さぐるような目つきでアシェンデンの顔を見た。アシェンデンは彼の目論見を察して面白がろうかとも思ったが、やはり不安にならざるを得なかった。マクラウドの目がきらりと光った。アシェンデンの心の内を見透かしたのだ。

「あんたは大丈夫、よくなるよ。確信が持てなきゃ、こんなこと言わないさ。患者を震えあがらせたと言ってレノックス先生に追い出されたくないからね」

すると看護師がやってきてアシェンデンを病室まで連れて帰った。一時間しかベランダに座っていなかったが体は疲れていたので、ベッドにもぐりこんだ時はほっとした。夕方になってレノックス医師が回診にやってきた。体温表をにらみこう言った。

「まあ悪くないな」

レノックス医師は小柄できびきびとした陽気な男だった。医者としてはまずまずの腕前を持ち、経営者としては優れた手腕を持った、釣りに目のない男だった。釣りの季節がやってくると患者の世話は助手に任せがちになった。患者は多少不満をこぼしたが、レノックスがお土産に持ってくる若鮭を喜んで食べた。毎日同じメニューに飽き飽きしていたからだ。レノックスは人と話すことが好きで、今もアシェンデンのベッドの端に立ち、スコットランド訛り丸出しで、今日の午後誰か患者と話をしたかと聞いた。アシェンデンは、看護師にマクラウドを紹介してもらったと答えた。レノックス医師は笑い声をあげた。

「ここの一番の古株だな。このサナトリウムと患者のことなら私よりも詳しいね。どうやって情報が彼の耳に入ってくるのか分からんが、ここの住人の私生活に関してマクラウドの知らないことはない。どんな耳年増でもスキャンダルにかけては彼の耳聡さにはかなわないな。キャンベルのことは何か言ってたかい？」

「ええ、言ってました」

「マクラウドはキャンベルを嫌ってるんだが、キャンベルも彼を嫌ってる。考えてみればおかしな二人さ。二人は十七年もここにいて、二人合わせて健康な肺は一つしかないんだよ。なのに、顔を合わせるのも嫌。私の所にやってきては相手の悪口を言う。いい加減耳を貸すのもうんざりだ。キャンベルの部屋はマクラウドの真下にあって、キャンベルがヴァイオリンを弾くとマクラウドは怒り狂う。十五年ずっと同じ曲を聞かされてるってね。キャンベルにしてみれば、マクラウドは曲の区別もつかないということになる。キャンベルのヴァイオリンをやめさせてくれとマクラウドは言うんだが、私にはどうすることもできない。だって、安静の時間に弾くのでなければ、後は好きにして構わないんだからね。マクラウドに部屋を移ったらと提案したんだが、その気はないな。彼に言わせれば、キャンベルがヴァイオリンを弾いているのは自分を部屋から追い出すためだ。マクラウドの部屋がここでは一等の部屋だからね。キャンベルにとられるくらいなら死んだほうがましだって。おかしな二人だろ？　いい年をした男二人が相手を苦しめるのを生き甲斐にしているんだから。どちらも相手を放っておくことができないんだな。食べるのも一緒、ブリッジも一緒、騒動が起きない日なんてありゃしない。常識人として振る舞わないとここから追い出すぞってたまに脅すと、ちょっとは静かになる。二人ともここから出ていきたくないんだな。ここに長くいると、気にかけてくれる人もいなくなるし、外の世界についていけなくなる。

何年か前にキャンベルが許可をもらって二ヶ月ばかり外に出たんだが、一週間で戻ってきた。外の浮かれ騒ぎには耐えられない、通りを行きかう人の群れも見ただけでぞっとするって言ってね」

アシェンデンは奇妙な世界に迷い込んだと感じた。しかし、彼の体は徐々に快復し、入院患者ともうちとけて話すようになっていた。ある朝、これからは食堂でランチをとってもよいとレノックス医師から言われた。食堂は広々とし、天井は低く、大きな窓がスペースを占めていた。その窓はいつも開けっ放しになっていて、天気のよい日はそこから陽光が差し込んできた。若者から中年、老年に至るまで実にいろんな人たちがいるようで、一人一人見分けるのに時間がかかった。なかには、マクラウドやキャンベルのようにここに何年も居着きここで最期を迎えるはずの人もいた。ほんの数ヶ月間しか滞在しない人もいた。ミス・アトキンという名の年配の独身女性は、毎年冬にやってきて、夏になると友人か親戚の所にやっかいになる、という生活を長いこと続けていた。体のほうはすっかりよくなっていたし、退院してもなんの問題もなかったのだが、ここの生活が気に入っていたのだ。サナトリウム生活が長かったミス・アトキンは、名誉図書館員というそれ相応の地位を得ていて、看護師長と特に親しかった。彼女といると誰もがつい噂話をしてしまうのだが、話が筒抜けだということを直ぐに思い知らされた。これはレノックス医師にしてみれば好都合だった。患者らが互いに仲良くやって満足していることや、無分別なことには手を出さず自分のいいつけを守っている、といったことを知りたかったからだ。ミス・アトキンの地獄耳に入ってこないものはほとんどなく、彼女から看護師長を経由してレノックス医師へ噂はひとっ飛びというわけだ。ミス・アトキンはベテランということでマクラウドとキャンベルと同じテーブルについた。このテーブルにはもう一人、年老いた将軍も同席していたが、彼は将軍という地位に見合った場所を得たまでだ。そのテーブルは他のテーブルとなんら変わるところはなかったし、便利な場所にあるわけでもなかったが、古株たちが座っているというだけで特等席と目されていた。年配の婦人らのなかには、年中ここにいる自分たちはどうでもいい席を与えられているのに、夏になると四、五ヶ月は必ずいなくなるミス・アトキンにそんないい席を与えるのはいかがなものかと口を尖らせるものもいた。マクラウドとキャンベルに次ぐ古株で、年のいったインド行政官もいた。在職中はインドのある州を治めていたらしい。マクラウドかキャンベルが早くくたばって、特等席が自分に回ってくるのを今か今かと待っていた。アシェンデンはキャンベルと親しくなった。背が高く骨太の男で頭は禿げていた。大変な痩せようで手足がばらばらにならないのが不思議なくらいだ。肘掛椅子にくしゃりと座った格好は人形劇の人形そっくりで薄気味悪かった。ぶっきらぼうで怒りっぽく気分やの男だ。アシェンデンに一番に尋ねたのは、「音楽は好きか?」だった。

「ええ」

「ここの連中ときたら音楽なんか知らぬぞんぜぬだ。俺はヴァイオリンを弾く。興味があるならいつか部屋にきなよ、聞かせてやるぜ」

「いくもんじゃない」キャンベルの言葉を聞いていたマクラウドが言った。「地獄だぞ」

「なんて思いやりがないの」とミス・アトキンは声をあげた。「キャンベルさんの奏でるヴァイオリンの音はとっても素敵よ」

「こんな野蛮な所に音の違いが分かるやつなんてまずいないな」とキャンベルは言った。ばかにしたような笑みを浮かべてマクラウドは立ち去った。ミス・アトキンはその場をまるくおさめようとして言った。

「マクラウドさんの言うことなんか気にしちゃだめよ」

「気にするもんか。しっぺ返しを食わせてやるよ、絶対にね」

キャンベルはその日の午後中ずっと同じ曲を弾き続けた。マクラウドは床をドンドン蹴ったが、キャンベルはやめなかった。マクラウドは女中を介して、「キャンベル殿、頭痛がするのでどうか弾くのをやめてもらえぬか」というメッセージを送った。キャンベルの返事は、自分はヴァイオリンを弾くまっとうな権利を有している、マクラウド氏がよしとしないならじっと我慢するしかあるまい、というものだった。次に会った二人は激しい言葉でやり合った。

アシェンデンのついたテーブルには、美しいミス・ビショップにテンプルトン少佐、それにロンドンからやってきた会計士のヘンリー・チェスターという男がいた。チェスターは痩せて小柄だが肩幅が広くがっしりとした体軀で、どうみても結核に罹るとは思えない筋骨たくましい男だった。実際、結核は彼にとって青天の霹靂だった。どこにでもいる平凡な男で、歳は三十代半ばといったところ、結婚して二人の子供もいる。閑静な郊外に家を持ち、ロンドンのシティにある会社に出勤して朝刊を読み、シティから家に戻って夕刊を読むという毎日を送っていた。仕事と家族を除けばこれといって関心ごとはなかった。仕事は好きだ。快適な暮らしをするのに十分な稼ぎを得、貯金も毎年そこそこ蓄えていた。土曜の午後と日曜はゴルフをし、毎年八月は三週間の休暇を取って東海岸のお決まりの場所で過ごした。子供らが大きくなり身を固めたら仕事を息子に継がせて、妻と一緒に田舎のこぢんまりとした一軒屋で隠居生活でもと考えていた。老いて死が迎えにくるまでそこでのんびり暮らそうと。これが彼の望む人生であり、それ以上は何も望んではいなかった。それは何千何万という同胞がよしとする人生だ。つまるところチェスターはどこにでもいる普通の市民だった。あの不幸が降りかかるまでは。ゴルフをしている最中に風邪をこじらせ、それが肺にきたようだ。咳がとまらずどうすることもできなかった。普段から頑強で元気いっぱいの男だったので医者には用はないと思っていた。だが、妻がうるさく言うものだから、とうとう医者に診てもらうことにした。下された医者の診断に衝撃を受けた。かなり大きな衝撃といってよかった。両肺に結核結節が見つかり、今すぐにでもサナトリウムへ入らなければ生きる望みはないとまで言われたのだ。彼を診た専門医が言うには、数年サナトリウムで過ごせば仕事に復帰できる見込みはあるとのことだったが、すでに二年が経過していた。レノックス医師は少なくともあと一年は復帰など考えない方がいいと助言していた。彼は痰から採取したバチルス菌や、X線写真で肺に進行性の結核の影があるのを見せてくれた。チェスターの心は折れた。それは運命が仕掛けた残酷で不当な仕打ちのように思えた。放埒な生き方をしてきたならば納得もできよう。暴飲したり女遊びをしたり夜更かしをしていたならば自業自得だが、そんな生活に無縁なチェスターにとってこれは不公平もいいところだ。彼にはこれといった趣味もなく、読書にも興味はなかったので、あとは健康のことだけを考えるしかなくなった。健康は彼の強迫観念となった。自分の病状を観察しては不安がった。日に何度も体温を計るものだから、体温計を取りあげられることもあった。自分の容態に医者はあまりに冷淡すぎると思い、注意を引くためにどんな手を使ってでも体温計をびっくりするほど上げようとした。計略が失敗すると機嫌をそこね不平たらたらになった。とはいえ、元来は陽気で明るい性格なので、自分のことを忘れている間は楽しく話したり笑ったりした。そうしていると今度は急に自分が病人なんだということに気づき、死の恐怖で目を曇らせるのだった。

月の終わりになると決まってチェスターの妻がやってきて近くの民宿に一日二日滞在した。レノックス医師は近親者が見舞いにくるのをあまり歓迎しなかった。患者を興奮させ情緒不安定にするからだ。ヘンリー・チェスターが妻の来訪を今か今かと心待ちにする姿は見るものの琴線に触れたが、不思議なことに妻が姿を現す段になるとチェスターは思ったほど喜んではいないようなのだ。チェスター夫人は愛想のいい陽気で小柄な、きれいというよりもこざっぱりとした、夫よろしくごく普通の人間だった。彼女を見れば、彼女がいかによき妻でありよき母であるか、そして健気な主婦であるかがすぐ分かった。気立てのいい寡黙な女性で、すべきことをなし他人のすることには一切口出ししないということも一目で分かった。長年の退屈な家庭生活にもさして不満に思うことはなかった。映画を見に行くことが彼女の唯一の気晴らしで、ロンドンの大型店のセールに胸をときめかせた。そんな生活が退屈だとは夢にも思わなかった。全くもって満足していたのである。アシェンデンはそんなチェスター夫人のことを気に入っていた。夫人の無駄話を身を乗り出して聞いた。子供のことや郊外の家のこと、近所の人やちょっとした趣味のことなどだ。ある時、通りでばったり夫人に会うことがあった。夫は治療のためベッドに寝ていなければならず、彼女は一人だった。アシェンデンは一緒に散歩でもしませんかと夫人を誘った。雑談を少しばかり交わしたあと、夫人は急にこう切り出した。夫のことをどう思っているかと。

「快復に向かっていると思いますが」

「すごく心配ですの」

「ご存知のように、快復まではのろのろと時間がかかります。辛抱しなければいけません」

しばらく歩いて夫人を見ると彼女は泣いていた。

「ご主人のことであまり心配なさらなくとも」とアシェンデンは優しい言葉をかけた。

「お分かりにならないのね。私がここにきてどんなに我慢しなければならないかって。こんなこと話しちゃいけないのは分かっているのよ。だけど聞いてほしいの。あなたのこと信じていいわよね」

「もちろんです」

「夫のことは愛しているわ。心の底からね。夫のためならなんでもできるわ。喧嘩なんて一度もなかったし、どんなささいなことでも意見は一致したのに。それがここにきて私のことを憎み出したの。それで悲しくなって」

「ちょっと信じられませんね。いいですか、ご主人は奥さんがここにおられない時はしょっちゅう奥さんのことを話してます。これ以上ほめられないいんじゃないかってくらいにね。奥さんにぞっこんなんですよ」

「私がここにいない時はね。ここにいる時は別なのよ。健康で丈夫な私の姿を目にしたとたんに様子が一変するの。自分は病気なのにおまえは健康だってことがひどく腹立たしいのね。自分は死ぬんじゃないかと気が気でない。なのに私は生き続けるから憎たらしく思うの。うっかりしたことを言わないようにいつも気をつけなきゃいけない。子供のことも、将来のことも、私が口を開けばいつも夫は激昂して、私を傷つけるような毒舌をはくのよ。家のあれこれを変えなくちゃとか女中を変えなくちゃって言うと我慢ならないとばかりに怒り出して。俺はおまえにぞんざいに扱われているって愚痴るの。昔はお互い好き同士だったのに、今は二人の間に憎しみという厚い壁ができたみたい。責めちゃいけないってことは分かってるの。そうなるのは病気のせいだってことも。あの人は本当は穏やかな人よ。思いやりも人一倍強くって。普通だったらあの人くらい付き合いやすい人はいませんよ。でも今は正直、ここにくるのが怖くて帰る時はほっとするの。私が結核になったら夫はひどく心配するでしょうね。でも心の底ではほっとしているはずよ。私も死ぬんだと思ったら、私のことも運命も許すことができるんでしょうね。俺が死んだらおまえは何をするんだって言って私を苦しめることもあるわ。そんなこと言うのはやめて頂戴ってヒステリックに声をあげると彼はこう言うの。俺はもうじきあの世にいっちまうのに、おまえはこれから何年も何年も生き続けておいしい思いをする、それなら俺も楽しい思いをちょっとはしたっていいじゃないかって。たまらないわ、二人が長い年月をかけて育んだ愛情がこんなみすぼらしい惨めな形で台無しになってしまうなんて」

チェスター夫人は道端の石の上に腰を降ろし、おいおいと泣いた。アシェンデンは彼女のことを可哀そうに思ったが、慰めになるような言葉をかけることができなかった。今まで聞いた話は全くの驚きというわけでもなかったのだ。

「タバコを一本くださらない?」彼女はやっと口を開いた。「目が真っ赤。こんなに腫らしちゃダメよね。泣いてたってヘンリーに気づかれるわ。悪い知らせを聞いたからだって勘違いするでしょうからね。でも死ぬのってそんなに恐ろしいこと? 誰もがあれほど死を恐れるもの?」

「なんとも言えませんね」とアシェンデンは言った。

「母が死ぬ時はこれっぽっちも死ぬことを怖がってなかったようです。運命だって悟っていたんでしょう。死ぬのを笑いのネタにしてました。まあ、いい歳だったけど」

チェスター夫人は気を取り直してアシェンデンと一緒に再び歩きはじめた。しばらく歩いたがどちらも押し黙ったままだった。すると夫人が沈黙を破ってこう言った。

「今の話でヘンリーのことを悪く思わないでね」

「もちろんですとも」

「夫はよき伴侶でよくできた父親でした。これほどいい人は他にいないわ。あの病に侵されてからなの、薄情で心ないことがあの人の頭をよぎるようになったのは」

チェスター夫人とのやりとりはアシェンデンを考え込ませた。彼は人間の本性を軽く見過ぎているとよく言われる。それは、周りの人間を世間のものさしで測ることがあまりないからだ。人が落胆するようなことでも彼は笑みをうかべ、涙を一粒流し、肩をすくめるだけで受け流した。それでも、どこにでもいるようなお人よしのあの男が、あんな意地の悪い、卑しい考えを抱いているとは思ってもみなかった。しかし、人がどんな深みに落ち込みどんな高みに引き上げられるかなんて誰にも分からない。ヘンリー・チェスターの問題は貧弱な理想しか抱けなかったことにあった。彼はこの世に生まれ落ち、月並みな人生の浮き沈みとやらに晒されながら、その人生を歩んだ。予期せぬ事態が彼の身に降りかかった時、どうにも対処する術を持ち合わせていなかったのだ。チェスターはいわば一塊のレンガで、巨大な工場で製造された何百万もの他のレンガ同様に本来の目的を果たすはずだったのに、何かの拍子に傷がつき使いものにならなくなったようなものだ。レンガも魂というものを持ち合わせていたならこう叫んだかもしれない。何か悪いことでもしたっていうのか？　このささやかな目的を果たすこともできずに、共に支えあった仲間から引き離されてゴミの山に捨てられるなんて、と。ヘンリー・チェスターが哲学を持っていなかったとしても彼を責めるべきではない。そうした哲学があれば災難を耐え甘んじて受け入れることができたかもしれないのだが、誰もが芸術や思想に慰みを見いだせるわけではないのだ。彼のようなつましい人間が、希望のよりどころとなる神への信仰を失い、この世では叶えられない幸福をもたらす復活への信念を失い、代わりとなるものを見いだせないでいるのは、現代の悲劇である。

苦しみは人を高貴にすると言われる。いやそうではない。概して苦しみは人を狭量で愚痴っぽく、そしてわがままにする。ところがこのサナトリウムでは苦しみはそれほどひどくはなかった。結核がある段階まで進むと微熱が出るが、患者はそれによって気が滅入るというよりむしろ興奮する。結果、結核患者の感覚は鋭敏になり、胸は希望で高揚し、将来のことも明るい目で見るようになる。それでも死の想念は患者の意識下にとりついて離れない。それは、軽快なオペレッタに水を差すように流れる主題歌なのだ。心地よく陽気に流れるアリアやダンス曲がときにどういうわけか喜劇から悲劇へと転調し、聴くものを不安にさせる。そうなると毎日のささいな興味、ちょっとした妬み、つまらない心配などは取るに足らないものになる。憐憫と恐怖がずっと心臓の鼓動をとめ、熱帯の嵐の前の静けさがジャングルに重く垂れこめるように、死の恐怖が重くのしかかる。アシェンデンがサナトリウムに滞在してしばらくすると、二十歳の若者がやってきた。若者は潜水艦に乗り海軍中尉という地位にあったが、昔の小説によく登場した「奔馬性肺結核」というものに罹ってしまった。背が高くハンサムで、茶色い巻き毛と青い瞳をした、とびっきり素敵な微笑みを浮かべる青年だった。アシェンデンはこの若者がテラスで寝そべって陽光を浴びているところに二、三度出会い、昼間のひと時を彼と一緒に過ごしたことがある。彼は陽気な若者だった。よくミュージカルや映画のスターの話をし、新聞を眺めてはサッカーの試合の結果やボクシングの情報を得ていた。しばらくして若者はベッドに戻され、アシェンデンは彼の姿を見かけなくなった。身内が呼ばれ、その二ヶ月後、彼は死んだ。何の不満も言わずに死んでいった。彼が死んで一日やそこらはサナトリウム中になんとも落ち着かない雰囲気が漂った。刑務所で罪人が絞首刑に処された時に広がるあの不安感だ。でもそれが過ぎれば、示し合わせたかのように自己保存の本能が働いて若者のことは忘れ去られ、いつもの日常がはじまった。毎度毎度の食事、ミニコースを使ったゴルフ、口喧嘩や妬み、人の悪口やつまらない苛立ち、などだ。マクラウドの怒りを買いながらも、キャンベルはヴァイオリンで「勝利の歌」や「アニー・ローリー」〔スコットランド民謡。クリミア戦争に出征した兵士の間でも歌われた歌謡〕を弾き続けた。マクラウドは相変わらずブリッジの腕前を自慢し、他人の病状や素行についてあれこれ噂をしてまわった。ミス・アトキンも陰口をたたくことをやめなかった。ヘンリー・チェスターは医者の注意が依然不十分だと不平を言って運命をののしった。模範的な生活を送っていたのに、運命のやつはこんな汚い手口で自分をもてあそんでいると。アシェンデンは読書を続け、同胞のこうしたとっぴな行為の数々を鷹揚な心で眺め楽しんだ。

　アシェンデンはテンプルトン少佐と懇意になった。テンプルトンの歳は四十をちょっと過ぎたくらいのようだった。近衛歩兵連隊に所属していたが、戦後その任務から身を引いていた。かなりの資産家で、軍を離れてからはどっぷりと快楽に溺れる生活を送っていた。競馬の季節になれば競馬をし、狩猟の季節になれば猟銃片手に鳥を狩り、狐狩りの季節になれば狐を狩る。それが終わればモンテカルロに行った。アシェンデンは彼からバカラで莫大な金額を儲けたりすったりした話を聞かされた。テンプルトンは大の女好きなのだが、彼の話を信じれば女たちも彼に首ったけのようだった。うまい食べ物とうまい酒をこよなく愛した。ロンドンでご馳走を出してくれるレストランならどこでも知っていて、店のボーイ長をファーストネームで呼んでいた。クラブも六つ入っていた。何年もの間、無意味で手前勝手で無益な人生を送っていた。それは未来永劫、他人にはまねのできない類の人生だったが、テンプルトンは将来の心配もどこ吹く風と人生をこころゆくまで楽しんでいた。アシェンデンは人生をやり直せるならどうするか彼に聞いたことがあった。彼の答えは全く同じことをするね、だった。話がうまく気さくで、皮肉を言っても悪い気はしなかった。物事の皮相な部分しか知らなかったが、それを軽快に自信たっぷりに話してみせるのだった。サナトリウムにいる野暮ったい独身女に歯の浮くような言葉をかけ、短気な老紳士方には冗談をひとことかけてやるのが常だった。上品さと生まれながらの親切心を持ち合わせた男ならではのことだ。お金をもてあましている輩が住むうわべだけの社会のなかで自分がどう振る舞うべきかわきまえていた。彼にとってそれは、高級住宅街のメイフェアで道に迷わないのと変わらなかった。賭けには進んで加わり、友だちには喜んで助けの手をさしのべ、浮浪者の前を通れば十ポンド恵んでやるのを忘れない、テンプルトンはそんな類の男だ。人の役に立つようなことはやっていなかったが、大きな害を与えるようなこともしていない。結局のところ彼はつまらない人間なのだ。だが、彼と一緒にいると誰といるよりも愉快になる。立派な品性を持った人や賞賛すべき性格の持ち主がまとめてかかってきても、この点では彼に敵わなかった。テンプルトンの具合はひどく悪くなっていた。死が近いことは彼も気づいていた。死ぬことが分かっていても、今までの態度を変えず、飄々と笑ってすますのだった。とんでもなく楽しい時間を送ってきたのだから、悔やむことなど何もない。結核になったのはとても運が悪かった。でもそれがどうしたっていうんだ。永遠に生きられる人間なんていないし、考えてみれば、戦争で死んでいたかもしれない、クロスカントリー競馬で首の骨を折っていたかもしれないのだ。彼の人生の指針はこうだ。下手な賭けをしたら金を払って忘れろ。これまでの勝敗は五分五分だったから、いつ終わりにしてもよかった。勝ち続けているうちは恐ろしく楽しいパーティだったが、どんな楽しいパーティでもいつかは終わる。だから、一晩中遊んで朝帰りしようが、楽しみの真っ最中に抜けようが、次の日になればたいして変わりはないのだ。

道徳的な観点からすれば、テンプルトンはサナトリウムの患者のなかで恐らく最低の人間だが、避けられないものを悠然とした態度でしかと受けとめられるのは彼だけだった。彼は、死神に向かってパチンと指をならしたのだ。彼の軽率な行動を不謹慎だとも、その無頓着を堂々としたものだとも言うことができよう。

ところが、サナトリウムにやってきたテンプルトンに思いがけないことが起きた。今まで経験したこともないほど深い恋に落ちたのだ。浮名は散々流してきたが、みな遊びの恋だった。そしてどの恋にも満足していた。金目当てのコーラスガールと社交辞令的な関係を持った時も、ハウス・パーティで出会った尻の軽い女とつかの間の恋に落ちた時もだ。女に溺れて自由を失うようなことは避けようと肝に銘じてきた。人生に目的があるとすればただ一つ、できる限り人生を楽しもうということだったので、セックスに関しても相手が次から次へと変わるのは楽しい限りであり何の不都合も感じなかった。今でもテンプルトンのこの女好きは変わらない。かなりの歳の女性でも話しかける時はいつも優しい目と甘い声を欠かさなかった。女性が喜ぶことなら何でもやる用意はできていた。女性の方もテンプルトンが自分に関心を持っていることを知っていたし、彼におだてられて気分も上々だった。とんだ見当違いだが、テンプルトンが自分を捨てることなどあるまいとたかをくくっていた。テンプルトンの言葉のなかでこれは鋭いとアシェンデンが感じたセリフがある。

「男はどんな女でもものにすることができる、死ぬ気でやればね。そいつはたいしたことじゃない。でも一旦女をものにしたら、女を知り尽くしている男でなきゃ、女の心を傷つけずに別れるなんてできないね」

テンプルトンがアイヴィ・ビショップを口説いたのは単なる習慣からだった。彼女はサナトリウムのなかでは一番美しく一番若かった。実のところ、アシェンデンが当初考えていたほど彼女は若くなく二十九歳だった。しかし、この八年というもの、スイス、イングランド、スコットランドとあちこちのサナトリウムを転々とし、隔離された養生生活を送ってきたおかげで若々しいままだった。二十歳だと見られてもおかしくなかった。世の中のことをこうした環境のなかで学んできたから、極端に無邪気なところと極端に世間ずれしたところが彼女にはあった。恋愛沙汰も今まで何度も目にしてきた。いろんな国の男が言い寄ってきたが、男たちの甘い言葉に持ち前の冷静さとユーモアで対処した。だが、男どもが一線を越える気を見せようものなら、がんとした態度をここぞとばかりに示すのだった。ビショップ嬢の気の強さは人の予想を超えるものだった。というのも、花のように可憐な彼女がいよいよという時になると、冷静で端的に、しかも有無を言わせぬ口調で自分の気持ちを相手に伝えたからだ。彼女はジョージ・テンプルトンとの戯れの恋を楽しむ気は十分にあった。テンプルトンとの恋はゲームであって、いつも彼に愛嬌をふりまいているが、それは冷やかし半分でやっているに過ぎず、テンプルトンの正体は分かっているので、彼との恋愛でやけどをするようなことはしないという態度をはっきり見せていた。アシェンデン同様、テンプルトンは毎夕六時に病室に戻りそこで食事をした。アイヴィとは昼間しか会えなかった。連れだって散歩に出かけることもあったが、それを除けば二人だけでいる時間はめったになかった。昼食時の会話はアイヴィ、テンプルトン、ヘンリー・チェスターとアシェンデンの四人で交わされるのが常であったが、明らかにテンプルトンはアイヴィだけを意識してこそとばかりに面白可笑しい話をするのだった。アシェンデンには、テンプルトンがアイヴィとお遊びの恋をやめ真剣に付き合おうとしているように見えた。テンプルトンの彼女に対する感情がずっと深まっているのだ。だが、アイヴィがテンプルトンの心情の変化に気づいているのかも、それが彼女にとってなにか意味があるのかも分からずにいた。テンプルトンがその場にふさわしくないなれなれしい言葉を思い切って口にした時はいつも、彼女の皮肉まじりの一言で切りかえされ一同の笑いを誘うのだった。だが、テンプルトンの笑いだけは哀れに感じられた。もう自分をプレイボーイだと思ってほしくなかったのだ。アシェンデンはアイヴィ・ビショップのことを知れば知るほどますます好きになった。透き通るように美しい肌、驚くほど大きな青い瞳に瘦せ細った顔。こうした彼女の病的な美しさにはどこか哀愁を誘うところがあった。彼女の境遇にもなにか哀れなところがあった。サナトリウムの患者がたいていそうであるように、一人ぼっちのように見えたからだ。彼女の母親は社交界で忙しい日々を送っていたし、姉妹は結婚していた。母も姉妹も離れ離れになってもう八年になるので、この若い娘にはおざなりの関心しか持っていなかった。手紙のやり取りはあったし、折を見ての見舞いもあったのだが、双方の間にはもう深い繫がりはなかった。アイヴィはこうした状況を甘んじて受け入れていた。誰とでも親しくなり、誰かに不満や悩みがあれば思いやりをもって耳を傾けようとした。ヘンリー・チェスターにさえ優しく接し、彼の励みになればとできる限りのことをした。

「チェスターさん」とある日の昼食時に彼に話しかけた。「もう月末ですね。明日、奥様がいらっしゃるのでしょう。楽しみですわね」

「いや、今月はこないんです」と料理の皿に目を落としながらつぶやいた。

「あら、ごめんなさい。でもどうしてですの？　お子様たちの具合でもお悪いんですの？」

「レノックス先生の判断です。妻はよこさない方が私の体にいいと」

しばらく沈黙が続いた。アイヴィは心配そうな目で彼を見つめた。

「そいつはひどいな」テンプルトンが心から同情しますよといった口調で言った。「レノックスのやつにくたばっちまえって言ってもよかったのに」

「先生が一番よく分かってますから」とチェスターは言った。

アイヴィはもう一度彼に目をやり話題をかえた。

アシェンデンは後から気がついたのだが、彼女はチェスターの言うことが嘘だと真っ先に勘づいたのだ。次の日、アシェンデンはチェスターとたまたま散歩することになった。

「奥様がいらっしゃらないなんてとても残念です」とアシェンデンは言った。「奥様のご訪問がなくなってひどくお寂しいでしょう」

「ええ」

チェスターはアシェンデンを横目でちらりと見た。何か言いたがっているのに、言いだせないでいるようにアシェンデンには思えた。チェスターは怒ったように肩をすくめた。

「家内がこないのは私のせいです。こないようにレノックスに手紙を書いてもらったんです。

ああ、もう耐えられない。首を長くして家内がくるのを一ヶ月間待つ。で、きたとたんに嫌いになる。分かりますか、この忌々しい病気になってどんなに腹を立てているか。家内は丈夫で病気もなく元気そのものです。悲痛な目で見つめられるとイライラするんです。あいつに何の関係があるっていうんです？　病気になって誰が気遣ってくれますか？　気遣うふりはする、でも病気なのは自分じゃなくてよかったって内心喜んでいるんです。どうです、下劣なやつだとお思いになるでしょう？」

アシェンデンの頭に、道端の石の上に腰をおろして涙を流すチェスター夫人の姿が蘇った。

「ここにこさせないことで、奥さんに悲しい思いをさせているとは思わないんですか」

「我慢してもらわなきゃいけません。私は自分の不幸でいっぱいいっぱいなんですから、家内の不幸にはかまってやれません」

アシェンデンは言葉につまり無言のまま歩き続けた。すると業を煮やしたチェスターは突然こう切り出した。

「他人事だから寛容でいられるんだ。いいですよね、あなたは。これからも生きていけるんですから。こっちは死ぬんですよ。くそっ、死にたくなんかない。よりによってどうして私なんです？　不公平もいいとこじゃないですか」

そうこうするうちに時は過ぎた。サナトリウムのような所では考えることもほとんどないので、ジョージ・テンプルトンがアイヴィ・ビショップに恋をしていると知れわたるのに時間はかからなかった。ところが、アイヴィの心の内を知るのは思ったほど簡単ではなかった。テンプルトンと一緒にいたいと思っているのは確かだったが、アイヴィの方から無理にそうしようとはしなかったし、実際、二人きりになるのを極力避けているかのようだった。なかにはアイヴィにかまをかけてどうにか認めさせようとした中年のご婦人も一人、二人はいた。だが、世間知らずながらもアイヴィはどうしてなかなかの強敵だった。あてこすりはうちやり、あからさまな質問には、まさかといわんばかりの笑いで答えた。彼女はご婦人がたを苛々させるばかりだった。

「彼が彼女に首ったけなのに気づかないほど彼女もばかじゃないわ」

「彼をあんな風にもてあそんでいいわけがないわ」

「彼女も彼と同じくらい気があるのよ」

「レノックス先生から彼女の母親に知らせるべきよ」

なかでもマクラウドの怒りは群をぬいていた。

「ばかばかしいにもほどがある。結局、どうにもならないからね。テンプルトンの肺は結核で穴だらけ、彼女の具合もいいってわけじゃないだろ」

キャンベルはというと、せせら笑うような下品な言いようだ。

「やれる時に楽しまなきゃ損じゃないか。誰も見てないところで、ちちくりあってるさ。責めやしないがね」

「このろくでなしが」とマクラウド。

「よせやい。テンプルトンともあろうものが、下心もないのにあんな下手な女とブリッジをやると思うか。彼女もちっとは分かってるさ」

アシェンデンは件の二人とは知己の間柄だったので、誰よりも二人の心の内を知っていた。そういうこともあってテンプルトンはとうとうアシェンデンに秘密を打ち明けた。テンプルトンはむしろ面白がっている風だった。

「かたぎの女に惚れるなんて、この歳になって妙なことが起こったもんだ。自分には絶対起こらないと思ってたんだが。まあ、うそはつけない、ぞっこんなんだから。健康なら明日にでも結婚を申し込むところだ。女にあれほど魅力を感じたことはない。女ってものは、かたぎの女のことを言ってるんだが、とんでもなく退屈なしろものだと決め込んでいた。でも彼女は別だ。とっても頭の回転が速い。それに美人だ。ああ、なんてきれいな肌をしてるんだ。髪の毛も。でも彼女にころっと、ボウリングのピンがそろって倒れるように、ころっといったのはそんなことじゃない。じゃ何がこの心を鷲づかみにしたのかって？　聞いたらふざけるなって言うね。よりによって自分のような老いぼれ放蕩者がだよ、貞淑だって言うんだから。笑い死にだよ。貞淑なんてこれまでちっとも女に求めてこなかった。ところがここにあるんだ。いやもう手放せない。彼女は気高い。それに比べればこっちは虫けらみたいな存在さ。びっくりだろう？」

「ちっとも」とアシェンデンは答えた。「無邪気さの虜になった放蕩者は何人もいましたから。中年男がはまるおセンチに過ぎないな」

「言ってくれるじゃないか」とテンプルトンは笑って言った。

「で彼女はなんて？」

「おいおい、あの人に気持ちを伝えたとでも思ってるんじゃないだろうね。他人の前で話せないことを言えるわけがない。半年先には死んでいるかもしれないし、それに、ああいう娘にあげられるものなんて何も持っちゃいない」

テンプルトンとアイヴィが相思相愛だということをアシェンデンは今ではほぼ確信していた。テンプルトンが食堂にやってくるとアイヴィの頬はさっと赤らんだし、テンプルトンが彼女を見ていない時、アイヴィが優しい眼差しを彼の方に向けることもしばしばだった。テンプルトンの昔話に聞き入るアイヴィの顔はほころび、その笑みには他では見られない愛らしさがあった。テラスで患者たちが雪を見ながら暖かい日光を浴びるように、彼女も心地よく彼の愛情を浴びているようだった。だが、彼女は今のままで満足しているのかもしれない。テンプルトンが知らなくともよいと彼女が思っていることを、彼にわざわざ知らせるのはお節介というものだ。

しばらくしてサナトリウムの単調な生活を乱す事件が起こった。マクラウドとキャンベルは相変わらずいがみ合っていたがブリッジは一緒にやっていた。というのも、テンプルトンがやってくるまでは、この二人がサナトリウムのなかで一番のやり手だったからだ。プレイ中ああだこうだとひっきりなしに言い合い、終わったら終わったであすればよかったこうすればよかったと戦評に余念がなかった。もう何年も一緒にプレイし相手のゲームのやり口をお互い知りつくしていたので、相手を出し抜いた時はどちらも狂喜乱舞だった。テンプルトンは普段はこの二人とプレイするのを控えていた。彼の腕前は確かだったが、二人よりもアイヴィ・ビショップとプレイする方を選んだのだ。マクラウドとキャンベルはアイヴィが加わればゲームは台無しになるという点で意見が一致した。アイヴィは勝敗を左右するしくじりをしでかすと、「もう一巡しましょうってことね」と言って笑い飛ばす類のプレイヤーだった。ところが、ある日の午後、アイヴィが頭痛で病室から出られなかったので、テンプルトンはキャンベルとマクラウドの二人とプレイすることにしぶしぶ同意した。そこにアシェンデンが加わり四人になった。三月も終わりというのに数日前から激しい雪が降り続いていた。三方向から冬の寒気が吹き込むベランダで、毛皮のコートに帽子そしてミトンの手袋をしてプレイに臨んだ。賭け金は取るに足らない額だったので、テンプルトンのような勝負師にはゲームは遊びとしか思えなかった。それで彼のビッドも大胆にならざるを得ない。しかもテンプルトンの腕は他の三人をはるかにしのいでいたから、たいていは、何順目で勝つと宣言して勝利をものにするかそれに近いところまでいった。相手の宣言にダブルをかけると相手はリダブルで返し、この応酬が続いた。ゲームはハイレベルになり、異様なまでにスモールスラム〔十三組中十二組を取ること〕が宣言され大荒れとなった。マクラウドとキャンベルは罵り合った。五時半に最後の勝負が始まった。六時になると就寝の時間を告げる鐘がなるからだ。どちらに転んでもおかしくない激しい戦いになった。マクラウドとキャンベルは敵同士となって張り合い、どちらも頑として相手に勝たせようとしなかった。六時十分前に最終戦となり、最後の札が配られた。テンプルトンはマクラウドと、アシェンデンはキャンベルと組んだ。マクラウドがクラブを切り札として八つ勝つと宣言して始まった。アシェンデンはパスしたが、テンプルトンはいい札がついたことをマクラウドに示した。ついにマクラウドはグランドスラムを宣言した。キャンベルはそれに対してダブルをかけ、マクラウドも負けじとリダブルで返した。この騒ぎを聞きつけた周りのプレイヤーたちはゲームを中断してこのテーブルを囲み、ちょっとした人だかりの山をつくった。場は水を打ったように静まり返った。マクラウドは興奮のあまり蒼白になり、額には玉のような汗が浮いていた。両手は震えていた。キャンベルの表情は非常に険しくなった。マクラウドはフィネス〔上位のもち札を残して低位のもち札で勝とうとすること〕を二つ決めなければならなかったが二つとも成功した。そしてスクイズ〔相手に大事な札を捨てさせて勝つこと〕で勝負をものにし宣言通り全勝した。見物人からあっぱれの拍手が沸き起こった。マクラウドは見たかとばかりに立ち上がり、キャンベルめがけて握りこぶしを振り回した。

「お前のおんぼろヴァイオリンで同じことをやってみやがれ！」と彼は叫んだ。「グランドスラムだ、それもダブルにリダブルがかけられてのだ。まさに俺が夢見てきたもの。これで夢がかなったぞ。ざまぁみやがれ！」

彼は喘いだ。前のめりに体を傾かせテーブルの上に倒れ込んだ。口のなかから血が滴り落ちた。医者が呼ばれ、看護師もやってきた。もう死んでいた。

二日後の朝早くに埋葬が行われた。朝早かったのは、患者らが葬儀を目にして心を乱すことのないようにとの配慮からだ。グラスゴーから喪服を着た親戚が一人やってきて葬儀に参列した。生前マクラウドは誰にも好かれていなかったから、彼の死を悼むものは誰一人いなかった。一週間もしないうちに彼は忘れ去られた。空いた特等席はインドで行政官をしていた男がうめ、キャンベルは念願の部屋に移っていった。

「これで平穏な日々がやってくる」とレノックス医師がアシェンデンに言った。「考えてもみたまえ。これまで何年もの間この二人のもめ事と文句にどれだけ私が耐えなきゃならんかったか。

いいかね、サナトリウムをうまくまわしていくには忍耐というものが必要なんだ。それにまったく、あれほど私に迷惑をかけておいて、あんな風に死ぬなんて。おかげで連中は気もそぞろだよ」

「ええ、ちょっと体に悪いですね」とアシェンデン。

「やつはなんの取り柄もなかったが、それでも女連中のなかには、ああいう死に方をされてひどく取り乱しているものもいるんだ。かわいそうなミス・ビショップは目を腫らして泣いてたよ」

「彼女だけが、自分のためではなく彼のために涙を流した気がしますね」

だが、マクラウドのことを忘れられない人間がもう一人いることが間もなく判明した。キャンベルは迷い犬のようにうろうろし、ブリッジをやろうともしなかったし、誰とも口をきこうとしなかった。今や誰の目にも明らかだった。キャンベルはマクラウドがいなくなってふさぎこんでいるのだ。数日の間というもの、自分の部屋に閉じこもり、運び込まれた食事を一人で食べていた。しばらくしてレノックス医師のところに行き、この部屋は気に入らない、前の部屋のほうが自分には合っているからまた前のところに戻してくれと訴えた。めったに怒らないレノックス医師もこの時ばかりは癇癪を起こし、彼にこう通告した。何年もあの部屋をよこせと私にせがんで困らせてきたじゃないか、それを今になって戻りたいだなんて。今の部屋にいてもらうしかない。それがいやなら、このサナトリウムから出て行ってもらう、と。キャンベルはしぶしぶ部屋に戻り、憂鬱にふさぎこんだ。

「ヴァイオリンでも弾いたらどうですの」とみかねた看護師長が彼に言ってみた。「この二週間、弾いているのを聴いていませんよ」

「やる気がしないんだ」

「どうして?」

「もう楽しくない。ヴァイオリンを弾いて楽しかったのは、マクラウドの野郎が怒り狂ってたからさ。でも、今は弾こうが弾くまいが誰も何とも思わない。もう弾くのはやめにする」

その通りになった。少なくともアシェンデンがサナトリウムにいる間は。マクラウドが死んだとたん、キャンベルの人生が味気ないものになってしまうとはなんともおかしなことだ。喧嘩の相手も怒らせる相手もいなくなって、生き甲斐をなくしてしまった。こうなったら相棒の後を追って墓場に行くのも時間の問題だろう。

ところが、マクラウドの死はテンプルトンに違った影響を与え、思いがけない結果をもたらした。テンプルトンはいつもの冷静で悠然とした態度で自分の計画をアシェンデンに伝えた。

「お見事。勝った瞬間にぽっくりいくなんて。マクラウドが死んで、ここの連中がどうしてこんな状態になっているのか、解せないな。だってマクラウドはここの生活が長かったんだろう」

「十八年ですね」

「それだけ長くいる価値があったのかな? やりたいことをやってその結果は自分で引き受ける、そうしたほうがいいとは思わないか?」

「それは人生というものにどれくらい価値を置くのかによりますね」

「それで生きているって言えるかね？」

アシェンデンは答えにつまった。自分はあと数ヶ月もすれば快復するのではと期待を持つことができたが、テンプルトンを一目見れば、もう治る見込みのないことは明らかだった。死相が顔に現れていた。

「何をやったか知りたいかい？」とテンプルトンは尋ねた。「アイヴィに結婚を申し込んだんだ」

アシェンデンは度肝を抜かれた。

「で彼女の返事は？」

「感心なことに、こんなばかげた考えは生まれてこのかた聞いたこともない、そんなことを考えるなんてきっと頭がいかれているんでしょうね、だってさ」

「もっともだとお認めになるんですね」

「まったくもって。ただし、結婚することは同意してくれたよ」

「正気の沙汰じゃない」

「多分そうだろうね。でもとにかくレノックスに会って彼の意見を聞くつもりだ」

やっと冬も終わりを迎えた。丘にはまだ雪が残っていたが、谷間では雪も溶け、低い斜面に生えた樺の木々には今にも柔らかな葉が萌え出でそうだった。春の魔力がそこかしこに感じられた。日差しは暖かだった。みな目覚め、幸せを感じるものもいた。毎年冬になるとやってくる古参者らは南へ移動する計画を立てはじめた。テンプルトンとアイヴィは連れだってレノックス医師に会いに行った。二人の心の内を話したあとレノックス医師に診察してもらった。X線写真を撮ってもらい、他にいろいろな検査を受けた。レノックス医師は検査結果を伝える日を決め、その結果に鑑み二人の結婚について話をすることにした。約束の日、レノックスに会いに行く直前の二人にアシェンデンは出くわした。二人とも緊張していたが、冗談を言っておどけてみせた。レノックス医師は診療の結果を二人に見せ、分かりやすい言葉で彼らの病状を説明した。

「よく分かりましたが」テンプルトンは続けた。「知りたいのは、二人が結婚できるかどうかなんです」

「結婚なんて無分別にもほどがあります」

「それは承知してます。ですが、してはいけないってことはないですよね」

「それに子供でもできたら罪ですよ」

「子供は考えてませんわ」とアイヴィが答えた。

「分かりました。それでは、あなた方がどういう状況に置かれているのか簡潔にお教えしましょう。それからあなた方ご自身でどうするかお決めになればよろしい」

テンプルトンはアイヴィにちょっと微笑みかけ彼女の手を取った。医師は続けて言った。

「ビショップさんですが、これからずっと普通の生活を送れるほど丈夫な体ではありませんな。ですが、この八年間暮らしてきたような生活を続けるなら……」

「サナトリウムでということですか?」

「ええ。長寿をまっとうするとはいかないまでも、分別のある人が生きるぐらいは、とても平穏な日々を送れるはずです。病気は休眠中です。もし彼女が結婚し普通の生活を送れば、病原菌の巣は息を吹き返してもおかしくない。その結果どういうことになるか誰にも分からない。さてテンプルトンさん、あなたには端的にお答えします。X線写真はご自分でご覧になりましたね。肺は結核結節でかなりやられています。結婚したら半年もちませんな」

「で結婚を諦めれば、あとどれくらい生きられるのですか？」

医師は口ごもった。

「遠慮しないで、本当のことを言ってください」

「二年か三年というところでしょうな」

「ありがとう。それが知りたかったんです」

二人はきた時と同じように手を取りあって帰っていった。アイヴィは静かに泣いていた。二人の間でどんな言葉が交わされたのかは誰にも分からなかったが、昼食に現れた二人の顔は晴れやかだった。二人は結婚の許可が取れ次第結婚するつもりだとアシェンデンとチェスターに告げた。それからアイヴィはチェスターのほうを向いて言った。

「奥様が結婚式にいらしてくださったらとても嬉しいですわ。ご都合はいかがかしら？」

「まさかここで式をあげる気じゃありませんよね？」

「もちろん、その気よ。身内の人間で結婚に賛成という人は一人もいませんから、全てが片付いてからご報告というわけなの。レノックス先生に父親代わりをしてもらうつもりよ」

チェスターは口ごもっていたので、アイヴィは優しげに彼を見やり、答えを待った。他の二人の男もチェスターを見守った。彼は声を少しばかり震わせながらこう答えた。

「家内をお招きいただいて大変感謝します。手紙でくるように伝えます」

結婚の知らせが患者の間に広まると、みな二人を祝福したことはしたのだが、たいていはなんて無分別なんでしょうと陰口をたたいた。ところが、サナトリウムでは何事も遅かれ早かれ知れわたる。もし結婚すれば半年しかもちませんとレノックス医師がテンプルトンに伝えたことも知れわたると、みな心を打たれ口を慎んだ。最も鈍感なものでも、命を犠牲にしてまで愛し合う二人に心動かされるのだった。思いやりと善意の霊がサナトリウムに舞い降りた。しばらく話もしなかった人とまた話し出すものもいれば、いつもの不安をしばしの間忘れるものもいた。誰もが幸せな二人の幸福感を分かち合っているようだった。病んだ心を新しい希望でいっぱいにしたのは春だけではなかったのだ。あの男と女を虜にしたおおいなる愛が、周りのもの全てを光で照らしたのだ。アイヴィは静かな喜びに満たされていた。喜びようは彼女にぴったりで、そのせいか以前よりも若々しく美しく見えた。テンプルトンは有頂天になっているようだった。心配ごとはひとつもないとでもいうように笑って冗談を飛ばした。これから何年も続く未来永劫の至福の時を待ち望んでいるかのようだった。だが、ある日テンプルトンはアシェンデンにこう打ちあけた。

「ここも悪くはないさ。アイヴィが約束してくれた。ひとりになったらまたここに戻ってくるって。ここの連中と知り合いだし、彼らと一緒だと寂しい思いをしなくて済むからね」

「医者が見誤ることはいくらでもありますよ」とアシェンデンは言った。「無茶さえしなければ長く生きられる可能性もまだあるんじゃないですか」

「望むのは三ヶ月だけ。その間生きられたら、それだけの甲斐があったということさ」

チェスター夫人が結婚式の二日前にやってきた。夫と会うのは何ヶ月かぶりだったので、二人は互いにはにかんでいた。二人っきりになるとバツの悪い思いをし窮屈に感じるのは想像に難くない。それでもチェスターは、今や彼の習いとなった陰鬱な気分をなんとか振り払おうと、とにかく食事の際には、病気になる前の彼を想像させる、陽気で快活な小男ぶりをみせるのだった。挙式の日の前夜はみんなで夕食の席についた。テンプルトンとアシェンデンも夕食まで起きていた。みんなでシャンパンを飲み、夜の十時まで冗談を言って笑って楽しいひと時を過ごした。式は次の日の朝、スコットランド教会で行われた。アシェンデンは新郎の付添人となった。サナトリウムの患者のなかで歩くことのできるものはみな式に参列した。新婚ほやほやのカップルは昼食後すぐに車で出発する手はずになっていた。患者と医師と看護師がそろって見送りに集まった。車のうしろには古い靴が繋がれていて、サナトリウムの玄関からテンプルトンと花嫁が出てくると、ライスシャワーが浴びせられた。歓声のなか車は出発した。愛と死への旅立ちだ。見送った人々は三々五々散っていった。チェスター夫妻は並んでそっと出ていった。しばらく歩いた後チェスターは、はにかみながら妻の手をとった。彼女の心臓がとまりそうになった。横目で夫を見ると涙で目が濡れていた。

「どうか許しておくれ、おまえ」と彼は言った。「今まできつくあたってすまなかった」

「分かってるわ、本気じゃなかったんでしょ」と彼女は口ごもりながら言った。

「いや本気だった。苦しめたかったのさ。自分が苦しんでいたからね。でも、もう今は違う。

テンプルトンとアイヴィ・ビショップの件で全てが……どう言っていいか分からないが、あの件で世の中を見る目ががらりと変わったんだ。もう死ぬのは怖くない。死はそれほど重要じゃない、愛の方がよっぽど大事さ。だから、おまえに生きて幸せになってもらいたい。もうおまえを羨んだりしないし、何も妬んだりしない。死ぬのが自分であって、おまえでなくて本当によかったよ。おまえの人生がこれから幸多きものであれと願っている。愛してるよ、おまえ」

2 ハンセン病

コナの保安官

ジャック・ロンドン／土屋陽子 訳

「ここの気候を好きにならないなんて考えられないよな」とカドワースが言った。コナ海岸を僕があまりにも褒めるものだからこう言ったのだ。「ここに来たのは十八年前、僕は大学を出たばかりの若造だった。あれ以来、地元には帰っていない。まあ、遊びに帰ることはあったけど。気を付けるんだな。もし大切な場所が他にあるなら、いつまでもここにいないほうがいい。じゃないと、ここが君の大切な場所になってしまうからね」

僕らは夕食を終えたところだった。夕食は、北風に晒されている広いベランダで提供された。もっとも、ここまで陽気だと「晒される」というのは間違いもいいとこだが。

ロウソクの灯は消され、やせ型で白い服を着た日本人が、銀色の月の光の中に幽霊のようにぬっと現れ、煙草を差し出し、バンガローの暗がりの中に消えていった。僕はバナナとレフアの木の衝立《ついたて》の隙間からグアバの茂みへと視線を落とし、その先千フィート下にある静かな海を眺めた。沿岸航行用の小さな汽船でこの地に上陸してから一週間、僕はカドワースのところに世話になっていたが、その間、静かな海を波立たせるような風が吹いたことは一度だってなかった。実際には、そよ風は吹いていた。けれど、それは常夏の島々の間を通って吹かれたごくごくやわらかな西風だった。風、ではなく、溜息のような――静かに眠る地球の、長く快い溜息。

「夢の国だな」と僕は言った。

「ここでは毎日が同じように過ぎていく。それも楽園のような日々がね」カドワースが応えた。「特別なことは何も起こらない。暑すぎもしなければ、寒すぎもしない。いつだってちょうどいい陽気なんだ。分かるだろ？　大地と海が代わる代わる呼吸をしている」

たしかに、心地よくリズミカルに混ざり合う息遣いを僕も感じていた。毎朝、海風が岸辺で生まれ、ゆっくりと海に向かって広がり、陸地に向かって、これ以上ないほどやさしくて、やわらかで、新鮮な空気を送り込むのを目にした。そよ風は、かすかに翳った海の上で、そよ風の気まぐれな口づけによりゆらゆらと揺らめき変化する、あちこちにある穏やかな長い水路と戯れていた。夜になると海の吐息は消え、あたりは天国のように静かになった。そして、大地の吐息がコーヒーの木やアメフリノキの合間をそっと吹き抜けるのを聞いた。

「ここは一年中穏やかなんだな」僕は言った。「今までここに風が吹いたことはあるのか？――本当に強い風がってことだけど？」

カドワースは首を振り東の方を指差した。

「あんな防壁があって、どうしたら風が吹く？」

遥か上空には巨大なマウナケア山とマウナロア山がそびえ立ち、星空の半分を覆い隠しているかのようだった。僕らの上空二マイル半のところにそびえる二つの山の頂には、熱帯の太陽が溶かしそびれた雪が残っていた。

「三十マイル先の地では、間違いなく今この時も時速四十マイルの風が吹いているな」

僕はまさかといった顔で笑ってみせた。

カドワースはベランダにある電話へと向かい、ワイメア、コハラ、ハマクアと次々と電話をかけた。その会話の端々から各地では風が吹き荒れていることが察せられた。「爆風かい、驚くほどの？……どのくらい吹いているんだ？……たったの一週間って？……もしもし？　エイブ、お前か？……ああ、そうだ。……ハマクア海岸にコーヒーの木を植えるって？……風除けを作れよ！　僕の防風林を見に来るんだな」

「強風だってさ」と受話器を戻しながら振り返ってカドワースは言った。「エイブと話すと、いつもやつのコーヒーの冗談話になるよ。あいつは五百エーカーの土地を使ってびっくりするほどの防風林を作ったんだ。けど、どうやって木の根っこを地面に保っているのか見当もつかないよ。風はどうかって？　ハマクアの方ではいつだって風が吹き荒んでいるんだ。コハラでは、二段縮帆にしたスクーナーがハワイ島とマウイ島の海峡間で、悪天候のせいで横に縦にの大揺れらしい」

「とても信じられない」僕は弱々しく言った。「その大風のいくらかでも流れに逆らってここへ吹きつけはしないのか？」

「ひと吹きだって来ないさ。ここの陸風はまったくの別物なんだよ。マウナケア山とマウナロア山のこちら側で生まれるものだからな。ほら、陸は海より早く熱を放出するだろ。だから、夜には陸が海に向かって呼吸をするんだ。日中には、陸が海よりも熱を持つから、今度は海が陸に向かって呼吸をする……聞こえるだろう！　今、まさに陸が呼吸をしている。山風だ」

コーヒーの木々の間をさわさわとやさしく抜ける風の音が聞こえた。アメフリノキの木々をそよがし、サトウキビの合間に吐息を吹きかける。ベランダの上は依然として静けさに包まれていた。するとそこに、初めて山風が訪れた。快く芳しい香りがかすかにする、冷ややかで、心地よい清涼感を持った風。シルクのような、ワインのような清涼感を持った風――それこそが、コナの山風だった。

「十八年前、僕がすっかりこのコナに心を奪われてしまったことを不思議に思うか？」と彼が尋ねた。「もうここから離れられない。そんなことをしたら死んでしまう。考えただけでも恐ろしいよ。で、もう一人、僕と同じようにこの地を愛していた男がいた。いや、もしかしたら僕よりも強く愛していたと思う。このコナ海岸で生まれたからね。そいつはすごいやつだった。僕の親友でね、まあ兄弟以上の仲だった。でもそいつはこの地を離れることになった。といっても死んだわけじゃないんだ」

「色恋沙汰か？　女だな？」と僕は聞いた。

カドワースは首を横に振った。

「あいつがこの地に戻ってくることはもうないが、あいつの心は死ぬまでここにある」

彼は言葉を切って、カイルアの浜辺の明かりを見下ろした。僕は静かに煙草を吸いながら次の言葉を待った。

「あいつはとっくに恋におちていた。誰にって？　妻にさ。それに三人の子供も可愛がってたな。妻と子供は今ホノルルにいる。息子はもうすぐ大学生だ」

「なにか早まったことでもやらかしたのか？」相手が口を開くのを待ったが、我慢できなくなって尋ねた。

彼は首を振った。「罪を犯したわけでも、罪に問われたわけでもない。あいつはコナの保安官をしてたんだ」

「煙にまくようなものの言いようだな」と僕は言った。

「そう聞こえても仕方ないな」と彼は認めた。「最悪だよ」

彼は探るような視線を僕に向けると、不意に語り出した。

「あいつは癩病者だった。生まれつきではなく――生まれつきの癩病者なんていないか――たまたま感染してしまったんだ。その男は――隠さなくてもいいよな？　ライト・グレゴリーという男だ。カマアイナ〔ハワイに長く住んでいる人〕なら誰でもこの話を知ってる。生粋のアメリカ人だけど昔のハワイの首長のような体格をしたやつだ。身長は百九十センチ近く、体重は百キロもあり、無駄なものは一切ついていなかった。あれほど逞しい男を見たことがないよ。運動神経抜群の大男で、英雄さ。そして、僕の友人でもあった。その大きな体と同じくらい、大きくて立派な心と魂を持っていたよ。

「なあ、君ならどうする？　もし君の大切な友人、君の兄弟がつるつる滑る崖っぷちにいて滑り落ちそうになっているのに、自分はどうすることもできないとしたら。まさにそんな状況だったんだ。僕は何もできなかった。その状況を見ていたのに、僕はどうすることもできなかったんだ。いったい、どうすれば良かったんだ？　邪悪な、疑いようもないその印があいつの額に現れていた。僕以外は誰も気付いていなかった。僕はあいつのことが好きだったから僕だけがその印に気が付いたんだ。自分の目が信じられなかった。だってあまりにも恐ろしいことだったから。でも、たしかにその印はあったんだ。あいつの額や耳に。かすかな小さな腫れがあいつの耳たぶにあるのを見つけた――分かるか分からないかぐらいの小さな腫れだった。僕はそれを何ヶ月か見ていた。僕の祈りも虚しく、今度は眉の上にも黒ずみが現れた。ほんのかすかな日焼けの跡みたいな黒ずみだよ。それは日焼けなんだと考えるべきだった。でも、それは少してかっていたんだ。ほんのわずかな、てかったと思ったら次の瞬間には消えているような、目に見えるかどうかぐらいのてかりだった。僕はそれが日焼けだと信じようとしたけれど、どうしてもできなかった。自分をだませなかったからね。後になって分かったんだけど、気付いていたのは僕を除けばスティーブン・カルナだけだった。いずれにしろ、実に忌々しく、名づけようもない恐ろしいものが迫り来ようとしていた。でもこの先どうなるのか考えるのもまっぴらだった。ああ、怖かったんだ。でも、どうすることもできなかった。毎晩泣いていたよ。

「あいつは僕の親友だった。ニーハウ島で僕らは一緒にサメを釣った。マウナケアとマウナロアでは野牛を狩猟した。カーター牧場では馬をならし子牛に焼印を押したよ。ハレアカラ山中でヤギを狩ったりもしたさ。あいつにダイビングや水泳を教わって僕もあいつと同じくらいまで上達したよ。まあ、あいつはそこらのカナカ人〔ハワイ及び南洋諸島の先住民〕よりも上手かったな。あいつが十五尋〔約二十七メートル〕の深さまで潜ったまま二分間水中にいるのを見たことがあるよ。水中だけじゃないんだ、あいつは山登りもできた。ヤギが登れるところならどこだって登ることができた。何も恐れちゃいなかった。あいつは難破したルガ号から荒波の中を三十六時間、三十マイルも泳いできたんだよ。君や僕なら木っ端みじんになる寄せ波を乗り越えてね。偉大で卓越した、神のような男だった。僕たちはハワイ国合併〔一八九八年に起こったハワイ共和国のアメリカ合衆国への併合〕の時も一緒に戦った。僕らは夢を追いかける国王派についた。あいつは二度銃撃され死刑を宣告された。けれどあんまり偉大なもんだから、共和国もあいつを殺すことはできなかったんだ。あいつは連中を笑い飛ばしていた。その後、共和国はあいつに名誉を与え、コナの保安官に任命した。あいつは素直で、いつまでも少年のようなやつだった。ねじまがった考え方はしないやつだった。あいつの思考回路にはひねりやごまかしは一切なかった。単刀直入で、言いたいことはいつも明快だった。

「そのうえ楽観的だった。あんなに自信にあふれ、幸せで満足そうな男は見たことがない。人生に何も求めていなかった。というか、欲しいものなんて何も残されてはいなかったのさ。あいつの人生に借りなんてなかった。人生の報酬はすべて、前払いされていたようなものだ。望むものなんて何もなかったんだろう。あの素晴らしい体、鋼のような肉体、そんじょそこらの病気なんて寄せつけない丈夫さ、素朴で活力のある魂を持っていたんだからね。健康面でも何の問題もなかった。人生で一度も病気になったことはなかった。頭痛というのがどんなものかもあいつは知らなかったんだ。僕がひどく頭痛に苦しんでいる時なんて不思議そうにしていたよ。へたな慰め方をするもんだから笑ってしまった。あいつには頭痛がなんなのか理解できなかったんだ。頭痛を知らないんだよ！　お気楽だろ？　当然だよな。あれだけ非凡な活力と信じられないほど健康な体を持っていたんだから。

「あいつが一番輝いていた時に、どんな信念を持って、どれだけそれを信じていたかを教えてやるよ。あいつがまだ若造だったころ（僕らが出会ったころだ）、ワイルクにポーカーをしに行ったことがあった。そこに巨漢のドイツ人がいて、名前はシュルツだったな、威張り散らして、大きな顔でゲームをしていた。おまけにその日は彼につきが回っていて、まったくもって鼻持ちならなかった。そこにライト・グレゴリーが現れゲームに加わった。最初の手札が配られたところで、シュルツがブラインド〔ポーカーで相手の手をみる前に行う賭け〕をしかけた。ライトと他のやつらもそれにのった。シュルツが賭け金をつり上げ、みんなは賭けから降りた。ライト以外はな。あいつはそのドイツ人のやり方が気に入らなかったんだ。だから、賭け金をさらにつり上げた。それでシュルツもさらに賭け金を上げ、ライトも応戦した。そんな感じでやつらは賭け合い続けた。かなりの賭け金になったよ。その時のライトの持ち札は何だったと思う？　キングのペアとクラブの雑魚三枚だよ。それはポーカーとはいわない。なぜってライトはポーカーをしてはいなかった、自分の運試しをしていたんだ。もちろん、シュルツが何のカードを持っているかライトは知らなかった。知らないまま賭け金を上げていたんだ。シュルツが音をあげるまでね。シュルツの方は初めからスリーエースを持っていた。まったく！　カードをひく前からキングのペアがスリーエースを相手に賭け合うなんて！

「とにかく、シュルツは二枚を交換した。ディーラーもドイツ人で、しかもシュルツの友人だった。この時点でライトは相手が何らかのスリーカードを持っていることが分かった。そこであいつはどうしたか？　きみならどう出る？　クラブのカード三枚を交換して、キングのペアを残すよな。ところが、ライトはそうしなかった。あいつは運試しをしていたからな。キングのペアを棄ててクラブ三枚を手元に残した。そして二枚のカードをひいた。そのカードを見ることもなく、シュルツを一瞥して賭けを促した。で、シュルツは賭けた。かなりの額を。シュルツはエース三枚を持っていたから、ライトに勝てると信じていた。だって、カード三枚の勝負になれば、どうしたって、ライトのカードのほうが弱くなるからな。かわいそうなシュルツ！　読みは完璧だったのに。やつの間違いは、ライトもポーカーをしていると思い込んでいたことだ。二人はそれから五分間賭けを続け、ついにシュルツが音をあげ始めた。ライトはまだ一度も自分がひいた二枚のカードを見ていなかった。シュルツはそれに気が付いた。で、頭を働かせ気を取り直して、気前よく賭け金をつり上げた。しかし、緊張に耐えきれずとうとうこう言った。

『ちょっと待った。グレゴリー、俺は初めからお前に勝っていたはずだ。でも、もうお前から金は取らねえ。俺の持っているカードは――』

「しかし、ライトはその言葉を遮って言った。『あんたが何を持っていたってかまやしないさ。あんた、俺の手を知らないだろう。よし、ちょっと見てみるか』

「ライトはそう言って、カードを見ると賭け金を百ドルつり上げた。そして再び賭けあいが始まった。賭けに賭けた。ついにシュルツが根負けしコールをし、三枚のエースを置いた。ライトが彼の五枚のカードを表にした。黒の札が五枚揃っていた。カードをひいた時、ライトは更に二枚のクラブをひいたってわけだ。それで、あいつはポーカープレイヤーとしてのシュルツの気力をすっかりなくさせちまった。シュルツは二度とこんな戦い方をしなかった。あの後は自信を失って、少しばかり情緒不安定になっていたよ。

「その後、僕はライトに、『いったいどうしてあんなことができたんだ。シュルツが二枚ひいた時点で、君の負けは決まったようなものだっただろう。それに君は自分のひいたカードを見もしなかったよな』と聞いてみた。

『見る必要なんてなかったさ』とライトは答えた。『クラブが揃うことはわかっていたさ。二枚のカードはクラブに決まってる。俺があそこであのでかいドイツ人に勝たせるとでも思ったのか？　やつが俺に勝つなんてことは、あっちゃいけないんだ。俺はそんな負け方はしない。勝たないといけないんだ。もしあの二枚がクラブじゃなかったら、この俺が一番驚いただろうよ』そう言ったんだ。

「ああ、ライトはそういう男だった。あいつがどれだけ楽観的だったか君にも分かっただろう。あいつは自分でもよく言っていたよ。俺は成功し、何でも上手くこなし、出世する運命にあるんだって。あのポーカーの一件とか、それに似たような出来事がたくさんあって、あいつは自分の信念をずっと強く信じるようになった。で、実際、成功し出世した。そんなもんだから、あいつに怖いものなんて何もなかった。自分の身に何かが降りかかることはない。それを分かっていた。だって本当に何も起こらなかったんだから。ルガ号が難破し三十マイル泳いだ時も、あいつは丸二晩と一日海にいたんだけど、その気の遠くなるような恐ろしい時間を望みを捨てずに過ごした。

何とかなると信じて疑わなかったんだ。必ず陸にたどり着けるに決まっているとあいつは端から信じていた。自分でそう言っていたし、本当にそうなった。

「まあ、ライト・グレゴリーはそんな男だったんだよ。死ぬ運命にある普通の人間とは違った種族だったんだ。君主みたいな存在で、そこらの病や不幸も寄せつけなかった。欲しいものは何でも手に入れた。何十人ものライバルを蹴落として妻を娶った――カルサー家の美女さ。その女はあいつと結婚し最良の妻になった。ライトが男の子が欲しいと言えば男の子が生まれた。女の子ともう一人男の子が欲しいと言えばその通りになった。子供たちの体には染みの一つもなく、胸は樽のように膨らみ、父親の健康と丈夫さを受け継いでいた。

「そんな時、事が起こったんだ。獣の印があいつに押されたんだよ。僕はそれを一年間見ていた。胸が張り裂けそうだった。あいつは気が付いていなかったし、他の誰も感付いていなかった。あの憎たらしいパパ・ハオレ〔白人とハワイ先住民との混血〕、スティーブン・カルナ以外はな。やつは知っていたんだ。でも僕はそのことには気が付かなかった。それから、ああ、ストロウブリッジ医師も気付いていた。彼は連邦政府の医師で、癩病者を見分けることができた。ほら、感染の疑いのある者を検査し、ホノルルにある一時受け入れ施設へ送り込むことも彼の仕事だったから。スティーブン・カルナも癩病者を見分けることができた。やつの家系には癩病の血が流れていて、親戚の四、五人が既にモロカイ島に送られていたのさ。

「事件はスティーブン・カルナの妹を巡って起きたんだ。彼女に感染の疑いがかかったんだけど、ストロウブリッジ医師が彼女を検査する前に、カルナがどこかの隠れ家に彼女をさっさと隠しちまった。ライトはコナの保安官だったから、彼女を見つけるのはあいつの仕事だった。
「あの晩、僕らはみんなでヒロにあるネッド・オースティンの店にいた。僕らが店に入ると、スティーブン・カルナは一人でもう酔っ払っていて、今にもけんかしそうだった。誰かの冗談にライトがバカ笑いをすると――巨体の男の豪快で陽気な笑い声だ――カルナのやつが軽蔑したように床に唾を吐き捨てた。ライトも、そこにいるみんなもそれに気が付いた。でもライトは無視した。カルナは騒ぎを起こしたがっていた。ライトがやつの妹を捕まえようとしていたから、個人的に恨んでいたんだ。何かにつけてカルナはライトはおもしろくないやつだとこれ見よがしに示そうとしていた。けれどライトはやつを無視した。多分、ライトはカルナに対しちょっとばかし申し訳なく思っていたんだろうな。あいつの任務の中でも、癩病者を逮捕することは最もつらい仕事だったから。気持ちの良いことじゃないよな。他人の家に上がり込んで、何の悪いこともしていない父親や母親や子供を家族から引き離し、モロカイ島に永久追放するなんて。もちろん、社会を守る為には必要な処置だし、もし自分の父親に疑いがかかったとしたら、あいつは真っ先に自分で父親を捕まえるだろうがね。
「とうとうカルナがこんなことを口走った。『おい、グレゴリー、お前、カランヴェオを見つけ出すつもりだろうが、そんなことはできないぞ』
「カランヴェオというのはカルナの妹のことだ。ライトは自分の名が呼ばれたのを聞いて、ちらりとカルナの方を見たが、何も言わなかった。カルナの怒りが爆発した。やつはそれまでずっとその機会がくるのを待っていたんだ。

『『ひとつ言っておくが』とカルナは声を荒げた。『カランヴェオをモロカイに送る前にあんたがそこに行くんだな。あんた、自分が何者か分かってるのか？　教えてやるよ。あんたには正直者と一緒にいる権利なんてないんだ。自分の任務を話すのにも、あんたやたらと騒いでたな。癩病者をたくさんモロカイ島に送ったんだろうが、その間、あんたは自分もそこにいるべきだって分かってたんだろう』

「ライトが腹を立てるのはそれまでに何度か見たことはあったよ。けれどあれほど怒り狂ったのは見たことがなかった。僕らにとって癩病というのは、冗談にならないんだ。ライトは床を飛び越えカルナの首をつかむと、やつを椅子から引きずりおろした。それから、その混血男の歯がガチガチいうのが聞こえるくらい乱暴に前に後ろにと揺さぶった。

『『どういう意味だ』とライトはカルナに詰め寄り、『はっきり言え、さもないと絞め殺すぞ』と叫んだ。

「ほら、西欧には作り笑いしながら口にせざるを得ない言葉ってのがあるよな。ハワイ諸島でも同じだ。ここでは癩病に関わる言葉がそれなんだ。カルナはどんな類の男であれ、臆病な男ではなかった。ライトの手が緩んだ隙にこう答えた――

『『どういう意味だか教えてやるよ。あんた自身が癩病者だってことさ』

「ライトは突然その混血男を横向きに椅子に向かって投げ飛ばし、いったん落ち着かせた。そして腹の底から大笑いした。しかし、笑っていたのはあいつ一人だけだった。ライトはそれに気が付き、周りを見回し僕らの顔を見つめた。僕はライトのところに行き、あいつをその場から離れさせようとしたが、あいつは僕には気が付かなかった。吸い込まれるようにカルナを見ていた。カルナはあたふたして、神経質に喉のあたりを拭いていた。ライトが喉につけた指の菌を払い落とそうとするかのようにね。ライトは彼をただひたすら見つめていた。カルナの行動は分別こそなかったが真実を語っていたんだ。

「ライトは仲間を見回した。ゆっくりと、顔をひとつずつ目で追った。

『おい、勘弁してくれよ』とライトは言った。

「声にならない声だった。声というより、恐怖と戦慄からなる、かすれた呻きだった。喉の奥でぴくぴくと震える恐怖だった。それまで恐怖なんて感じたことはなかったんだろう。

「ところが例の途方もない楽観主義が顔を出し、また笑った。

『大した冗談だよ——誰が考えたんだか知らないが』ライトは言った。『酒は俺のおごりだ。まったく、一瞬ひやっとしたぜ。でも、こんなこと二度とするなよ。やりすぎだ。今ので千回死んだ気分だ。妻や子供たちのことを考えちまった……』

「ライトの言葉はそこで途切れた。相変わらず喉のあたりを拭いている混血男があいつの目にとまった。ライトは困惑し不安そうな様子をみせた。

「ライトが僕のほうを向き、『ジョン』と声をかけた。

「あいつの陽気で良く通る声が僕の耳に響いた。けれど、僕は返事することができなかった。その瞬間、唾をごくりと飲み込んだ。おまけに自分がまともな顔をしていないことも分かっていた。

『ジョン』と再び僕の名前を呼びながら、ライトがこちらに近づいてきた。

「おずおずとした声だった。ライト・グレゴリーがそんな声を出すなんて、ありとあらゆる禍々《まがまが》しい悪夢よりも恐ろしいことだ。

『ジョン、ジョン、どういうことなんだ?』とあいつはいっそうおずおずとして言った。『これは冗談なんだろ? ジョン、ほら、俺の手をみてくれ。もし俺が癩病者なら、君に手を差し出したりするか? 俺は癩病者なのか、ジョン?』

「あいつは手を差し出してきた。一体どうして僕がそんなことを気にすると思う? ライトは僕の親友だ。だから、僕は彼の手を取ったよ。でも、その途端にあいつの表情がパッと明るくなって、胸が痛んだよ。

『そう、ただの冗談さ。ライト』と僕は言った。『みんなで君をはめようとしたんだ。君の言う通りだ。度が過ぎていたよな。もう二度とこんなことはしない』

「ライトは前のように笑いはしなかった。彼は微笑んだ。悪い夢から覚めはしたが、まだその夢を引きずっている、そんな顔をしていた。

『ああ、分かった』あいつは言った。『もう二度としないでくれ。酒はおごるよ。だけど正直言って、お前たちのせいで本当に消えちまうかと思ったよ。ほら見ろ、こんなに汗びっしょりだ』

「ライトは溜息をついて額から汗を拭うとカウンターに向かおうとした。

『冗談じゃない』といきなりカルナが言った。

「僕は殺さんとばかりにやつを睨みつけた。いや、実際殺してやろうかと思ったくらいだ。でも僕はあえて何も言わず、襲いかかりもしなかった。そんなことをしたら、大ごとになりかねなかった。なんとか避けよう避けようと思っていたのにね。

『冗談じゃない』とカルナはくり返し言った。『あんたは癩病者だ。ライト・グレゴリー。その手で正直者の男の肌に触れる権利はないんだ――正直者の清潔な肌にな』

「するとグレゴリーがかっとなった。

『冗談が過ぎるぞ！　もうやめろ！　やめるんだ、カルナ。さもないとお前を叩きのめすからな！』

『細菌検査を受けるんだな』とカルナが応じた。『その後なら殴ってもいい――なんなら、死ぬまで殴ってくれても構わない。ほら、あのガラスに映る顔を見てみろ。分かるだろ。誰にだって分かる。あんた、ライオンのような顔になりかけているじゃないか。ほら、目の上の皮膚が黒ずんでいるじゃないか』

「ライトは必死にガラスを覗き込んでいたが、その手は震えていた。

「そしてようやく『何も見えやしない』と言うと、混血男に面と向かった。『腹黒いやつだな、カルナ。お前のせいで俺がこんな恐ろしい思いをするなんて。誰にもそんなことをする権利はないぞ。まあ、お前の言う通りにしようじゃないか。今すぐはっきりさせてやるからな。これからストロウブリッジ先生のところへ行く。その代わり、戻ってきた時は覚悟しろよ』

「ライトは僕たちには目もくれずに出口へ向かった。

「『君はここで待っていてくれ、ジョン』僕が同行しようとすると、あいつはそれをさっと手で制した。

「僕たちはみんな、亡霊の集団のようにその場に立ちすくんでいた。

『本当のことだ』とカルナが言った。『お前らにだって見えていたんだろう』

「みんなが僕を見たので、僕はうなずいた。グラスの中身を半分ほどカウンターにこぼした。彼の唇は今にも泣きだしそうな子供のように震えていた。ネッド・オースティンはアイスボックスをカタカタいわせていた。視線が定まっていなかった。自分でも何をしているのか分かっていないみたいだった。誰も言葉を発しなかった。ハリー・バーンリーの唇が一層激しく震えだした。と、顔がみるみる鬼のような形相に変わり、カルナに一発見舞った。そして立て続けにやつを殴った。僕らは誰も二人を引き離そうとはしなかった。その混血男が殺されようが、どうでもよかった。たしかにひどい殴り方ではあったが、誰も興味はなかった。一体いつバーンリーが手を止め、あの哀れな野郎が這うように出て行ったのかさえ僕は覚えていない。僕らはみんなただ茫然としていたんだ。

「後になって、ストロウブリッジ先生から事の顚末を聞いたよ。ライトがオフィスに現れた時、先生は夜遅くまで報告書を書いていた。ライトは持ち前の楽天ぶりを取り戻していて、軽快にオフィスに入っていった。もちろん、カルナにちょっとは腹を立てていたが、自分に自信を持っていた。『私に何ができたでしょう?』と先生は僕に話した。『彼が癩病にかかっていることを私は知っていたのです。何ヶ月もの間進行するのを見ていました。彼に何も答えることができませんでした。認めることはできなかったのです。正直に言いますと、私はあの時、取り乱して泣き崩れました。彼は私に細菌検査をするよう頼んできました。「切り取ってくれよ、先生」と言っていました。何度も何度も「皮膚を切り取って検査してほしい」と』

「ストロウブリッジ先生の泣き崩れる姿を見てライトも納得したのは間違いない。翌朝クローディーヌ号がホノルルに向けて出航することになっていた。僕らはライトが行ってしまう前に、あいつを捕まえることができた。そうなんだ、あいつは自らホノルルに向かい、自分の身を衛生局に引き渡そうとしていたんだ。そんなあいつを僕らはどうすることもできなかった。今まで多くの人をモロカイに送り込んできた手前、尻込みすることはできなかったんだ。僕らは日本に行くよう説得したが、あいつは聞く耳を持たなかった。ただ、『薬を飲まないといけないんだ』ということだけを何度も何度も言っていた。その考えに取りつかれているかのようだったよ。

「身辺整理をした後、ライトはホノルルの一時受け入れ施設からモロカイ島に向かった。けれど、あいつはそこではうまくやれなかった。現地の医者が送ってきた手紙には、ライトが見る影もなく変わり果て、妻や子を思い嘆き悲しんでいると書かれていた。僕らがみんなで彼らの面倒をみていたことはライトも知っていたのだけど、そのことがまたあいつを苦しめていた。六ヶ月かそこらが経ったころ、僕はモロカイ島に行った。ガラス板一枚の窓を挟んで僕はあいつと向かい合って座った。僕らはガラス越しにお互いを見つめ、伝声管とかいう管を通して会話をした。でも、どうにもならなかった。あいつはモロカイ島に留まる腹を固めていた。四時間にもわたって僕は彼を説得した。最後には疲れ切ってしまったよ。それに、僕の乗ってきた汽船の船長が、帰りの出航の合図をしつこく鳴らしていたし。

「けれど、僕らはそのままでは納得できなかった。三ヶ月後、僕らはハルシオンというスクーナーをチャーターした。アヘンの密輸船で魔女のようにすいすいと航行する船だった。船長は金のためなら何でもするドイツ系移民で、彼に損はさせないからと言って中国へのチャーター便を出させた。彼はサンフランシスコから航行してきて、その数日後、僕らと落ち合い、ランドハウスのスループ帆船で出航した。わずか五トンの帆船だったけど、北東の貿易風にのって五十マイルを吹っ飛ばした。船酔いはしたかって？　まさか、船酔いなんて今まで一度もしたことがないよ。陸から見えないところでハルシオンに乗り換え、バーンリーと僕はモロカイ島へと向かったんだ。

「夜の十一時にはモロカイ島に到着した。スクーナー船を停めて捕鯨船に乗り、波の合間を通り抜けカラワオに着いた——例のダミアン神父〔モロカイ島でハンセン病患者の救出に尽くしたベルギー人のカトリック宣教師〕が亡くなった場所だよ。ハルシオン号の移民船長はなかなか勇敢なやつで、二丁のリボルバーを革のベルトに装着して、モロカイ島までついてきた。僕らは三人で半島をわたり、カラウパパ〔モロカイ島中部の半島。ハンセン病患者を収容していた〕に向かった。二マイルほどあったと思う。想像してくれよ。真夜中にたった一人の男を千人以上の癩病者がいる施設の中から探そうとしていたんだ。それに、もし警報が鳴ったら何もかもお終いだ。右も左も分からない土地で、しかも真っ暗闇だった。患者の犬が近寄ってきて僕らに向かって吠えたりするもんだから、僕らはよろめきながら歩き回り、そのうち道に迷ってしまった。

「でも、移民船長がうまくやってくれた。彼の先導で僕らは最初の一軒家にたどり着いた。中に入りドアを閉め、灯をともした。そこには六人の癩病者がいた。彼らを叩き起こし、僕はモロカイ島の言葉で話しかけた。僕が探していたのはコクアだった。コクアとは、現地の言葉で看護人のことだ。土地の人間で、病気に感染はしていないが、衛生局から給料をもらって施設に住み込み、癩病者の世話をしたり傷の手当てなんかをしている。移民船長が患者の一人を連れてコクアを探しに行っている間、僕らはそこで患者たちを見張っていた。船長はコクアを見つけると、リボルバーの口をそのコクアに突き付けながら連れてきた。そいつは良いやつだった。船長が家を見張っている間、バーンリーと僕はコクアの案内でライトのいる家へと向かった。ライトは独りきりでいた。

『いつか君らが来ると思っていたよ』とライトは言った。『僕に触れるなよ、ジョン。ネッドやチャーリー、それに仲間たちは元気かい？　まあ、いい。その話は後だ。ここを出る準備はできている。九ヶ月間ずっとそのことを考えていた。ボートはどこだ？』

「僕らは船長を迎えにさっきの家に戻ろうとした。ところがその時、警報が鳴り出した。辺りの家々に明かりがつき、ドアがバタンと閉められていく音がした。僕らはあらかじめ、どうしても必要になるまで銃は使わないことに合意していた。だから、行く手を阻まれた時には僕らの拳を使うかリボルバーの持ち手で対抗した。気が付くと僕は、あるでかい男とやりあっていた。そいつの顔にまともに二発ほど見舞ったが、やつを振り切ることができなかった。そいつが僕を掴んだものだから、もろとも倒れこみ、転げ回り這いずり回りながら掴みあった。すると、そいつは僕からすっと離れていった。誰かが灯を持ってきたんだ。その灯でそいつの顔が見えた。あの時の恐怖と言ったら！　もう顔とはいえなかった――潰れた、というか潰れかかっている――生きながらの腐爛でしかなかった。鼻も唇も判別できないし、片方の耳は腫れて歪み肩まで垂れていた。僕は半狂乱になった。そいつが僕に抱きかかり、体をひきつけたものだからその耳が僕の顔にパタパタとあたった。その瞬間、僕は正気を失ったらしい。あまりの恐怖だったんだ。僕はリボルバーでそいつを殴りはじめた。どうしてそうなったのかは知らないが、僕がそいつから離れようとしたちょうどその時、そいつが僕にがぶりと噛みついた。僕の片方の手が唇のないその口の中にすっぽり納まった。僕はリボルバーの持ち手でそいつの眉間をまともに殴った。するとそいつの歯から力が抜けた」

月明かりの下、カドワースがその手をこちらに向け、僕はその傷跡を見ることができた。まるで犬に噛まれてめちゃくちゃにされた跡のようだった。

「心配しなかったのか？」と僕は聞いた。

「したさ。七年間待った。あの病気の潜伏期間が七年なんだよ。ここ、コナの地で待った。病気は発症しなかった。けれど、その七年間一日だって、一晩だって、意識しなかったことはなかった……この全てを……」カドワースは言葉をきって、月明かりを浴びた眼下の海から雪をかぶった山頂へと視線を移した。「この風景が見られなくなるなんて耐えられない。コナの地がもう二度と見られなくなるなんて耐えられない。七年間だぞ！　発症はしなかったよ。でもそのせいでいまだに独身だ。僕には婚約者がいた。でも、発症の疑いがあるうちは結婚に踏み切ることはできなかった。彼女には理解してもらえなかった。結局アメリカに行って他の男と結婚したよ。以来彼女には一度も会っていない。

「癩病者の警察から逃れた瞬間、騎兵隊の突撃のような慌しい馬の蹄の音が聞こえた。あの移民船長だった。彼は騒動が起こるだろうと思って、あらかじめ、見張っていた忌むべき癩病者に四頭の馬の鞍付けをさせていたんだ。僕たちも準備はできていた。ライトは既に三人のコクアを片付けていたから、あいつと僕はバーンリーをさらに二人のコクアから引き離した。そのころには施設全体が大混乱の中にあった。僕らが大急ぎでそこから逃げようとした時、何者かが後装式連発銃《ウィンチェスター》を僕らに向けて発砲した。モロカイ島の監督官ジャック・マックベインだったに違いない。

「全くとんでもない騎馬旅行だったよ！　癩病者の馬に、癩病者の鞍、癩病者の馬具だ。真っ暗闇の中、ビュービュー飛ぶ弾の音、最悪の路。おまけに移民船長の馬はラバで乗り方もままならなかった。でも僕らはなんとか捕鯨船までたどり着いた。波間を縫って突き進んだところでようやく、カラウパパから丘を下ってくる馬の蹄の音が聞こえてきた。

「君は上海に行くんだよな。だったらライト・グレゴリーに会って来いよ。あいつは今、そこでドイツの会社に雇われているんだ。ディナーにでも連れ出してやってくれ。ワインを開けて最高の食事をさせてやってくれ。でも、あいつには一銭も払わせないでくれ。請求書は僕に送ってくれればいい。あいつの妻と子供はホノルルにいて、家族のためにもあいつは金が要るんだ。知っているんだ。あいつは給料のほとんどを家族に送り、自分は世捨て人みたいな生活をしている。あいつにコナの話をしてやってくれ。コナはあいつの心がある場所だからな。君が語れることならなんでもあいつに話してやってくれよ」

ハーフ・ホワイト

ファニー・ヴァン・デ・グリフト・スティーヴンソン／大久保譲 訳

I

「前にも言ったが、もう一度言おう」司祭は言った。「この地では君は実のある仕事などできまい。ぼんやりしすぎている。夢見がちな空想家《ロータス・イーター》だ。厳しく現実的な祖国に帰りなさい。そこでは誰もが額に汗して物を生み出し、怠け者は許してもらえないのだから」

「ぼくの書いた詩を認めてくださっていると思っていました」悲しみに満ちた答えが返ってきた。「つい昨日、素晴らしいと言ってくださったじゃありませんか。あれは皮肉だったんですか？　ぼくは単純で騙されやすい人間です。からかっていたなどとおっしゃらないでください、キャノンハースト神父。耐えられません。それに、エデンの園のように美しいこの場所には、嘲りの言葉など似合わないはず。調和ある世界をこわさないでください」

耳に心地よい豊かな声で、司祭に向かって抗弁しながら、ローレンス・キャスカートは前かがみになり、美しい瞳を上目づかいにしてみせた。

「ローレンス、頼むから」司祭はいらだたしげに答えた。「その大げさな態度はやめてくれ。愚か者だと思われてしまうぞ」

「本当は愚かではないのに、と？　ありがとうございます、神父さま。ですが、ぼくのソネットだって、さんざん苦労して産みだしたんです。どんな受刑者も、ぼくが最後の三行連句《トリプレット》――つまらないもの《トライフレット》などと言わないでください――を書いたときほどには刻苦精励しなかったでしょう。ひょっとすると、神父さまは詩作を実のある仕事だとは考えていらっしゃらないのですか。辞書でも編纂するほうがましだとでも？　それともまさか、新聞記者になるほうがよいなどとお思いですか？　もちろん、そうしろとおっしゃるなら従います。でも、ご期待に沿えるとは思いません――」

「馬鹿を言いなさい」司祭は答えた。「君の詩は優美で情趣に富んでいる。だが、よく見ると五年も前に書かれた詩がいくつもあるのに、ここホノルルに来てから書かれた詩はたった一篇きりじゃないか。それに全体としてもほんの薄い詩集だ。君はギターで美しい音色を奏でているが、われわれが待っているのはオルガンの荘重な調べなのだ。ローレンス、教会は待っているんだよ」

青年はうなだれて十字を切った。彼は最近カトリックに改宗したばかりだった。

「神父さまのおかげです。それに、あなたにはもっと大きな恩も受けている」ローレンスは言った。「あなたは常に正しく、賢いお方だ。導かれるままに従うつもりです。ですが、ぼくにあまり多くを期待しないでください」

司祭は優しい目でローレンスをじっと見た。「結婚しなさい」

「結婚！　このぼくが！　そんな、キャノンハースト神父！　一生涯つづく罰を受けねばならぬほど、ぼくの罪科は重いのですか？　性格のせいか、結婚相手にふさわしい若いご婦人たちと出会う気になれませんでした。そんな大きな一歩を踏み出すべきだとお考えなら、年頃の娘がいる母親と話をつけてくだされればよかったんじゃないですか？　ぼく一人じゃ本気で相手を探せそうにありません」

「ハワイを離れなさい。ニューイングランドに戻るんだ」司祭は言った。「ブラックベリーの実のように良縁がごろごろしているらしいぞ。結婚したいという噂を広めさえすれば、たちまち相手が見つかるそうだ。君には重し《バラスト》が必要だ。よい妻がいれば、腰も落ちつくだろう」

「そうでしょうね」ローレンスは、わざとらしく身ぶるいしてみせた。「だけど、ニューイングランドには戻れませんよ。そもそも行ったこともないんです。何度もお話ししましたが、ぼくが生まれたサンフランシスコはボストン郊外の町じゃありません。あなたがた外国人《よそもの》にはぴんとこないようですが」

「わたしたちはどちらもハワイでは外国人《よそもの》だよ」司祭は注意を促した。

「ええ」ローレンスはうなずいた。「だから素晴らしいんじゃないですか。何もかも新奇で魅力的だ。ぼくはここで、あふれんばかりの印象と経験にどっぷり浸って生きています。花のまわりをのんきに飛びまわっているだけに見えるかもしれませんが、実は蜜を集めているんですよ」

「蜜を食べすぎるのは消化によくない」司祭は冷たく言った。「見なさい、果物がやって来た。

胃袋にも、血にも、精神にも効くぞ」

そう言いながら司祭が振り向いた先に、二人の少女がいた。マンゴーの籠を抱えてラナイ〔庭に通じる屋根つきのテラス・居室〕の階段を上ってくる。

「アロハ、わが子よ。アロハ・ヌイ！　こんな暑い日にキャノンハースト神父のことを思い出してくれるとは、親切なことだ。それに、おまえの姉も戻ってきたんだね。アロハ、娘よ。ここを出てから、背が伸びただけでなく、さぞ賢くなったのだろう」

姉妹は不思議なほど似ていなかった。妹のほうはどこから見てもハワイ系だが、姉は、地黒のうえに日焼けもしていたけれど、原住民らしい特徴は全く見られない。二人は司祭の祝福を受けると、くすくす笑いながら去っていった。

「あの二人が姉妹だなんて思いもしませんでした」ローレンスはほんのり赤く染まったマンゴーを手に取った。「とても同じ血を引いているようには見えません」

「じっさい、違うんだよ」司祭は答えた。「あの子たちの耳に入るところでそんなことを言ったら、ひどく傷つけてしまうだろうが。聞いたことがあるだろう、南洋の島々では、奇妙な養子縁組の習慣が広く根づいているんだ。年上の娘は、生まれる前から、年下の娘の母親の養女になっていた。実の母親はポルトガル人だ。こうした養子縁組はよくあることなんだが、たいていは原住民同士のあいだに限られている」

呼び鈴が鳴り、二人の男は同時に立ちあがった。

「告解の時間だ」司祭は言った。「それじゃあ、またな」

庭の門を開けたとき、ローレンスは足を止めて周囲を見まわした。太陽は明るく照りつけ、暑かったものの、そよ風が薄い服を通してゆったりと彼の肌に吹きつけていた。花をつけた木々の枝や蔓草がそれぞれの庭の塀の上で揺れ、家々の横手からどぎつい色の花弁を街路に降らせる。プルメリア、クチナシ、ヘリオトロープ、オレンジ、黄色いジンジャーから、熱帯らしい気前のよさで、むせかえるような芳香があたり一面に漂う。短い影の下、戸口の周辺には、華やかなホロク〔裾の長いハワイの衣服〕に身を包んだ、茶色い肌の美しい女性たちがたむろして、優しい声でおしゃべりし、笑いあっていた。中には、たがいの身体を枕にして仔猫のように歩道に寝転んでいるのもいた。

「キャノンハースト神父は正しい」青年は思った。「こんなところで詩を作れるほど、ぼくは図々しくない」

II

だいぶ日も傾いて夜に近づいた頃、ようやくローレンスは下宿の戸口まで戻り、一瞬足を止めると、焦がれるような目で隣家のバルコニーを見あげた。だが、彼が明らかに望んでいたことは起きなかった。誰一人姿を現さず、藤で飾られた窓はぴたりと閉まったまま静まり返っている。

部屋に入ると真っ暗で蒸し暑く、息苦しかった。ローレンスはマッチを擦って、何がどこにあるのかわからなくなったかのように室内を見わたした。ひとつの窓の横に奇妙な品があった。ポルトガルからの移民が伝えたギターが、青いリボンで吊るされてぶらぶら揺れている。このギター、あるいは「タロパッチ」〔弦が二重になっているウクレレの一種〕をフックから外して静かに調律すると、窓を開けてバルコニーに出た。優美な姿勢になるように意識しながら壁にもたれると、力強く弦を爪弾いた。不必要なまでに騒々しい前奏のあと、正確で朗々たるテナーで、ハワイの現地語でラブソングを甘く歌いあげた。

二小節を歌い終わる前に、隣家のバルコニーのガラス戸がおずおずと開き、ほっそりした茶色い手が藤の蔓を押し分けて、現地人と白人の混血《ハーフ・ホワイト》の愛らしい少女が顔を覗かせた。ふさふさの睫毛をした細長い目からは、たった今まで泣いていたのがわかる。黒髪はくしゃくしゃで、耳のうしろと胸元を飾るハイビスカスの赤い花はひしゃげて見る影もなかった。

「それ以上歌わないで。それ以上歌わないで」彼女は少し癖のある正確な発音で言った。とても愛くるしい。「わたしはあなたに言わなければならないの、ローレンス。これが最後よ。言うべきことを急いで言わなければ。さもないとわたしの決心が鈍ってしまう」

青年は二つのバルコニーを隔てる深淵に身を乗り出した。

「泣いていたね、ルラーニ。何が悲しいんだい？　近くにおいで。手すりのところまで来て、ぼくに話して。考えてもごらん」娘が言われたとおり近づいてくると、彼はつづけた。「考えてもごらん。こんなに長く君のことを愛しているのに、まだ手さえ触れていないんだよ」

「たった二週間じゃない」娘はつぶやいた。

「二週間だって！　二年――二千年も同じことさ！　世界が始まってからずっと――初めて君

を見てからずっとだ」

「ほんとうに短い時間じゃないの」娘は悲しげにさえぎった。「あなたはすぐに忘れてしまうでしょう。わたしも――忘れるようにする」

「どういうことだい、かわいい子？　怖いことを言うね。さ、もっとこっちに身を乗り出して、ぼくの話を聞いてくれ。世界一の友人が今日言ったんだ、「ローレンス、結婚しなさい」と。どういうことかわかるかい？　その忠告に従うつもりだ――彼はぼくの魂の指導者だからね――つまり、君と結婚するのさ」

「駄目よ！　駄目！」娘は苦悩の叫びを上げた。「黙って聞いて。わたしに勇気があるうちに、話させて。思い切って話すわ、口をつぐんでしまわないように。今日、告解に行ったの。神父さまに、わたしたち――あなたとわたしのことを打ち明けたわ。バルコニーで出会い、話し、あなたにタロパッチの弾き方を教えたこと。神父さまは怒っていらした。ものすごく怒っていらしたわ。それも当然よ。わたし――わたし、あなたのこと騙していたの、ローレンス。そんなこと思ってなかった――そんなつもりじゃなかったの――最初は」

「嘘なんてたいしたことないさ、かわいい人。よかったらほんとうのことを話してごらん。話したくないなら無理強いはしない。君の秘密のひとつぐらい、打ち明けられようと隠されようと、へいちゃらさ」

「そんなふうに優しいことを言わないで」娘はすすり泣いた。「話さなきゃいけないの――話さなきゃ。ローレンス、不思議に思わなかった？　このバルコニー以外の場所でわたしを見かけたことがないのを。通りや、お店や、近所の家でわたしに会ったことがないでしょう？　わたしがいつも一人でいるのを、変だと感じなかった？」

「ぼくが不思議に思っていたのは、君の美しさだけだよ」青年は答えた。けれども、その声の響きはどこか嘘くさかった。

「ちゃんと聞いて」娘は苦しげに言った。「わたしは呪われた存在なの。パーリア、つまり人間社会からの除け者なの。わたしの母と兄は、モロカイ島で死んだのよ」

「なんだって！」青年は叫んだ。「レプラか！〔モロカイ島に隔離施設があった〕」

ローレンスがそう言う前に、娘はさっと退いた。窓が閉められ、彼女の部屋の灯りはかき消えた。

Ⅲ

キャノンハースト神父のラナイから柔らかなランプの光がこぼれて、庭の芝生や茂みを照らしている。もうすっかり遅い時間だったうえ、雨雲が山から降りて来て、暗い夜だった。神父の家は眠っているように、いやいっそ死んだように静まり返っていた。立派な黄色い花輪《レイ》で体を飾った陽気な酔っぱらいたちが近くを通り、その声ががらんとしたラナイに響くのは、まるで教会で冒瀆の言葉が吐かれたかのようだ。この禁欲的な部屋で、キャノンハースト神父はただ一人腰を下ろし、目の前の壁をじっと見つめていた。脇のテーブルにはきちんと折りたたまれた書類が置かれ、破れた紙片が床に散らばっている。司祭の顔は青白く、表情をこわばらせて深い物思いにふけっていた。そのせいで、疲れなのか病気なのか、やつれたこめかみとこけた頬に浮かぶ影は一層色濃かった。

ちょうどその時、ローレンス・キャスカートは、飢えたように同情を求め（もし尋ねられたら、同情なしでは生きられないと言っただろう）、心を打ち明けられる相手にどうしても会いたくってラナイまで来ていたのだが、司祭が憔悴しきっているのに気づいて、そのまま帰ろうとした。しかし、ぎこちない動きのために気づかれてしまったようだ。司祭は顔に血の気が戻り、さっと立ちあがった。もう引き返せない。

「すみません、お邪魔じゃありませんか。お加減がすぐれないようですよ、神父さま」青年はたどたどしく言った。

司祭はうつろな目で見返してきた。

「うむ」ややあって、司祭はようやく口を開いた。「あまりよくない」

「そんなときに来てしまって、申し訳ありません」ローレンスは言った。「身勝手でした。自分の悩みで頭がいっぱいで、他のことが考えられなかったんです」

「悩み？」司祭は言った。思慮深さが徐々に彼の瞳に戻ってきていた。「どんな悩みがあるというのだ？　それに、どうしてこんなに遅い時間に会いに来た？　たぶん今はもう遅い時間なんだろう？」

「ええ、そうです」ローレンスは答えた。「お疲れのようですね。明日、あらためてご相談してもいいんですが」

「かまわん」司祭は言った。「入りなさい。わたしは明日には行ってしまうだろうから」

「行く？　どこにです？」ローレンスは尋ねた。「長いあいだ留守にはなさらないでしょうね。あなたがいなければ、ぼくはどうしていいかわかりません」

「長いあいだ留守にすることになるよ、ローレンス」神父は答えた。「なにしろ、もう二度と戻らないのだから」

「二度と――二度と戻らない？」ローレンスは馬鹿みたいに繰り返した。

「今夜」司祭はつづけた。「わたしは監督官に転任を申し出た。理由を包み隠さず述べてね。彼はわたしの判断を尊重してくれた。たまたま、マルケサス諸島の司祭職に空きができたところだったんだ。君を残していくのは心苦しいよ、ローレンス。君と過ごした時間はとても楽しかった。この年老いた友人を思い出すときには、どうかいろいろなことを大目に見てやってくれ。そして、わたしの忠告を忘れないように。ああ、そうそう、今夜はなんの用があって来たのかね？」

「まさか、こんなことになるなんて」青年は言った。「途方に暮れてしまいます。これから誰に相談すればいいんですか。あなたがどうしても必要なのに」

「ああ」司祭は言った。「君もわたしがいないと寂しいだろうね。友よ、せめて今のうちに手助けさせてほしい。わたしはもうすぐここを離れてしまうのだから。さあ、何があった？」

「ぼくはただ――」青年は答えた。「ただ、頭をすっきりさせたかったんです。できれば――お願いしたいのは――ぼくが無分別な道を選ぶよう、助言してもらいたかったんです」

「助言などするまでもなく、君が無分別な道に向かってしまうのではないかと心配だよ」司祭は力なく微笑んだ。「さあ、心の重荷を下ろしてしまいなさい。君のためらいを見れば、さぞかし無分別な問題なのだろうと想像がつく」

「神父さま」ローレンスは言った。「今日、結婚するようにとぼくに薦めましたね。あのとき、素直にほんとうの気持ちを打ち明けずに申し訳ありませんでした。でも、考えがまだ漠然としていたんです。ぼくの計画は――いや、計画なんてものはなかった。ただ、あなたはきっと反対するだろうと思って。ぼくの意中の人は、混血《ハーフ・ホワイト》なんです」

ただでさえ青ざめていた司祭の顔が真っ白になり、目にすっと奇妙な光が宿った。

「君が引っ越したのはいつだったかね?」司祭はだしぬけに尋ねた。

秘密を打ち明ける気恥ずかしさから、司祭と目を合わせようとしなかったローレンスだが、この質問を聞くとさっと顔を上げた。司祭の声の変化があまりに不自然で、驚いたからだ。

「そんなことが関係あるんですか? ですが、本気でお尋ねならお答えしましょう。××通りにある今の住所に引っ越したのは、二、三週間前です。キャノンハースト神父」司祭があからさまな反感のこもった目で見つめてくるのに肝をつぶして、青年は急いで付け加えた。「キャノンハースト神父、まさか、あなたに黙って引っ越したくらいのことで、そんなに怒っていらっしゃるんですか」

「名前は?」司祭は問いつめた。「相手の名前は?」

「これは告解じゃないんですよ、キャノンハースト神父」ローレンスは言った。「申し訳ありません。でも最後まで聞いてもらえれば、彼女の名前を告げるのは、思いやりを欠く、ひどい仕打ちだとわかってもらえるでしょう。それに、今夜はこれ以上お話ししないほうがよさそうです。あなたはどうも様子がおかしい。具合が悪そうだ。出発される前に、ぼくの話を聞く時間くらいは作っていただけるでしょう。今夜はこれで失礼します、安らかにおやすみなさい」

「安らかに?」司祭はぞっとするような笑みを浮かべながら繰り返した。「安らかに、だと? いやいや、言うべきことを今すぐ言うんだ。君が嫌だというのなら、名前は出さなくていい」司祭がなんとか自制しようとしているのは明らかで、痛々しいほどだった。「ひょっとすると、君が話したかったのは、レプラで死んだ女の混血《ハーフ・ホワイト》の娘、ルラーニのことじゃないのか」

青年はひるんだ。「そのとおりです」彼は言った。「当然、彼女をご存じですよね。そうじゃないかと思っていました」

「ほう?」

「あなたは――あなたは以前、彼女の母親の話をしましたね」ローレンスはつづけた。「その母親という人について、正確なところを教えてもらえませんか? 噂話はとかく大げさになるものですし――」

「真実――真実が聞きたいというのか?」司祭は言った。「真実を受け入れるのは、容易なこととは限らんぞ」

ローレンスは何年にもわたってキャノンハースト神父を知っていた。彼をカトリックに改宗させたのも神父だ。長く対話を交わすあいだに、青年は、後から考えると恥ずかしく思うのだが、ときおり事実を伏せたり捻じ曲げたりしてしまうことがあった。司祭はとりわけそうした罪に厳しかった。一度、言い逃れを重ねてにっちもさっちもいかなくなったとき、ローレンスには鏡に映る自分の姿がひどく不快に思えたものである。そんなことを思い出したのも、キャノンハースト神父がこそこそした落ちつかない目つきをしているのに気づき、ショックを受けたからだ。

「そこまで真実を求めるのなら」司祭はやにわに口を開いた。「赤裸々な恐るべき真実を受け取るがいい。あれの母親は現地の女で、ルラーニがまだ幼い頃にレプラで死んだ。父親はとあるイギリス商人の相棒だったのだが、妻の病気の正体を知ると逃げ出してしまった。当時、ここではレプラについての法がほとんど機能していなかったんだ。ルラーニの母親は家族のもとにとどまった。けれども、新しい王の治世になると彼女はモロカイ島に移され、母と同じ恐ろしい病気に罹った息子も、まもなくその後を追うことになった。残されたルラーニはわたしが引き取った。人々から孤立していたおかげで、そして神のご加護によって、彼女は汚れた肉体に清らかな魂をそなえた娘に成長したのだ」

「なんてことだ!」青年は叫んだ。「汚れた肉体だなんて言わないでください! そもそも、遺伝はそこまで大きな要因でしょうか? 学者たちの議論ならちょっとは知っています。七年が過ぎて発病しなければ、もう安全だと主張する専門家もいるんですよね」

「そうかもしれん。わたしは怪しいものだと思うが」司祭は言った。「諸説入り乱れているのは知っているよ。だが、ある一点についてはすべての科学者が一致しているのだ。レプラや狂気や肺結核は、ある世代で発病せずに済んだとしても、さらに強力になって次の世代に襲いかかる可能性が強い。君はそんなことを望んでいるのか？　身勝手に罪を犯し、その悲惨な結果が第三世代や第四世代の無垢な子供たちに降りかかるのを？」

「ぼく自身について言えば」ローレンスは答えた。「臆病者じゃないつもりです。それに、生まれてもいない架空の子孫のことを言われても、現実味がありません。友よ、こんなことを言われても嫌な顔をしないでください。あなたにはわかっていないんだ。さっきは彼女への気持ちを、充分に強い言葉で言わなかった。恥ずかしかったんです。だけど、ぼくは彼女を愛しています——他の誰のことも、こんなふうに愛せないほど。もし彼女を失えば、ぼくの人生はおしまいだ」

「愛か！」司祭は声を上げた。「愛とはな！　なんとも軽々しく口にするじゃないか。しかし愛の本質は自己犠牲だ。十字架にかけられたキリストから、わが子を生かすために命を落とす母親まで、それは変わらない。どんなときも、愛は血を流しながら礫になるものだ」

先ほどからキャノンハースト神父のいらだちを不可解だと思っていたローレンスは、司祭の情熱的な口調に驚いた。興味を持ってしげしげと見つめると、司祭の顔は紅潮した。

「キャノンハースト神父」ローレンスは唐突に口を開いた。「最初からこの話をするつもりだったんですね。あなたは今日、ルラーニの告解を聞いたのだから」

司祭は手を振った。「ローレンス・キャスカート、立ち入りすぎだぞ！　とはいうものの」と彼はつづけた。「今さら認めない理由もないか。そう、確かに彼女の告解を聞いたのはわたしだ。そして、彼女に諦めるよう諭した当の相手が君だということを、たった今、君の口から聞いて知ったよ」

「ですが神父——今はもう、ぼくが相手だとご存じなのですから——ぼくたちの仲に反対なさらないでしょう？」ローレンスは問いつめた。

「状況は何ひとつ変わっておらん」司祭は答えた。「これまで話した以上のことを言うつもりはない。わたしは疲れている。それにもう遅い時間だ」

屋根に激しく降る雨の音がラナイの中に響きわたり、はっきりわかるほど涼しくなってきた。立派な船小屋から出てきた酔っぱらいたちが、近くの家のラナイで雨宿りをしながら腿を打ち鳴らしている。フラ〔ハワイの音楽〕の荒々しく野蛮な調べが、パタパタという驟雨《しゅうう》の音と混じり合う。

司祭は体を震わせた。「あまり具合がよくないんだ」という言葉が、再びローレンスに向けて発せられた。

「神父さま」青年は急に良心がとがめた。「こんなふうにお別れするのは嫌です。最後に祝福を与えてください」

司祭は答えるかわりにローレンスがやって来た道のほうを指さした。だが、その手はすぐに下げられ、司祭は怒りと驚きのこもった目で外を見つめた。そこには混血《ハーフ・ホワイト》のルラーニが立っていた。ランプの光に顔が浮かびあがり、背後は真っ暗だ。

「どうか怒らないでください、神父さま」彼女は懇願した。「こんなに遅くまで起きていらっしゃるとは思わなくて。雨が降ってきて、年老いたカロイアが歩くのはつらいと言ったのです。それで、雨宿りだけでもさせてもらおうと、こちらに寄らせていただきました。まさか無下に断ったりなさいませんよね？」

自分の名前が口にされると、カロイア――ルラーニの友人であり、召使であり、親戚でもある老女――が、ルラーニの後ろから這うようにして姿を現した。それが目上の者の前で原住民がとる姿勢なのだ。彼女はテーブルの陰になっている暗い一角に身を潜めた。そして誰からも見とがめられることなく、音を立てずに腿で拍子をとり、体を揺らし、左右の肩を交互に上げて、フラの調べに心地よく身をゆだねていた。

「雨がやむまでここにいなさい」司祭は冷たく言った。

愛する娘が突然現れたので、ローレンスは最初こそとまどっていたが、すぐに思いがけず与えられたこのチャンスを利用しようと決心した。

「ここにいてはいけないよ、ルラーニ」彼は言った。「カロイアだけ雨宿りさせてもらえばいい。ぼくが家まで送ってあげる。雨もそろそろ上がりそうだし」

「だめよ、ローレンス」ルラーニは答えた。「それはだめ。あなたとはもうお別れしたじゃない。今のわたしは、自分を待っている神聖な使命のことだけを考えなければならないの。今日、あなたに言いましたよね、わたしは呪われた存在だって。でもそうじゃない。わたしは選ばれた存在なの。天は聖なる仕事のためにわたしを取りあげてくださった。神の意志に逆らってはいけないわ」

「ルラーニ、ルラーニ」青年はもどかしげに叫んだ。「それは本心から出た言葉じゃないだろう――」

「そうだとしても」ここで司祭が割って入った。「わたしの口から出たのなら、真実の、賢明な言葉であるはずだ。別れを告げて帰りなさい。明日の朝、ルラーニはホノルルを発つ。わたしは彼女を修道女アンジェラの手にゆだね、修道院に入れるつもりだ」

「そんなにすぐに?」娘は息を呑んだ。

「修道院なんて行っちゃだめだ!」ローレンスはわめいた。「ぼくと一緒に行こう、修道女アンジェラなんて悪魔にでもくれてやる!」

司祭はとがめるように手を挙げて、ルラーニを見た。

「そのような言葉を若い娘に聞かせるべきではないな」

ローレンスは怒りの発作に駆られて前に進み出た。芝居がかったしぐさで腕をさっと振ると(彼の十八番の動作だ)、もともと危なっかしくテーブルの端に置かれていたランプが手ではじき落とされた。カロイアがすばやく動いてランプが受けとめなければ、大惨事になっていただろう。それでもランプのほやだけは床に落ち、キャノンハースト神父の足元に転がっていった。灯油の焦げるツンとする臭いが室内に漂った。

司祭は身をかがめてほやを拾った。だが、それをランプに戻そうとすると、形のいい彼の手が震えて、うまくはめられない。

「貸してください」ローレンスは言いかけた。

そして口を閉じた。自分が奇妙な感情のうずまく場面の中心にいることに、ふいに気がついたのだ。しかし、どういう状況なのかは皆目わからなかった。熱いガラス製のほやを持つキャノンハースト神父の手の肉が焦げて、かすかな白い煙が上がっている。司祭もルラーニも召使も司祭の手をじっと見つめていた。どの顔にも恐怖が刻印され、おびえて白くなっていた。最初に動いたのは司祭だった。ほやを一回反対の手に持ちかえてから、もう一度元の手で持った。そしてゆっくりとランプにはめた。再度手を開いてじっと見つめた。それから、死んだようにぐったりと椅子にへたりこんだ。

ルラーニは床にひざまずいて司祭の膝にすがりつこうとした。司祭はびくりと身をすくめた。

「戻れ――戻るんだ！」彼は叫んだ。「わたしに触るな」

けれども、ルラーニが触れる寸前に、老女が彼女の服の裾をひっぱり、司祭から引きはなした。司祭は立ちあがって両目をこすった。「しばらく一人で神と向き合いたい」そう言うと、めしいた人のように、手探りでラナイを出ていった。

目の前で、自分には理解できない悲劇が演じられているのだと悟った青年は、ひどい不安に襲われた。愛する娘にも関わることなのか、それとも司祭一人の問題なのかもわからない。ともあれ、彼は初めて愛する人の手をおしいただき、口づけした。唇には涙の味が残った。ルラーニは進んで唇に手を押しつけようとはせず、彼が手を離すと、彼女の手は命なきもののようにだらりと落ちた。気まずくなって彼は身を引いた。ルラーニは声を上げてすすり泣いた。唱和するように悲痛な声がカロイアのいる一角から聞こえてくる――人の死を嘆くようなむせび泣きだ。あまりに異様で説明のつかない状況に、これはきっと幻想にちがいない、夢か狂気のしわざなんだという考えがローレンスの頭に浮かんだ。この瞬間にも、ぼくの体はほんとうはサンフランシスコでぐっすり眠っていて、ルラーニだとかカロイアだとかはみんな幻なんだ。きっとそうだ――しかし、そこでキャノンハースト神父が戻ってきて、ローレンスは我に返った。

司祭服《カソック》はずぶ濡れで、がりがりの体形と背の高さが目立つほど、司祭の痩せこけた体にぴったり張りついていた。濡れそぼった髪はくしゃくしゃに縮れ、雨粒にランプの灯が反射するたびにそこかしこできらめいて、刈りこんだ頭が後光のように輝いた。まるで中世の聖人さながらだ。

老女は低い声で陰気にぶつぶつつぶやいた。ルラーニは泣きやんで、何かを求めるように手を伸ばした。

「神父さま」おだやかに懇願するような口調で彼女は言った。「あなたの行かれるところに、わたしも行きます」

「わが娘よ」司祭は答えた。「言うとおりにするのだ。わたしについて来てはならん」

「ご一緒するのがわたしの使命。わたしはそのために生まれてきたのです。お願いです、わたしを拒まないでください」

「これは命令だぞ」司祭は言った。厳しい言葉づかいだったが、声はとても優しかった。「ルラーニ、出ていく前に質問に答えなさい。おまえはこの男を、妻が夫を愛するように愛しているのか？」

娘は悲しげな身ぶりで肯定の返事をした。

「では妻になるのだ。これまでずっと、おまえは愛情深く従順だった。わたしは言葉にできないほど感謝している。さあお別れだ。かわいい子羊よ、聖母がおまえをずっと見守りつづけてくださるように。祝福を授けよう」

司祭の合図で、カロイアはルラーニを半ば強引に外へ連れだした。ローレンスも二人の後を追おうとした。

「待ってくれ」司祭は言った。「君に――君には、話しておきたいことがある」唇を何度も舌で湿し、話そうとしているのはわかるのだが、言葉は出て来なかった。司祭は壁ぎわの棚から聖餐に使うワイン（ローレンスはすぐにそれとわかった）の入った瓶を取り出し、震える手でグラスに注いだ。一口飲むと、司祭の頬にかすかな赤みがさした。

「ローレンス」司祭は話しはじめた。「ローレンス、君はよくわたしのところに告解に来ていたね。今度は司祭が君に告解する番だ。さっき、ルラーニの出生の秘密について訊いただろう。わたしは嘘をついた。あのときはほんとうのことを言わないほうがいいと考えたんだ。今はそうは思わない。混血《ハーフ・ホワイト》のミキリの家に行ってみなさい。彼女の顔をよく見れば、ルラーニに似ていることに気づくだろう。彼女とルラーニのあいだに、どんな血縁関係があるのかを尋ねてみるといい。わたしがその質問を許したと言えば、彼女は答えてくれるだろう――ルラーニとは同じ母から生まれた姉妹なのだと。ルラーニの母親ということになっている女とミキリの母親は、ハワイ独特の意味での「親友」だったんだ。少女の頃にはたがいのホロクを交換し、母親になってからはひそかに、生まれたばかりのたがいの娘を交換したんだ。ひそかに、というのは、二人とも白人と結婚していて、どちらも夫には内緒にしていたからだ。ルラーニの義理の母親が発病してモロカイ島に連れていかれたとき、彼女の子供は二人ともわたしが面倒を見ることになった。男の子のほうはすぐに母親と同じ運命をたどった。世界のどこであれ、母親のない、一文無しの少女は危険にさらされるもの。ましてや、あらゆる国の悪党の逃げ場になっているこの町ではなおさらだ。それに、混血《ハーフ・ホワイト》であるために、彼女は生まれながらに放蕩者にとって格好の餌食でもある。そこでわたしは、レプラに侵されているという噂を利用して、世間の悪影響から切り離された環境でルラーニを育て、教育しようと決心した。彼女を、いわば教会への、そして神への捧げものにしよう、と。わたしは苦労して、単純なハワイ人のあいだに感染への恐怖を植えつけ、広めていった。白人のほうは、レプラという言葉を聞いただけで逃げだしていった。そして今日――今日――」

ワインの一時的な効果が薄れ、頬の赤みが消えて、司祭は今にも倒れそうなほど体をぐらつかせた。ローレンスは急いでもう一杯注いだ。司祭は手を払って瓶を置くように指示したが、しばらく躊躇したあと、グラスに口をつけた。

「そうしなければならなかった」司祭はつぶやいた。「肉体は弱いものだから」しばらくの沈黙のあと、彼はつづけた。「今日、告解室で、わたしは己の罪を目の当たりにした。わたしはルラーニを愛していた。精神的な父親としてではなく、女に対する男の肉体的な愛だ。わたしの中にあっては悪魔だが、君にとっては神聖なものだろう。なんとかして押し殺さねばならないわたしの強い愛情の、ほんの十分の一でも君がルラーニを愛していると信じられれば、喜んで胸をなでおろし、彼女を君の妻にすることができるのだが。君の性格ではそんな愛し方は無理だろう。とはいえ彼女は君に一途らしい。わたしは強いが、彼女はかよわい娘にすぎない。わたしなら戦えるが、彼女には不可能だろう。まもなくわたしはこの地を離れる。もう彼女の弱さに手を差し伸べてやることはできない。だから彼女を君に託そう。純粋な若い命を、不確かな君の手にゆだね、不確かな君の歩みに導いてもらうことにしよう。君が彼女を扱うのと同じように、いやそれ以上に神が君を大切に扱ってくださいますように。これは死者からの遺言だ」

司祭は手を開き、白い二本の火傷の痕を見せた。

「それはなんです?」ローレンスはささやくように尋ねた。

「気づかなかったのか」司祭は答えた。「さっき熱いガラスが手の肉を焼き、煙が出るほどだったのに、痛みを感じなかった。つまり——七年のあいだ、毒がわたしの血の中に潜伏していたんだ。わたしはレプラだ」

3 梅毒

第三世代

アーサー・コナン・ドイル／大久保譲 訳

スカダモア・レーンは、大火記念塔《モニュメント》のすぐ裏手からテムズ川に下っていく通りである。まばらなガス灯の光のはるか上にまで黒々とそびえる壁に挟まれているため、夜になると真っ暗だ。歩道は狭く、路面には丸石が敷きつめられていて、ひっきりなしに通る荷車が寄せては返す波のような音を立てた。立ち並ぶ店舗のあいまに古めかしい個人の邸宅が何軒か残っていて、そのうちの一軒、左半分が傾きかけた家こそ、おおいに繁盛しているホレス・セルビー博士の診療所兼自宅だった。こんな裏路地は成功した医者に似つかわしくないが、ヨーロッパ中に名を馳せる専門医ともなれば好きなところに住むことができるものだ。それに博士の特異な専門領域を考えれば、患者にとって人気《ひとけ》のない一角はかえって好都合かもしれない。

まだ夜の十時だった。日中はひっきりなしにロンドン橋をごとごと往来する車馬の騒音もほとんど絶えて、あいまいな呟きのようにしか聞こえない。雨が激しく降っていた。ガス灯は雨粒が筋となって滴り落ちるガラス越しにぼんやりと輝き、小さな黄色い光の輪を濡れた敷石に投げかけていた。雨音が空中に響きわたる。さあっと降る音、軒からばらばらと滴り落ちる音、急斜面の両側の側溝を渦巻きながら流れていき、格子を通ってごぼごぼと下水道に吸いこまれる音。このスカダモア・レーンに、今はたったひとつの人影があるだけだった。その男はホレス・セルビー博士邸の玄関先に立っていた。

男は呼び鈴を鳴らして返事を待っているところだ。扉の上にある半円形の窓《ファンライト》から漏れる光が、彼のレインコートの濡れた肩と上向いた顔を照らしつけた。青ざめて感受性の強そうなくっきりした目鼻立ちに、いわく言いがたい微妙な表情を浮かべている——縁の白くなった目は驚いた馬のようだし、やつれた頬や頼りない下唇は途方に暮れた子供のようだ。男の怯えた目つきを一瞥しただけで、召使には彼が患者だということが分かった。この戸口で、以前も同じ表情を見たことがある。

「先生はご在宅か」

召使はためらった。

「今夜はご友人たちを招いての夕食です。先生は診療時間外に邪魔されるのをあまり好みません」

「どうしてもお会いしなければならないと伝えてくれ。この上なく重要な問題なのだと。これが名刺だ」震える手で、ケースから一枚取り出した。「わたしはサー・フランシス・ノートン。ディーン・パークのサー・フランシス・ノートンが、一刻も早く会いたがっていると先生に伝えてくれ」

「かしこまりました」執事は名刺と、一緒に差し出された半ソブリン貨〔一ポンドの半分の価値を持つ当時の金貨〕を握りしめた。「コートは玄関ホールに掛けておかれるほうがよろしいでしょう。ひどく濡れていますから。診療室でお待ちください。必ず先生を呼んでまいります」

若い准男爵が案内された部屋は広く、天井も高かった。絨毯は毛足が長くふかふかで、歩いても足音ひとつ立たない。ふたつのガス灯は半分だけ炎を上げ、かすかな芳香をともなうぼんやりした光には宗教的な雰囲気があった。彼はくすぶる暖炉の傍らのてかてかした革張りの肘掛椅子に腰を下ろし、沈んだ表情であたりを見まわした。太い金色の文字が背に書かれた、くすんだ色合いの分厚い書物で壁の二面は埋めつくされている。すぐそばにある背の高い古風な白大理石のマントルピースの上には、詰め綿や包帯、計量カップや小瓶が所せましと置いてある。そのうちのひとつ、手を伸ばせば届くところにある広口瓶には硫酸銅が入っていた。折れたパイプ軸のような注ぎ口のついた、もっと細い瓶もあって、「焼灼剤」と記した赤いラベルが貼ってあった。書き物机の左右にある、マントルピースと中央のテーブルにも、体温計、皮下注射器、外科用メスやへら《スパーテル》がごちゃごちゃに積み重なっている。テーブルの右端には五冊の本が並ぶ。どれもホレス・セルビー博士の名前と切っても切れないテーマについて博士が著した書物だ。一方、テーブルの左側には、赤い医師名鑑の上に、カブほどの大きさをした人間の目のガラス模型が載っていた。模型は、水晶体と前後の眼房が見えるように中心まで断面を晒している。

サー・フランシス・ノートンはけっして観察力に優れているわけではなかったが、ふと気づくとこうした部屋の細部をじっくり眺めていた。酸の入った瓶のコルク栓が腐食しているのが目に留まって、医師がガラスの栓を使わないのを不思議に思ったりした。テーブルの表面の細かな傷に反射する光、革張りの机の表面に点々とついたしみ、薬瓶のラベルに書きなぐられた化学式——どんなささいなことにも注意を惹きつけられた。視覚だけでなく聴覚も敏感になっていて、暖炉の上の陰気な黒い大時計が時を刻む重苦しい音が耳に突き刺さった。しかし、その時計の音にもかかわらず、さらに古風な木製の厚い壁で仕切られているにもかかわらず、彼には隣室で話す男たちの声が聞こえ、会話の断片をとらえることさえできた。「二番手がトリックを取ったのは当然だ」「おいおい、君が最後の切り札を出させたんだろう」「相手がエースを持っているときに、クイーンで勝負するものか」こんな激しいやりとりが時おり響いてきては、よく聞きとれない低い会話に紛れていった。そこに突然、ドアが軋る音、そして廊下を歩く足音が聞こえてきた。苛立ちと恐怖の入り混じったひりつくような感覚で、青年は人生の決定的な瞬間が近づいているのを悟った。

ホレス・セルビー博士は大柄で恰幅のいい、貫禄のある人物だった。鼻と顎は力強くはっきりしていたが、顔の造作はぶくぶくとたるんでいた——十九世紀末の短髪と黒いフロックコートよりも、初期ジョージ王時代の鬘とスカーフのほうが似合いそうな面立ちだ。きれいに髭を剃っているのは、見栄えのする口を隠さないためだろう。大きく、しなやかで、感受性豊かな口は、両端に親切な人間らしい思いやりをたたえており、優しげな茶色の目とともに、多くの恥じ入る罪人たちから秘密を引きだすのに役立ってきた。両耳の下からふさふさとはえた立派な頬髯は、そのまま豊かに波打つ白髪まじりの髪まで続いていた。医師の堂々たる体躯と威厳にはどこか患者を安心させるものがあった。医療の現場での自信あふれるくつろいだ態度は、戦場においてと同様、過去に勝利を重ねてきたことをうかがわせ、来たるべき勝利をも約束するように見えるものだ。ホレス・セルビー博士の顔は患者を安心させた。顔と同じく人を落ちつかせる、がっしりして滑らかな白い手を、博士は訪問客に差し出した。

「お待たせして申し訳ない。お分かりでしょう、ふたつの義務のあいだの葛藤です。客に対する主人としての務めと、患者に対する助言者としての務め。ですが今はあなたのための時間です、サー・フランシス。それにしても凍えておいでのようだ」

「ええ、寒いです」

「全身が震えていらっしゃる。ちっちっ、よくないですな。外はひどい夜だし、冷えてしまったのでしょう。いかがです、酒でも一口――」

「いりません。ほんとうにけっこうです。寒いから震えているんじゃありません。怖いんです、先生」

医師は椅子に坐ったまま体をひねり、いらだつ馬の首を叩いてなだめるときのように、青年の膝の脇をポンポンと叩いた。

「で、何が怖いと?」医師は尋ね、肩越しに青年の怯えた目と青ざめた顔を見た。

青年は二度、口を開きかけた。それからふいに体をかがめ、ズボンの右裾をまくり、靴下を下ろして脛を突きだした。一瞥すると医師は舌打ちした。

「両脚ともですか?」

「いえ、右だけです」

「突然こうなった？」

「今朝からです」

「ふむ！」医師は唇を尖らし、人差し指と親指で顎を挟んでなぞった。「ご自分で理由がお分かりですか？」彼はきびきびと尋ねた。

「いいえ」

医師の大きな茶色い瞳が険しくなった。

「言うまでもないでしょうが、包み隠さず話していただけないなら……」

患者は椅子から飛びあがった。

「先生、神に誓います」彼は叫んだ。「ぼくはこれまでの人生で、何ひとつ間違ったことはしていない。ここまで来てわざわざ嘘をつくような愚か者に見えますか？　けっしてうしろ暗いことはしていません」

ズボンの片脚を膝までまくって棒立ちになり、瞳に消えることのない恐怖を浮かべている青年の姿はみじめで、なかば悲劇的、なかばグロテスクだった。隣室でトランプをしている客たちの陽気な声が響く中、医師と患者は黙って見つめあった。

「お坐りなさい」医師はぶっきらぼうに告げた。「あなたの言葉を信じましょう」体をかがめて青年の脛を触診していき、あるところまで来ると指を離した。「ふむ！　蛇行性か！」頭を振りながらつぶやいた。「ほかに症状は？」

「目が見えづらくなっています」

「歯を見せてください」医師は口のなかを検分し、ふたたび同情と非難のこもった穏やかな舌打ちをした。

「次は目を」患者のすぐそばにランプを置き、光を集める小さな水晶のレンズを持つと、患者の目を斜めから照らした。医師の表情豊かな大きい顔に喜びの色が広がった。珍しい植物を見つけてブリキ製の背嚢にしまいこむ植物学者のような、あるいはずっと待ち受けていた彗星が望遠鏡の視界を初めて横切ったのを見た天文学者のような熱心な表情が顔に浮かんでいた。

「実に典型的だ——典型的としか言いようがない」医師はつぶやき、机に向きなおって紙片にメモを書きつけた。「面白いことに、ちょうどこのテーマについて論文を書いているところなんです。あなたがこれほど顕著な症例をもたらしてくれるとは奇遇だ」

医師は患者その人のことを忘れ、ほとんど症例の保持者として賞賛しているようだった。患者が詳しい説明を求めると、医師はようやく人間らしい同情心を取りもどした。

「サー・フランシス、わたしたちが二人して厳密に専門的な細部に踏みこんでも意味がありません」なだめるような口調で医師は答えた。「これは間質型角膜炎だと告げても、理解できないでしょう？　あなたには甲状腺腫体質の傾向が見られます。分かりやすく言えば、生まれつき、遺伝として病毒を抱えている」

若い准男爵はふたたび椅子に沈みこみ、がっくりとうなだれた。医師はすばやく立ちあがってサイドテーブルのところに行くと、ブランデーをグラスに半分注ぎ、患者の口元に運んだ。それを飲みほすと、青年の頬にわずかに生気が戻った。

「いきなり率直に話しすぎましたね」医師は言った。「ですが、もともとご自身の症状について心当たりがあったはず。さもなければわたしのところにいらっしゃいますまい」

「信じてください、今日、脚がこうなって初めて疑念を持ったんです。父も同じような脚をしていました」

「では、お父上からの遺伝ですか？」

「いいえ、祖父からです。名だたる放蕩者《コリンシアン》だった、サー・ルパート・ノートンはご存じでしょう」

医師は幅ひろい読書をしていて、記憶力もよかったので、サー・ルパートの名前を聞くとすぐにその悪評を思い出した。賭け事と決闘に明け暮れ、酒色に溺れた一八三〇年代の悪名高い遊び人だ。最後にはつるんでいた不良たちですら怖がって離れていき、酔った勢いで一緒になったバーの女給と二人きりのみじめな晩年を迎えたという。革張りの椅子にもたれかかった若者に目を向けると、そこに一瞬、印章をぶら下げ、幾重にもスカーフを巻いた、色黒で好色な往年の遊蕩児の面影がぼんやり透けて見えた。サー・ルパートは今どうなっている？　ひと抱えの骨となって、カビの生えた棺に収まっていることだろう。しかし、彼の行状は今も生き延び、罪もない若者の血を汚染しているのだ。

「祖父のことをご存じのようですね」若い准男爵は言った。「おぞましい死にざまだったと聞いています。しかし、生きているときのほうがもっとおぞましかったでしょう。父は彼の一人息子でした。仕事熱心で、書物とカナリアと田舎暮らしを好んでいました。ですが、潔癖な生活も父を救えなかったのです」

「皮膚に症状が出たんですね」

「父は家の中でも手袋をしていました。それがぼくの最初の記憶です。それから喉に、続いて脚に広がっていきました。しょっちゅうぼくの健康を気遣っていて、こっちは父の真意など理解できませんでしたから、うるさく思っていたくらいです。父はたえずぼくを観察していました——横目でぼくをじっと見つめていたのです。今になってやっと、父がなぜ観察していたのかが分かります」

「ご兄弟はいらっしゃる?」

「いません、ありがたいことに!」

「ふむ、確かに悲しむべき事例です。しかし、わたしのもとを訪れる多くの患者の典型的な症例でもある。あなたひとりが苦しんでいるわけではありませんよ、サー・フランシス。何千もの人が、同じ十字架を背負っています」

「でも先生、正義はどこにあるのです?」青年は叫び、椅子から飛びあがると、診察室の中を行ったり来たりした。「ぼくが祖父の罪の結果だけでなく、罪そのものも受け継いでいるというのなら納得できる。でもぼくは父と同じタイプの人間だ。穏やかで美しいもの、音楽や詩や芸術を好み、粗野な獣じみたふるまいにはぞっとする。友達の誰に尋ねてもそう言うはずです。それなのに、この卑しくも吐き気のするような代物が——ああ、ぼくは骨の髄まで汚され、忌まわしいものにどっぷり浸かっている! なぜですか? ぼくにはなぜと問う権利もないのですか?

ぼくのせいですか？　ぼくの過ちですか？　生まれてきたのがいけなかったとでも？　ごらんなさい、人生のもっとも甘美な時期に、粉々に打ち砕かれてしまったぼくは、なんと惨めなことか！　父親の罪だなんて！　創造主の罪はどうなんです？」

青年は握りしめた両手を宙で振りまわす。無限の宇宙の渦に巻きこまれた、ちっぽけな頭脳をもつ哀れで無力な原子の粒というところだ。

医師は立ちあがって青年の肩に手を置き、椅子に押し戻した。

「落ちついて、落ちつくんだ」医師は言った。「興奮しないで！　体じゅう震えているじゃないですか。そんなことでは神経がもちませんよ。そういう大問題についてはあまり考えないことです。人間とはなんです？　進化の途上の中途半端な生き物にすぎません。ひょっとすると、やがて到達する完全な人間よりも、今はまだもとのクラゲの状態により近いのかもしれない。完全とはほど遠い頭脳でいくら考えたところで、宇宙の真理を完全に理解できるわけはないでしょう？確かにすべてはぼんやりと暗く見えます。ですが、ポープの有名な詩句がこうした事態をうまく言い表しているのではないですか。五十年にわたってさまざまな経験を積んできた者として、心から言わせてもらいますが――」

しかし、若い准男爵は苛々と、不快感もあらわにわめいた。

「言葉、言葉、言葉！　あなたはのんびり椅子に腰かけてそんなことを言っている――じっさいにそう考えてもいるのでしょう。あなたはあなたの人生を生きている。でも、ぼくにはぼくの人生がない。あなたの血管には健康な血が流れているけれど、ぼくの血は腐っている。あなたと同じように罪なき身だというのに！　あなたがこっちの椅子に坐り、ぼくがそっちの椅子に坐っていたとしたら、言葉があなたの役に立つと思いますか？　ああ、信じられない嘘八百だ！　不作法だなんて思わないでください、先生、そんなつもりはないんです。あなたであれほかの誰であれ、この事態を理解するなんて不可能だってことを言いたいだけなんだ。でも、先生にひとつ質問があるんです。その答えに、ぼくの人生のすべてがかかっている」

不安のあまり、青年は両手をもみ合わせた。

「言ってごらんなさい、サー・フランシス。わたしは心から同情しているんですよ」

「病毒は――この病毒は、ぼくの体内で力を使い果たしたと思いますか？　もしぼくが子供を持てば、その子たちもやはり苦しむことになるのでしょうか？」

「お答えできることはひとつだけです。「第三世代、第四世代まで」と、いにしえの文書〔出エジプト記二十・五〕にも記されている。いずれはあなたの体内から病毒が消える日もくるでしょう。だが、結婚を考えられるようになるまでには、そうとう長い年月がかかるはずだ」

「火曜日に結婚することになっているんです」患者はささやくように言った。

今度はホレス・セルビー博士のほうが恐怖におののく番だった。いくたの経験を積んだ彼の神経がこうした感情に襲われるのは珍しいことだ。医師は黙って坐っていた。隣室でトランプをする人々のおしゃべりが、またしても二人の耳に届いた。「君がハートの札を出してくれれば、ダブル・ラフ〔ペアの味方同士が交互に相手の持っていない印でリードし、切り札を出させるテクニック〕ができたのに」「敵に切り札を使わせるつもりだったんだ」彼らは熱くなって口論していた。

「なぜそんな約束をしたんです」医師は厳しい口調で告げた。「犯罪に等しいことだ」

「お忘れですか、ぼくは今日初めて自分の状況を知ったんですよ」青年は発作をおこしたように、両手でこめかみを押さえつけた。「あなたは世知に長けた人だ、セルビー先生。これまでも似たような例を見聞きしてきたでしょう。どうかアドバイスをください。あなたのおっしゃるとおりにします。あまりにも突然に恐ろしいことが降りかかってきた。ぼくはとうてい耐えられそうにありません」

濃い眉をまっすぐにして難しい表情になり、医師は困惑したように爪を嚙んだ。

「その結婚はまずい」

「でも、どうすれば?」

「どんなことがあろうとも中止するのです」

「彼女を諦めろというんですか!」

「致し方ありません」

青年は紙入れを取り出し、そこにはさんであった小さな写真を医師に突きつけた。写真を見て、医師の険しい顔がやわらいだ。

「さぞかしおつらいでしょう。この写真を見ればなおさらそう思います。それでも他に取るべき道はありません。きっぱりと諦めることです」

「それは狂気の沙汰だ、先生――狂気そのものです。いや、声を荒らげるつもりはありませんでした。ついかっとなってしまって。でも、分かってください! ぼくは火曜日に――次の火曜日に結婚することになっている。誰もがそれを知っています。結婚を取りやめるだなんて、そんな公然たる侮辱を彼女に与えられますか？　とんでもないことです」

「それでも中止しないと。サー・フランシス、逃れようはありませんぞ」

「まさか、無礼な手紙を書いて、ぎりぎりになってから理由もなしに婚約を破棄せよとでも？そんなの無理です」

「何年か前、似たような状況になった患者がいましたよ」医師は考えながら口を開いた。「彼は独創的な解決策を思いついた。わざと刑事事件を起こして、女性の側から結婚を取りさげるように仕向けたのです」

若い准男爵はかぶりを振った。

「わたしの経歴には汚点ひとつありません」彼は言った。「ほとんど何も持たない身ですが、それだけは守りとおしたい」

「ふむ、難しい選択だが、いずれにせよあなた次第だ」

「ほかのやり方はないのですか？」

「オーストラリアあたりに地所をお持ちじゃありませんか？」

「いいえ」

「では、手持ちの資産は？」

「あります」

「それなら明日の朝にでも、さっそくいくらか土地をお買いなさい。鉱山の株を千ほどでもいい。そして、緊急の用向きで現地を視察する必要ができたと手紙を書くのです。そうすれば六ヶ月は時間を稼げる」

「ええ、それならできそうですね——まちがいなくできるでしょう。でも、彼女の立場を考えてみてください。結婚祝いの品で家はいっぱい、遠来の客も多い。恐ろしいことです。それなのにあなたは、他の選択肢はないと言う」

医師は肩をすくめた。

「よろしい、さっそく手紙を書いてしまいましょう。明日出発します——それでいいでしょう？　机を貸していただけますか。ありがとう。お客があるのに、長いあいだ引きとめて申し訳ありませんでした。ですが、すぐ終わります」青年はすばやく数行を書きつけたが、ふいにその紙を細かくちぎると暖炉に投げこんだ。「先生、駄目です。こんなふうにしらじらしい嘘をつくなんて無理だ」青年は立ちあがった。「別の手を見つけなければいけません。よく考えて、どうすることに決めたかをお知らせします。料金は倍、払わせてください。非常識なほど長い時間を割いていただきましたから。さようなら先生、ご親切と助言に心から感謝します」

「待ちなさい、処方箋を忘れていますよ。こちらは水薬です。それから、粉薬のうち一種類は毎朝飲むことをお勧めします。薬剤師が軟膏の箱に必要な指示をすべて書いてくれるでしょう。あなたの状況は厳しいが、いずれは消えていく雲のようなもの。次にいつ連絡をいただけますか？」

「明日の朝に」

「よろしい。外はまだどしゃ降りだ。レインコートはあちらです。忘れずお持ちください。それでは、また明日」

医師は扉を開けた。冷たい湿った風が玄関ホールに吹きこんできたが、医師はしばらくたたずんで、孤独な姿を見送った。青年は点々とともるガス灯の黄色い光に一瞬照らされては、また灯火と灯火のあいだの長い闇に入りこみ、それを繰り返しながらゆっくりと去っていった。ガス灯の下を通るたびに壁に映し出される影だけが青年につきそっていた。医師の目には、巨大な黒い人物が小人を引きつれてうら寂しい通りを静かに歩いているように見えた。

翌朝、ホレス・セルビー博士は、予想していたよりも早く患者の消息を知らされた。『デイリー・ニューズ』紙の一段落が目に留まると、医師は手もつけずに朝食を脇にのけた。読み進めるうちに気分が悪くなり、意識が遠のいてきた。「悲痛な事故」と題された記事は、次のように報じていた——

「キング・ウィリアム街で、きわめて痛ましい死亡事故があった。昨夜十一時ごろ、ひとりの青年が、二輪辻馬車をよけようとして足を滑らせ、二頭立ての重い荷車の車輪の下敷きになったのが目撃された。救い出されたが怪我はたいそうひどく、病院に運ばれる途中で息絶えた。紙入れと名刺から、死亡したのはディーン・パークのサー・フランシス・ノートンであることが疑いの余地なく判明した。つい昨年爵位を継承したところだった。成年を迎えたばかりのサー・フランシスは、イングランド南部の旧家の令嬢との結婚を明日に控えていただけに、この事故はいっそう悲痛である。彼の財産と才能を考えれば、幸せな将来は確実だったはずで、思いがけず悲劇的な形で輝かしい経歴が断ち切られたことを、多くの友人たちは心から惜しむだろう」

ある新聞読者の手紙

アーネスト・ヘミングウェイ／上田麻由子 訳

彼女は寝室のテーブルに向かって座っていた。新聞を目の前に広げ、ときおり筆を休めては、窓の外で降る雪が屋根のうえに降りかかっては溶けていくのを眺めた。彼女はこんな手紙を書いた。一言も消したり書き直したりすることなく、一心不乱に書いた。

ヴァージニア州ロアノーク
一九三三年二月六日

敬愛なる先生――

とても大切なことをご相談したくて、お便りさせていただきました――心を決めなければならないのに、まずどなたに打ち明ければよいものか、両親に訊くわけにもいかず――それで、あなたにお願いすることにしたんです――面と向かってお話ししなくてもいいもので、よけいに打ち明けやすくて。さて、ご相談というのはこれなんです――私は一九二九年に軍人の夫と結婚し、その年のうちに夫は中国の上海に派遣されました――夫はそこに三年駐留し――帰国して――今から数ヶ月前に除隊になると――アーカンソー州ヘレナにいる夫の母親のもとに戻ったんです。おまえも来るようにと手紙が来たので――行ってみると、夫は一定期間の注射治療を受けていたので当然どうしたのか尋ねたところ、夫が治療している病気は、正しい綴りはわからないんですが発音はこんな感じで――「ばいどく《シフィラス》」――何のことかおわかりですか――それで教えていただきたいのですが、私はまた夫と一緒に暮らしても危険はないのでしょうか――夫が中国から戻ってからは、一度も交わりを持っておりません。夫はこの治療が終わればきっと大丈夫だと申しておりますが――本当でしょうか――父がよく言ってました、あんな病気になったら最後、死んだほうがましだと思うだろうな、と――父のことは信じてますが、それよりも夫を信じたくて――お願いです、私のとるべき道をお示しください――私には夫が中国にいるあいだに生まれた娘が一人います――

　感謝とともに、あなたのお言葉を心から信頼しつつ。私の名前は――

と、最後に彼女は署名した。

　お医者様なら、きっとどうすればいいか教えてくれる、と彼女は心のなかで思った。お医者様なら、きっと。新聞に載っている写真が、いかにもそんな顔をしているもの。賢そうだし、大丈夫。お医者様は毎日誰かに、こうしなさいと教えてくれる。だからわかってるはず。私はなんであれ間違いのないことがしたい。でも、あれからずいぶん経った。こんなにも長い時間が。長かった。ああ、ほんとに長かった。あの人は命令ならどこへでも行かなきゃならなかった。それはわかってるけど、なんでこんなことになったんだろう。ああ、あんなものに罹《かか》らなければよかったのに。どんなことをしてあんな病気になったのか、それはどうでもいい。とにかく、あんなものに罹らなければよかった。あんなものに罹る必要があったとは思えない。私はどうすればいいんだろう。ああ、なんであれ、病気になんてならなきゃよかったのに。なんで病気になんてなってしまったんだろう。

4　神経衰弱

黄色い壁紙

シャーロット・パーキンス・ギルマン／馬上紗矢香 訳

ジョンと私のようなごく普通の人間が、由緒正しい大邸宅を夏の間借りられるなんてめったにないことだ。

コロニアル様式のお屋敷、先祖代々受け継がれた土地、幽霊屋敷と呼んでもおかしくない家、こんな所に住めるなんてロマンティックな至福で舞い上がってしまうわ——こんなことを言って、幸運を求めすぎかしら！

それでもこれだけは自信を持って言える。この屋敷にはどこか奇妙なところがあると。そうでなかったら、なぜこんな大邸宅がこんなにも安く借りられるのだろう。そしてどうしてこんなにも長い間、借り手が見つからないままだったのだろうか。

そんなことを言う私を、もちろんジョンは笑う。でもそんなの結婚生活ではよくあることだ。

ジョンは極端なくらい実際的な人だ。信仰には我慢がならなくて、迷信をひどく嫌っていて、肌で感じたり、この目で見たりすることができないものや、数字で表せないものの話をすると面と向かってばかにする。

ジョンは医者だ。もしかしたら――（もちろん、こんなことは人には言わないけれど、今書いているこの紙は生きているわけではないし、こうやって書くと心がずいぶん安らぐ）――もしかしたらそのせいもあって私の病気はなかなか良くならないのだ。

だって彼は私がいくら病気だと言っても信じてくれないのだから！

どうすればいいの？

もし評判の良い医者が自分の夫で、その彼が私の体はどこも悪くはないと、ただ一時的に神経性の鬱になっているだけで、軽いヒステリーの兆候に過ぎないと友人や親戚に断言するとしたら、どうすればいいの？

私の兄も医者で、これまた評判の良い医者だけれど、彼も同じことを言う。

だから私はリン酸塩や亜リン酸塩を飲んでいる――どっちがどっちか分からないけれど――それから強壮剤、旅行、良い空気を吸って、運動をしている。そして良くなるまでは絶対に「働く」ことを禁じられている。

個人的には、彼らの考えには納得できない。

個人的には、私に合った仕事をして、刺激を受けて気分転換ができた方がよっぽど私には良いと思う。

でも、どうしたらいいの？

言いつけを無視してしばらくの間書き物をしてみた。でも、確かにひどく疲れてしまった――こそこそと隠れてやらなければいけなかったし、見つかればひどく反対されるのは分かっていたから。

時々、空想してみる。こんな状態でも、あまり反対もされず、もっと人と交流できたり刺激があったなら、と。でもジョンは、私が最もやってはいけないのは自分の状態についてくよくよ考えることだと言う。白状すると、確かにそうすることでいつも気分が悪くなってしまう。

だからその話は放っておいて、この屋敷について話そう。

最高に美しい所！　完全に孤立していて、道からずっと奥まった所に建っているし、近くの村からもゆうに三マイルは離れている。本によく出てくるイングランドの邸宅を思い出させる屋敷だ。生垣があって、塀が巡らされていて、錠のかかる門もあって、庭師や使用人たちが住む小さな離れの家もたくさんある。

それに、芳しい庭！　こんな庭は今まで見たことがない――広くて、木陰がたくさんあって、生垣に縁取られた小道もあちこちにあって、長い葡萄の蔓に覆われたあずまやの下には椅子が置かれている。

温室だってある。今ではすべて壊れてしまっているけれど。

かつて何らかの法律上の問題があったに違いない。相続人や共同相続人についての問題が。いずれにしても、この場所は何年もずっと空き家だったのだ。

そう考えると幽霊が出そうだという私の期待が台無しになってしまうけれど、そんなことは気にしない――この屋敷には何か奇妙なところがある――私はそう感じる。

ある月明かりの晩に、そのことをジョンに話してみた。でも彼は、それは隙間風だよと言って窓を閉めただけだった。

私は時々ジョンに対して訳もなく怒りを覚える。確かに以前はこんなに過敏ではなかったのに。きっと神経のせいだろう。

でもジョンが言うには、もしそのように感じているなら、それは私が適切な自己抑制を怠っているからなのだそうだ。だから私は無理して自分を制御しようと努力している――少なくとも彼の前では。それでとても疲れてしまう。

私は自分たちの部屋がちっとも好きになれない。下の階の部屋が良かったのに。ベランダがあって、窓にはバラが咲き乱れていて、古風な更紗のカーテンが美しいの！　でもジョンは聞き入れてくれなかった。

あの部屋には窓が一つしかないし、ベッドを二つも置けないし、もし他の部屋を彼が使うとしても近くに部屋がないからというのが彼の言い分だった。

彼は私のことをとても気に掛けて、愛してくれている。だから彼の特別な指示がなければ身一つ動かせない。

私の一日のスケジュールは時間単位で決められている。彼が私の周りから心配をすべて取り除いてくれている。だからそうした彼の気遣いにもっと感謝しなくてはいけないのにそれができなくて、自分が卑しくて恩知らずのように感じてしまう。

彼が言うには、私たちがここに来たのはひとえに私のためなのだから、私は完全な休養を取って、きれいな空気をできる限り吸わないといけないらしい。「君の運動は君の体力次第。食事も君の食欲次第だよ。でも空気はいつだって思う存分吸えるからね」と彼は言っていた。そんな訳で、私たちは家の最上階にある子供部屋を使うことになった。

この部屋は大きく風通しの良い部屋で、この階のほぼすべてを占めている。四方に窓があって、空気も太陽の光もたくさん流れ込んで来る。最初は子供部屋で、それから遊び部屋や運動部屋として使われていたようだ。というのも、四方の窓には小さな子供が落ちないように鉄格子が嵌《は》められていて、壁には輪とかいろんなものが打ち込まれているから。

塗装や壁紙はまるで男子校に使われていたかのような荒れ具合だ。それ――壁紙――は私のベッドの頭の周りをぐるりと、ちょうど手の届く辺りであちこち大きく剝がされていた。そして、部屋の反対側の低い所も一ヶ所大きく破れていた。こんなにもひどい壁紙は今まで見たことがない。

無秩序に広がっているけばけばしい模様はあらゆる芸術的罪を犯している。

その模様は一方で曖昧であり、目で追おうとすると混乱するが、また一方ではっきりしてもいて、見ていると常に苛々させられるし、見ろと強要されている気分になってくる。少し離れた所から整っていないぼやけた曲線を追っていくと、その曲線は突然自殺行為に出る――とんでもない角度で突進し、見たこともないような矛盾した動きをして自らを破壊する。

その色は不愉快で、ほとんど吐き気を催させる。燻ったような不潔な黄色は、ゆっくりと動く太陽の光を浴びたせいで奇妙に色褪せている。

冴えないけれど毒々しいオレンジ色の部分があるかと思えば、病的な硫黄の色合いの所もある。

子供たちがこれを嫌ったのも無理はない！　私だってこの部屋に長く住まなければならないとしたら、嫌で嫌でたまらないだろう。

ほら、ジョンが来る。これを片付けなくては――彼は私が一文字でも書くのを嫌がっているから。

＊

ここに来てから二週間が過ぎたけれど、最初の日以来ずっと書き物をする気が起きなかった。

今、この最上階にあるおぞましい子供部屋の窓辺に座っている。邪魔するものは何もないから好きなだけものが書ける。体力があればの話だが。

日中ジョンは家にいないし、患者の容態が深刻な場合は夜だっていないことがある。

私の病状が深刻でなくて良かった！

でも、この神経の不調は恐ろしく気分を落ち込ませる。

私が本当にどれほど苦しんでいるのか、ジョンは分かってくれない。苦しむ理由なんてないと決めてかかっていて、それでもう安心している。

もちろん私はただ神経質になっているだけだ。自分の義務を少しも果たせないでいることが私の重荷なのだ！

私はジョンの助けになりたかった。彼に本当の休息と安らぎを与えてあげたかった。それなのに、ここではすでに彼のお荷物になってしまっている！

誰も信じてくれないだろう。私が何かちょっとしたことをするのにもどれだけ苦労しているかなんて——着替えたり、客をもてなしたり、物を整理したりすることですら。

ありがたいことにメアリーが赤ちゃんにとても良くしてくれる。とってもかわいい赤ちゃん！

でもあの子と一緒にいることがどうしてもできない、すごく神経に障るから。

ジョンは今まで神経質になったことなんて一度もないのだろう。この壁紙の話をすると、私をあんなに笑うのだから！

最初のうちは彼も壁紙を貼り替えるつもりでいたけれど、後になって、君は壁紙に気を取られすぎている、神経質な患者にとって一番いけないのは、そんな空想に負けてしまうことなんだと言い出した。

壁紙を替えたら、今度はベッドの枠が重々しい、それから窓の鉄格子が気に入らない、お次は階段の上にある柵が嫌だとか言い出すはずだ、まったくきりがないよと彼は言った。

「この場所に来て君は良くなっているだろ」と彼は言った。「それにね、実際、たった三ヶ月借りるだけなのに修繕するなんて気が進まないよ」

「じゃあ下の階に移りましょうよ」と私は言った。「下にはあんなにきれいな部屋がいくつもあるでしょう」

すると彼は私を抱いて、私のことを幸せなかわいいおばかさんと呼び、もし君が望むなら、地下室に移ったっていいし、おまけに壁を白く塗ったっていいよ、と言った。

でも、ベッドや窓とかについて彼が言っていることはまったくそのとおりだ。

この部屋は誰もが望むくらい風通しが良くて快適だし、それにもちろん、ただの気まぐれで彼を不快にさせるようなばかな真似はしたくない。

本当は、この大きな部屋が結構好きになりかけている。あのおぞましい壁紙は別だけれど。

窓の一つから庭が見える。深い木陰が神秘的なあずまや、所構わず咲き乱れる古めかしい花々、草の茂みと節くれだった木々。

もう一つの窓からは、入り江とこの地所専用の小さな波止場の素晴らしい眺めが見渡せる。美しい木陰の小道がこの屋敷からそこまで続いている。これら無数の小道やあずまやを人々が歩いているのを私はいつも想像してしまうのだけれど、絶対に空想に耽ってはいけないよとジョンから注意されている。彼が言うには、想像力と創作の習慣があると、私のように弱い神経はちょっとした刺激でもあらゆる空想に走ってしまうから、意思と良識をしっかりと持ってその傾向を食い止めなくてはいけないらしい。だから私はそうしようと努力している。

もし体調が良くなって少し書けるようになれば、次々と湧いてくる空想に思い悩むこともなくなって気も休まるのに、と時々思ったりする。

でも実際に書いてみると、やっぱりとても疲れてしまう。

自分が書いたものについてアドバイスももらえないし、読んでくれる仲間すらいないとなると、とても張り合いがない。私が本当に良くなったら、いとこのヘンリーやジュリアに来てもらって長く滞在してもらおうとジョンは言っているけれど、今あんな刺激的な人たちに私を会わせるくらいなら、枕カバーに花火を入れる方がましだとも言う。

もっと早く良くなればいいのに。

でも、そんなことを考えてはいけない。この壁紙はそれ自体がどんなに悪い影響力を持っているか知っているように私には見える！

壁紙にはある場所で繰り返し現れる模様がある。折れた首のようにだらりと垂れて、二つの膨らんだ目が逆さになってこちらを見つめている模様だ。

その出しゃばった感じが果てしなく続いているのにはまったく頭にくる。上に下に、そして横にとそれらは這い回るので、あのばかげた瞬きをしない目がそこらじゅうにいる。一ヶ所、壁紙の継ぎ目がずれている場所があって、境目の所を両目が上がったり下がったり、一つの目がもう片方の目より少し高かったりしている。

私は生命のないものでこんなにも表情豊かなものを今まで見たことがない。とは言え、私たちはそういうものでもどれほど表情豊かなのかを知っているはず！　私は子供の頃、ベッドの上で目を覚ましたまま何もない壁や簡素な家具を見つめては、子供がおもちゃ屋で感じる以上の楽しみや恐怖を見出したものだった。

家にあった大きくて古い書き物机の取っ手がどんなに優しいウインクをしてくれたかを今でも覚えているし、椅子のなかには心強い友達になってくれるものもあった。

もし他のものが恐ろしすぎると感じても、あの椅子にぴょんと飛び乗りさえすればもう安心だと思っていた。

この部屋の家具は悪くてもせいぜい統一感に欠ける程度のものだ。でもこれらすべては下の階からかき集めて来たのだからしょうがない。遊び部屋として使われていた時に育児用品を運び出さなくてはならなかったのだろう。それも無理はない！　この部屋で子供たちがやらかしたよりもひどい破壊の痕跡は今まで見たことがない。

前にも言ったように、壁紙は所々剝がれているけれど、それでもなお兄弟よりも親密にくっついている〔「箴言」十八・二十四、「兄弟よりも愛し、親密になる人もある」〕――憎しみだけでなく忍耐強さも持っていたに違いない。

床は引っ掻き傷だらけで、えぐられたり、裂けていたりする。漆喰はあちこち掘り出されている。そして、部屋に唯一残されていたこの大きくて重いベッドは、まるで数ある戦争をかいくってきたかのように見える。

でもそんなことはちっとも気にしない――気になるのはあの壁紙だけ。

ほらジョンの妹が来た。とってもいい娘。私のことをすごく気遣ってくれるし！　彼女に書いているところを見つけられないようにしないと。

彼女は家事を完璧に一生懸命やってくれて、家事以外の仕事など望んでもいない。私が病気になったのは書き物をするせいだと彼女が思っていることは確かだ！

でも、彼女が外出したら、私は書くことができる。この部屋の窓から遠くにいる彼女が見えるのだから。

窓の一つからは、木陰があって曲がりくねった素敵な道が見える。田舎の風景が見渡せる窓もある。大きな楡の木々とビロードのような草原が広がった美しい田園風景だ。

この壁紙には模様の下に違った色合いの別な模様みたいなものがあって、その模様はものすごく癇に障る。というのも、一定の光の下でしかその模様は見えてこないし、その時ですらはっきりとは見えないから。

でも、壁紙の色褪せていない部分にちょうど太陽が当たっている時——奇妙で、挑発的で、形のない姿のようなものが見えてくる。それは表面の愚かでけばけばしい模様の後ろでこそこそ動き回っているように見える。

妹が階段を上って来る！

＊

やれやれ、七月四日が終わった！　客はみんな帰って行って、私はもうへとへとだ。ジョンはちょっとの人数に会うなら私の体にも良いだろうと考えて、母とネリーと子供たちが一週間ほど滞在していたのだ。

もちろん、私は何もしなかった。今ではジェニーがすべて取り仕切ってくれているし。

それでも疲れ切ってしまった。

もし私の回復が遅いようなら、秋にはウィア・ミッチェル〔神経衰弱に対する安静療法を考案。ギルマンは一時ミッチェルの治療を受けていた〕の所に送るつもりだとジョンは言っている。

でも、あそこには絶対に行きたくない。彼の治療を受けたことのある友達がいたけれど、彼女によるとあの先生はまさにジョンや兄のような感じ、いやそれよりもっとひどいらしい！

おまけに、あんなに遠くに行くなんて、それだけで大変だ。

何をするのも意味がないように思えるし、ますます苛々して怒りっぽくなってきている。

訳もなく泣き出してしまうし、ほとんど泣いてばかりいる。

もちろんジョンや他の誰かが一緒の時は泣いたりしない。そうするのはひとりの時だけ。

それに今はひとりでいる時が多い。ジョンは重病の患者がいるからよく町に留まっているし、ジェニーは優しいから私が頼めばひとりにしてくれる。

だから、庭やあの素敵な小道をちょっと歩いてみたり、バラの咲いているポーチに座ってみたりもするけれど、大体はこの部屋でずっと横になっている。

私はこの部屋のことが本当に好きになりつつある。この壁紙があるのに。いや、たぶんこの壁紙があるからかもしれない。

壁紙が私の頭の中に住み着いている！

私はこの大きくて動かないベッドの上で横になっている――ベッドはたぶん釘で打ち付けられている――そして何時間もあの模様を目で追っている。まるで体操をしているみたい、本当に。私は、そう、一番下から、まだ手付かずのままのあの角から始める。そしてあの無意味な模様に何らかの結論を見出すまで絶対に追い続けようと、もう千回くらい心に誓っている。

デザインの原則なら少しは知っているけれど、この壁紙は放射、交互、反復、対称とか、あるいは今まで聞いたことがあるようなどんな法則にも従っていない。

もちろん一定の幅ごとに模様は繰り返されてはいるけれど、その他には規則らしい規則が見当たらない。

ある見方をすれば、それぞれの幅は独立していて、膨れ上がった曲線や装飾曲線――ある種の「品のないロマネスク模様」が譫妄を患っているようなもの――がばらばらに、間抜けな列になって上下によろよろと動いている。

でも別な見方をすると、模様は斜めに繋がっているとも言える。その這い回っている輪郭は、まるでのたうつ海藻が全速力で追いかけてくるかのような、見るも恐ろしい斜めの大波にのまれてしまう。

模様全体は水平方向にも流れている。少なくともそう見える。その方向へ行く模様に何か法則があるのかを見極めようとして、私は疲れ果ててしまう。

帯状装飾として一定の幅の壁紙が水平に貼られているので、それがより一層混乱を大きくしている。

この部屋の隅っこにほとんど無傷な部分があって、そこに交差光が薄らいで低い太陽が直接当たると、放射状の配列模様が見えてくる気がする——果てしないグロテスクな模様がある共通の中心点の周りにできて、どの模様も同じように乱れ狂って、まっさかさまに飛び込んでいくように見える。

模様を追っていると疲れてしまう。少し眠った方がいいかもしれない。

＊

なぜこんなことを書かなければならないのか分からない。

書きたくない。

書けるとも思えない。

ジョンはばかげていると考えるだろう。そんなことは分かっている。でも、どうにかして感じたり考えたりしていることを言わなくては気が済まない――それがどんなに気休めになることか！

　でも、書こうとする努力の方がその気休めよりもだんだん大きくなってきている。

　今はもう一日の半分はほとんど何もせずに過ごしていて、以前にも増して横になっていることが多い。

　ジョンは体力が落ちてはいけないからと、エールやワインや生焼け肉はもちろんのこと、肝油や強壮剤のようなものを私にたくさん摂らせる。

　愛するジョン！　彼は私を心から愛してくれて、私が病気でいることが嫌でしょうがない。先日、本音を真剣に筋道立てて言おうと思い立って、いとこのヘンリーとジュリアの所にどんなに行かせて欲しいか彼に話してみた。

　でも、行くのはとても無理だし、もしそこに行ったとしてもやっていけやしないよと彼に言われた。それに私も自分の主張を上手く説明できなかった。言い終わらないうちに泣き出してしまったから。

　まともに物事を考えるのが段々面倒になってきている。きっとこの神経衰弱のせいだと思う。

　愛しいジョンは腕の中に私を抱きしめて、上の階に運んで、ベッドに寝かせてくれた。そして、私のそばに座ると、私の頭が疲れるまで本を読んでくれた。

　君は僕の愛する人であり、慰めであり、僕の持っているすべてなのだから、僕のために君自身を大事にして健康でいなくてはいけないよ、と彼に言われた。

今の状態から君を救えるのは、他でもない君だけなのだから、意思と自制心をしっかり持って、ばかげた空想に流されてはいけないからね、と。

一つ慰めになるのは、赤ちゃんが元気で幸せにしていて、この恐ろしい壁紙がある子供部屋に入らなくて済んでいることだ。

もし私たちが使っていなかったら、あの大切なわが子が使っていたなんて！　それが回避できて、なんて幸運なのだろう！　私の赤ちゃんを、感受性の強い小さな子を、こんな部屋に入れるなんて、絶対に嫌だ。

今まで考えてもみなかったけれど、結局ジョンが私をここに入れてくれたのは幸運だった。私だったら赤ちゃんよりもずっと簡単に我慢できるだろうし。

もちろん、みんなにそのことはもう絶対に言わない――私は賢いから――でもずっと監視は続けている。

あの壁紙には私以外誰も知らない、そしてこれからも決して知られたりしない何かがある。

あの表面の模様の後ろで、ぼんやりとした形が日を追うごとにはっきりとしてきている。

それはいつも同じ形だ。ただ、とてもたくさんいる。

それは女が身をかがめて模様の後ろを這い回っているかのように見える。それがちっとも好きになれない。どうしよう――考え始めている――お願いだから、ジョンが私をここから出してくれないかしら！

＊

私の病状についてジョンと話し合うのはとても難しい。彼はとても頭が良いし、私をとても愛しているから。

でも、昨日の晩、話してみようとした。

月明かりの夜だった。まるで太陽の光のように、月が辺り一面を照らして輝いていた。

月の光を見るのが時々嫌になる。とてもゆっくりと這うように動いていて、いつもどこかの窓から何とかして入り込んでくる。

ジョンは眠っていたし、起こしたくなかったから、じっとしたままあのうねる壁紙の上を照らす月光を眺めていたら、しまいにはぞくぞくと寒気がしてきた。

後ろにいるぼんやりとした人影が表の模様を揺さぶっているように見えた。まるで彼女がそこから出たがっているかのように。

私はそっと起き上がって、壁紙が本当に動いたのかどうか触って確かめようと壁紙の所まで行ってみた。ベッドに戻ると、ジョンは目を覚ましていた。

「どうしたの、お嬢さん？」と彼は聞いた。「そんな風に歩き回っちゃいけないな――風邪をひいてしまうよ」

私は話をする良い機会だと思ったので、本当にここにいたら回復なんてしないから、どこかへ連れ出して欲しいと言ってみた。

「なんでだい、君！」と彼は言った。「この家の契約はあと三週間で終わるし、その前に出て行くなんてどうしたらいいか分からないよ」

「僕たちの家の修繕もまだ終わってないし、どう考えても僕が今すぐに町を離れるわけにはいかないんだ。もちろん、もし君がなにか危険な目に遭っているのなら、出られないことはないし、必ずそうするよ。でも、君は本当に良くなっているんだよ。君には分からないかもしれないけれど。僕は医者だから分かるんだ。君は肉付きも顔色も取り戻して、食欲も出てきた。だから、君はもう大丈夫だと安心しているんだよ」

「体重なんかちっとも増えていない」と私は答えた。「その体重にしたって、決して多くはないの。それに、あなたと一緒の夕食の時は食欲も少しはましかもしれないけれど、あなたがいない朝なんかはひどいものなんだから！」

「君の小さな心に祝福あれ！」と言って、彼はしっかりと私を抱きしめ、「好きなだけ病気でいさせてあげるよ！　でも、今はこの月明かりさす時間をうまく使って眠りましょう。そしてその話はまた朝にしよう！」とある讃美歌をもじりながら言った。

「じゃあ、どこにも行かないのね？」私は暗い声で尋ねた。

「どうして、僕がそんなことできるわけないだろう、ねえ。もうあと三週間だし、そしたら何日か小旅行に出かけよう。その間にジェニーが家の準備をしてくれるから。本当だよ、君は良くなっているんだよ！」

「たぶん体は良くなっているかもしれないけど――」そう言いかけたところで、私は不意に話を止めた。彼がきちんと座り直し、私を厳しく責めるような眼差しで睨んでいたので、もうそれ以上何も言えなくなってしまったのだ。

「ねえ、君」彼は言った。「お願いだから、僕のために、僕らの子供のために、そして君自身のためにも、一瞬たりともそんな考えを心に抱かないでくれ！　君のような気性の持ち主にとって、これほど危険で魅惑的なものはないのだから。それは根拠のないばかげた空想なのだよ。医者である僕がそう言っているのに、信用できないのかい？」

だから、もちろん私はそのことについては何も言わず、間もなく私たちはベッドに入った。彼は私の方が先に眠りについたと思ったようだ。でも、私は眠ってなどいなかった。何時間もそこに横になったままで、前面の模様と後ろの模様が実際は一緒に動くのか別々に動くのかを突き止めようとしていたのだ。

＊

このような模様の上に日の光が当たると、模様には連続性がなくなり、規則というものに抵抗しているかのように見えてきて、正常な精神の持ち主であれば絶えず苛々させられる。

色は実に醜悪で、いい加減で、腹立たしい色だけれど、模様ときたら拷問そのものだ。

模様の仕組みを解明したと思っても、模様をうまいこと目で追いかけているその最中に、模様は後方宙返りをする。ほら、言ったでしょ。見る者は顔をひっぱたかれて、殴り倒されて、踏みつけられる。まるで悪夢だ。

外側の模様はけばけばしいアラベスク模様で、キノコを連想させる。想像できるかしら。接点という接点に毒キノコがあって、果てしなく毒キノコが連なって、菌の芽を出して、それが際限なく渦巻き状に成長し続けるのを――そう、模様はまさにそんな感じ。

それも時々は、なのだけれど！

この壁紙には一つ目立った特徴がある。私以外は誰も気付いていないらしい。光が変化すると、壁紙も変化するのだ。

東の窓から太陽の光が差し込んでくると――私はいつもあの最初の長くてまっすぐな光線を待ち構えているのだけれど――それは本当に信じられないくらい素早く変化する。

だから私はいつも見張っている。

月明かりの下では――月の出る夜は一晩中月光が差し込んでくる――同じ壁紙だとはとても思えない。

黄昏の光、ロウソクの灯火、ランプの明かり、それから月光が最悪なのだけど、夜のどんな光に照らされても、壁紙は鉄格子に変わる！　私が言っているのは表の模様のこと。その向こうには女の姿がはっきりと見える。

長い間、後ろに見えるもの、あのおぼろげな第二の模様が何なのか理解できなかった。でも今ならはっきりと分かる。あれは女だ。

日中の光では、女は押さえつけられ、静かにしている。女が身動き一つしないのは、模様がそうさせているからだと思う。まったく訳が分からない。そのせいで私も何時間も静かなままになってしまう。

今では前よりもずっと横になってばかりいる。それは私にとって良いことだとジョンは言っている。そしてできるだけ眠ると良いと。

実際、彼に言われて、毎食後一時間は横になるという習慣を始めてしまった。これはとても悪い習慣だ。絶対にそう。だって、ほら私眠らないから。

おかげで嘘をつく習慣が養われてしまった。目が覚めているなんて彼らには言わないから――絶対に！

実を言うと、ジョンのことが少し心配になってきている。

彼は時々様子が変だし、ジェニーですら不可解な表情をすることがある。

ちょうど科学的仮説を思いつくかのように、時々ある考えが閃く。これはたぶん壁紙のしわざなのだ！

見ていることを悟られないように、私はジョンを見張ってきた。他愛のない理由を付けて部屋に突然入ってみたら、彼は何度か壁紙をじっと見つめていたことがある！　ジェニーもそう。ジェニーが壁紙に触れている現場を一度押さえたのだ。

彼女は私が部屋にいることに気付いていなかった。私は静かな、そうとても静かな声で、しかもできるだけ控えめに、壁紙で何をしているのと聞いてみた――彼女はまるで盗みを見つけられたかのようにびっくりして振り向き、とても怒っているような眼差しで私を見て言った――どうしてそんなに驚かせるの！

それから彼女はこう言った。壁紙に触ると何でも汚れてしまうし、あなたの服にもジョンの服にも黄色いしみが付いていたから、もっと注意してちょうだい！

悪気のなさそうな言い訳でしょ？　でも彼女があの模様を調べていたことくらい分かっている。

絶対、私以外の誰にもそれを見つけさせやしない！

＊

今の生活は以前よりもずっと面白くなってきている。ほら私には、期待したり、楽しみにしたり、見守っているものがあるから。私は本当によく食べるようになったし、前よりももっとおとなしくしている。

ジョンは私が快方に向かっているのをとても喜んでいる！　この前なんかは、少し笑って、あの壁紙があるのに元気になってきているね、と言っていた。

私は笑ってはぐらかした。あの壁紙があるから良くなっているのだなんて、口が裂けても言う気などなかった――そんなことをすれば、彼は私をばかにするだろうし。それどころか、私をここから連れ出そうとするかもしれない。

今はそれを見つけ出すまで、ここから離れたくない。あと一週間あるし、それだけあれば十分だと思う。

＊

とっても気分が良くなってきた！　壁紙の変化を観察しているのが楽しくてたまらないから、夜はあまり眠らない。そのかわり、昼間はたくさん眠っている。

昼間は退屈で、頭も混乱するから。

キノコはいつも新しく増殖し続け、そこかしこに黄色い陰影が新たに加わっている。それがいくつあるのかとても数えられない。念入りに数えてみようとしたけれど。

実に奇妙な黄色だ、あの壁紙ときたら！　思い出すのは、今まで見たありとあらゆる黄色いもの――キンポウゲのような美しいものではなくて、古くて、汚くて、不快な黄色いもの。

でもあの壁紙にはもっと別な何かがある――臭いだ！　私はこの部屋に入った瞬間にその臭いに気付いたけれど、風通しも日当たりも良かったから、臭いもそんなにひどくはなかった。ここ一週間ほどずっと霧と雨が続いているから、窓が開いていようがいまいが、臭いはずっとここに溜まっている。

その臭いは屋敷中を這い回っている。

食堂を彷徨《さまよ》っていたり、居間でこそこそ忍び歩いていたり、広間で隠れていたり、階段の所で私を待ち伏せしていたりする。

私の髪の中にも入り込んでくる。

馬車に乗る時でさえ、それを驚かせてみようと不意を突いて振り返ると――あの臭いがする！

それに何とも異様な臭いだ！　その臭いを分析し、よく似た臭いを見つけようとするのに何時間も費やした。

悪い臭いではない――最初は。とても穏やかだけれど、こんなに微かでしつこい臭いは他には知らない。

この湿気の多い天候だとそれはもうひどい。夜中に目を覚ますと、それは私の上に覆いかぶさっている。

最初は気になって仕方がなかった。この屋敷を燃やしてしまおうと本気で考えたこともあった

――その臭いを捕まえるために。

でも今はもう慣れてしまった。その臭いが何に似ているかと考えて、思いつくのは一つしかない。あの壁紙の色！　黄色い臭い。

この壁の下の方、幅木のそばに、とてもおかしな何かの跡がある。部屋をぐるりと回るひとすじの線。ベッド以外の、部屋のあらゆる家具の後ろを回って、長くて、まっすぐで、水平なしみを作っている。まるで何度も何度も擦られたかのようだ。

どうやってできたのだろう。そして誰が、何のためにやったのだろう。ぐるぐる、ぐるぐる、ぐるぐる――ぐるぐる、ぐるぐる、ぐるぐる――ああ、目が回る！

＊

ついに私は発見した。

模様が変化する夜の間ずっと観察し続けて、やっと突き止めた。

表面の模様は確かに動いている――それもそのはず！　向こうにいる女が揺らしているのだから！

ものすごい大勢の女が向こうにいると思える時もあれば、たった一人に見えたりもする。女は素早く這い回り、その振動で模様全体が揺れているのだ。

とても明るい場所ではじっとしていて、陰のある所に来ると、鉄格子をしっかりと摑んで激しく揺さぶる。

そして女はずっと、何とか抜け出そうとしている。でも、あの模様の中からは誰も抜け出せない――出ようとしたところで模様が首を絞めつけるから。だからあんなにたくさんの頭が出ているのだと思う。

頭が出たところで、模様は頭を締め上げ、引っくり返し、白目を剝かせる！

その頭すべてが覆われていたり、取り除かれていたなら、壁紙はこの半分も気味悪くはなかっただろう。

＊

あの女は昼間外に出ているようだ！

どうしてそう思うか教えてあげる――こっそりと――私は見たのだ！

どの窓からも女が見える！

それは同じ女だ。私には分かる。だって彼女はいつも這っているから。普通の女は昼間に這い回ったりなんかしない。

あの木陰の続く長い小道で、彼女が這って行ったり来たりしているのが見える。あの暗い葡萄棚の下にもいて、庭中を這い回っているのが見える。

木々に覆われたあの長い道にもいて、ここでも這っているのが見える。馬車が通りかかると、彼女はブラックベリーの蔓の下に隠れる。

彼女を責めるつもりなど少しもない。昼間這っているのを見つかるなんて、とんでもない屈辱に違いないから！

私が昼間に這う時は、必ずドアに鍵をかけておく。夜にはそれもできない。ジョンは何か怪しいとすぐ疑うに決まっているから。

それにジョンは最近すごく様子がおかしいから、あまり彼を刺激したくない。彼が別な部屋で寝てくれればいいのに！　その上、夜は誰にもあの女を外に出して欲しくない。それができるのは私だけ。

すべての窓から同時に彼女を見ることができないだろうかとよく考える。

でも、どんなに素早く振り返っても、一度に一つの窓からしか見ることができない。

どの窓からでも常に彼女が見えているけれど、私が振り返るよりも速く這うことができるのかもしれない、いい！

時には、広々とした田園風景の遥か遠くにいる彼女を見たこともある。強風の中、雲の影が動くような速さで這っている姿を。

＊

あの表面の模様を下の模様から引き剥がすことさえできたなら！　私はやってみようと思う。少しずつ。

もう一つおかしなことを見つけた。でも今は言わない！　人を信用し過ぎるのは良くない。

この壁紙を剥がす時間はあと二日しか残っていない。それに、どうやらジョンは気付き始めているようだ。嫌な目つきをしている。

彼が私のことでジェニーにたくさん専門的な質問をしているのが聞こえた。彼女はとても良い報告をしていた。

私が昼間たくさん睡眠を取っていると彼女は答えていたのだ。

ジョンは私が夜はあまりよく眠っていないことを知っている。あんなに静かにしているのに！

彼は私にも色々な質問をしてきた。とても愛情深く親切なふりをして。

私が見抜けていないとでも思っているのかしら！

とはいえ、彼がそう振る舞うのも不思議ではない。この壁紙に囲まれて三ヶ月も寝起きしていたのだから。

それは私にとっては単なる興味の対象でしかないけれど、ジョンとジェニーは知らず知らずのうちにそれの影響を受けているに違いない。

＊

やった！　今日が最後の日だ。でも一日あれば十分。昨日ジョンは町に一泊して、今晩までは戻って来ない。

ジェニーは一緒に寝ようと言ってきた――なんてずる賢い奴！　でも、あと一晩だし、ひとりきりの方が絶対よく休めるからと言って断った。

我ながら賢い答えだ。だって、本当はちっともひとりなんかじゃなかったのだから！　月が出て、あの可哀想な女が這い出して模様を揺さぶり始めると、私はすぐさま起き上がって彼女を助けに駆け寄った。

私が引っ張ると、彼女が揺さぶる。私が揺さぶると、彼女が引っ張る。そうして朝になる前に、私たちはあの壁紙を何ヤードも引き剝がした。

私の頭くらいの高さを、部屋を半周するくらいまで剝いだ。

そうしているうちに太陽が昇り、あのおぞましい模様が私を嘲笑い始めた。だから私はこう宣言してやった。今日中に終わらせてやると！

私たちは明日にはここを出て行くから、元の状態に戻すために、私の家具はすべて下の階に運び出されている。

ジェニーは壁を見てびっくりしていたけれど、ずっと感じが悪かったから、単なる嫌がらせでこうしてやったのと私は陽気に話した。

彼女は笑って、自分がやってもいいわよと言った。でもあなたは疲れてはいけないと。

あの時、彼女はうっかり本性を現したの！

でも私がここにいる限り、私以外の人間は誰もこの壁紙に触れやしない——生きている者は誰も！

彼女は私をこの部屋から連れ出そうとした——見えすいた手だ！でもここは今とても静かでがらんとしていてきれいだから、また横になってできるだけ眠りたいと私は言った。夕食にも起こさないで——目を覚ましたら呼ぶからと。

だから、もう彼女はいない。使用人たちもいないし、家具もない。残っているのは、床に打ち付けられているあの巨大なベッドと、その上に置かれたキャンバスのマットレスだけ。

今晩、私たちは下の階で寝て、明日には船で家路につく。

部屋にまた何もなくなった今、あらためて私はこの部屋を存分に味わっている。

子供たちはよくもまあこんなにずたずたにしたものだ！

このベッドだって、ずいぶん傷だらけ！

それはともかく、仕事に取り掛からなくては。

私はドアに鍵を掛けて、その鍵を家の前の小道に放り投げた。

部屋から出たくないし、誰にも入って来て欲しくない。ジョンが来るまでは。

彼の度肝を抜いてやりたいのだ。

ジェニーにすら気付かれないように、ここにロープを持ってきておいた。もしあの女が本当に出て来て逃げようとしたら、女を縛ってやる！

でも、うっかり忘れていた。何か踏み台のようなものがないと、あんなに遠くに手が届かない！

このベッドは動きやしない！

ベッドを持ち上げようとしたり、押してみたけれど、自分の足の方がやられてしまった。それで頭にきて、ベッドの角を少し嚙み切ってやった――でも自分の歯を痛めただけだった。

それから床の上に立って、手が届く壁紙は全部引き剝がした。壁紙は恐ろしいほどべったりと壁にくっついていて、なかなか剝がれない。模様は私が苦労する様子をただ楽しんでいる！　締め付けられた首、膨らんだ目、ひょろひょろと生えてくるキノコ、それらすべてが金切り声をあげて嘲笑っている！

私はあまりにも腹が立って何か自暴自棄なことをしてしまいそうだ。窓から飛び降りでもすれば立派なのだけれど、鉄格子が頑丈すぎて試すことすらできない。

それにそんなことをするつもりはない。もちろんしない。そんな手段は適切ではないし、誤解されるかもしれないことはちゃんと分かっている。

窓から外を見ることすら嫌だ――あの這う女たちがうようよいるから。しかもとんでもない速さで這い回っている。

彼女たちはみんなあの壁紙から出て来るのだろうか。私が出て来たように。

でも私はもう大事に隠しておいたロープでしっかりと繋がれている――わたしをあの道に引っ張り出そうったって無駄！

夜になったら、私はあの模様の後ろに戻らなくてはならないと思う。それはつらい！

この大きな部屋に出て来て、好きなだけ這い回るのがとっても楽しいのに！

外には出たくない。出るものか。たとえジェニーに頼まれたって。

外では地面の上を這わなければならないし、あらゆるものが黄色ではなくて緑だから。

でもここなら床の上を滑らかに這うことができるし、壁をぐるりと回るあの長いしみに私の肩がぴったりとはまるから、道に迷うこともない。

あっ、ジョンがドアの所に来た！

無駄よ、おにいさん、開けられないから！

呼んだり叩いたり、大変ね！

まあ、今度は斧をよこせなんて叫んでる。

駄目よ、あの美しいドアを壊すなんて！

「ねえジョン！」私は一番優しい声で言った。「鍵は玄関の階段のそばに落ちているわ。オオバコの葉の下に！」

それを聞いて、ジョンはしばらく黙ってしまった。

それから彼はこう言った――本当にとても小さな声で――「お願いだよ、ドアを開けてくれ！」

「できないの」私は答えた。「鍵は玄関のドアのそばのオオバコの葉の下に落ちているの！」

さらに私はその言葉をもう一度、そして何度も、とても穏やかにゆっくりと繰り返した。あまりにも私が繰り返したので、彼もさすがに見に行かざるをえなかった。もちろん彼は鍵を見つけて、部屋の中に入って来た。ドアの所で彼は急に立ち止まった。

「どうしたんだ？」彼は叫んだ。「一体全体、君は何をしているんだ！」

私は相変わらず這い続けていたけれど、肩越しに振り返って彼を見た。

「ついに抜け出したの」と私は言った。「あなたとジェーンに邪魔されたけど！　それに壁紙はほとんど引き剝がしてしまったから、もう私をあっちに戻せやしない！」

どうしてあの男は気を失ってしまったのだろう。でも、とにかく彼は倒れた。しかも壁際の私の通り道を塞ぐ所に。だから私は毎回そこを通るたびに、彼の体の上を這わなければならなかった！

脈を拝見

O・ヘンリー／土屋陽子 訳

　そういうことで、ぼくは医者に診てもらいに行った。

「最後にアルコールを摂取したのはいつ頃になりますか？」と医者が尋ねた。

「ええと、かなり前ですよ」と首を傾げながら答えた。

　若い医者だった。二十代か、いっても四十歳だろう。薄紫色の靴下を履いていたが、見た目はナポレオンのようだった。ぼくは彼がとても好きになった。

「それでは」と医者が言った。「今から、血行に及ぼすアルコールの影響をおみせしましょう」

「血行」って言ったと思ったけど、もしかしたら「流行」だったのかも。

　ぼくの左袖を肘までまくりあげると、医者はウイスキーのボトルを取り出し、ぼくに一口飲ませた。彼がますますナポレオンに見えてきて、ますます彼が好きになった。

　それから医者はぼくの上腕に包帯を巻きつけて圧迫し、指先で脈を止めながら、台の上にある、温度計のような装置から出ているゴムの球体をぎゅっと握った。水銀が一定値に留まることなく上下にゆれたが、医者は二百三十七だか百六十五だか、そんな数値を口にした。

「どうです、アルコールが血圧に与える影響がお分かりでしょう」

「驚きました」とぼくは言った。「でも、この検査で十分じゃないですよね？　こっちをやったのなら、もう片方でも同じ検査をして下さい」だが無視ときた！

その代わりに医者はぼくの手を摑んだ。最後通牒を渡されるのではないかと思った。しかし彼がしたかったのは、ぼくの指先に針を突き刺し、採取した血の色をカードに貼り付けてあった五十セント大の赤いポーカー・チップとあれこれ比べることだった。

「これはヘモグロビン検査です」医者が説明した。「血液の色が正常ではないようです」

「まあ、貴族の青い血が流れているはずなんですがね。でもここは混血の国です。祖先には騎士もいましたが、ナンタケット島の連中と深い仲になってしまったものですから……」

「私が言いたいのは」医者が言った。「赤色が薄すぎる、ということです」

「ああ、結婚の組み合わせではなく、血痕の組み合わせの問題、ということですね」とぼくは返した。

それから、医者はぼくの胸のあたりをドンドンと叩いた。その時ぼくが真っ先に思い起こしたのは、ナポレオンだったたか、トラファルガーの戦いだったたか、あるいはネルソン提督だったたか、いずれにしろ、医者は深刻な面持ちでぼくを見つめ、ぼくの肉体に課された一連の苦痛について、そのほとんどを「――症」という言い回しをもって説明した。ぼくはすぐに、とりあえずの十五ドルを彼に渡した。

「その中に命に関わるものはあるんですか？」とぼくは尋ねた。こう切り出せば、自分がまあまあこの問題に関心を持っているということを分からせることができると思ったから。

「全てですね」と医者は明るく答えた。「でも、進行を抑えることはできます。無理をせず、適当な治療を続ければ、八十五か九十くらいまでは生きられますよ」

ぼくは医者に支払う金について考え始めていた。「八十五歳で十分です。本当に」ぼくはそう言って、もう十ドル医者に渡した。

「先ずすべきことは」活気を取り戻して医者は言った。「療養所を見つけ、そこでしばらく完全に休養を取ることですな。そうすれば神経もよくなるでしょうから。私も一緒にあなたに合った場所を選んで差し上げましょう」

ということで、彼はぼくをキャッツキル山地にある精神病院に連れて行った。それは、めったにいない常連しか常住しないはげ山の奥地にあった。視界に入るものといったら、石や岩、まばらに残っている雪、点在する松の木くらいだった。病院の担当医は若くてとても感じの良い人だった。圧迫包帯をぼくの腕に巻くこともなしに、気つけ薬を出してくれた。お昼時だったので、ぼくたちは昼食に誘われた。食堂では二十名ほどの患者が小さなテーブルについて食事をしていた。若い担当医がぼくたちのテーブルにやって来て言った。「ここに滞在されている皆さんには、ご自分のことを患者としてではなく、単に休養が必要でやってこられた紳士淑女にすぎないと思うようにしてもらっています。どんなに軽い病気であれ、彼らが患っているものについては決して口にしないことになっているのです」

ぼくの主治医が大声でウェイトレスを呼び、ぼくの昼食として、ホスホグリセリン酸入りのライム・ハッシュ、犬用パン、鎮痛剤ブロモセルツァー入りパンケーキ、胃腸薬ホミカ入りのお茶を持ってこさせた。すると、松の木の間を抜ける暴風のような音が聞こえてきた。食堂にいた患者が一斉に「神経衰弱症だ！」と囁いたのだった。だが、一人だけ鼻の利く男がいたようで、「慢性アルコール中毒だ」と言うのがはっきり聞こえた。彼とは後でまた会いたいものだ。担当医はくるりと背を向けて立ち去って行った。

食事が済んで一時間ほど経った頃、担当医はぼくたちを病棟から五十ヤード程離れた作業場に案内した。そこにはすでに患者たちが、担当医の代役で包帯持ちの男——青いセーターを着た背の高い男——に連れて来られていた。その男の背の高さと言ったら顔も拝めないほどだった。「甲冑梱包会社」なら彼の手を喜んで借りただろうに。

「ここは、滞在されている皆さんが肉体労働に専念することで過去の悩みから解放される場所です。まあ、肉体労働といっても実際は気晴らし程度のものなんですがね」と担当医は言った。そこには、回転盤、大工道具一式、陶芸道具、紡ぎ車、織物用の枠、踏み車、大太鼓、大型のクレヨン肖像画一揃え、鍛冶屋の炉、等々、一流療養所に入所している頭のいかれた連中が興味を持ちそうなもの全てが用意されていた。

「隅のほうで、泥のパイを作っているあのご婦人ですが」担当医が囁き声で言った。「他でもない、ルーラ・ラリントンさんですよ。『何故愛が愛するのか』という本を書いた女流作家の。作品を書き上げて、精神を休養させているところなんです」

その本ならぼくも見たことがあった。「どうして、別の作品を書くことで精神の休養をさせないのでしょうかね」とぼくは尋ねた。

そう、ぼくはまだ周りが思うほどおかしくはなっていなかったのだ。

「漏斗《じょうご》で水を注いでいる紳士は」担当医は続けた。「過労でやられてしまった、ウォール街の株式仲介人です」

ぼくは上着のボタンをかけ始めた。

担当医はその他にも、ノアの箱舟で遊ぶ建築家たち、ダーウィンの『進化論』を読む牧師たち、のこぎりで木を切る弁護士たち、青いセーターのガーゼ持ちの男にイプセンの話をする疲れ果てた社交界のご婦人たち、床で眠りこけている神経症の大金持ち、部屋中に小さい赤い馬車の絵を描いている有名な画家、といった輩をぼくに見せた。

「あなたはかなり力がありそうですね」担当医は言った。「あなたに最適な療養法は小さめの岩を山の斜面に投げて、それを拾ってまた上へと登ってくる、ということかもしれませんね」

ぼくが百ヤード進んだところで、主治医がやっと追いついて来た。

「どうかしましたか?」彼が尋ねた。

「どうかしたかって?」とぼくは返した。「近くに飛行場がないでしょう。だから、この小道を楽しく、足早に、向こうの駅まで歩いて行って、始発の急行石炭列車に乗り込み街に戻るんですよ」

「まあ」医者は応えた。「おそらくあなたの言う通りでしょう。ここはあなたには合ってないようですね。けれど、あなたに必要なのは休養、それも完全な休養と運動なんですよ」

その晩、ぼくは街のホテルに行きフロント係に言った。「ぼくには完全な休養と運動が必要なんだ。だから、大きな折りたたみベッド付きの部屋をお願いしたい。それと、ベッドで休んでいる間、ボーイに交代でベッドを畳んだり延ばしたりしてもらいたいんだが？」

フロント係は爪の汚れを擦り落とすと、ロビーに座っていた白い帽子をかぶった背の高い男をちらりと見た。その男がやって来て、丁寧な調子で西入り口にある植え込みを見たかどうか尋ねた。ぼくは見ていなかったから、男はぼくに植え込みを見せ、改めてぼくの姿を眺めた。

「かなりお悪いのかとお見受けしましたが」と悪気のない調子で男は言った。「大丈夫のようですね。まあ、医者に診てもらいなさい。お客さん」

それから一週間が経って、主治医が再びぼくの血圧を検査した。今度は事前の気つけ薬はなかった。彼は前ほどナポレオンのようには見えなかったし、履いているこげ茶色の靴下もぼくの好みではなかった。

「あなたに必要なのは海と仲間です」と彼は言い切った。

「もし人魚が……」とぼくは言いかけたが、彼が急に医者の顔になったので口をつぐんだ。

「自分が」と医者は言った。「ロング・アイランドの沖にあるホテル・ボネールへお連れし、あなたが元気になるのを見届けましょう。そこは静かで居心地の良い保養地ですから、あなたもきっとすぐに良くなります」

ホテル・ボネールとは海岸沖の島にある、客室数九百の洒落た宿泊施設だった。ドレスコードを守っていない客は全員食堂の脇へと追いやられ、食用カメ《テラピン》とシャンパンのセットメニューだけが与えられた。入江は金持ちヨット愛好家たちの格好のたまり場となっていた。ぼくたちが到着した日、入江にはあの「コーセア号」〔米国の金融資本家モーガンが所有していた大型海洋ヨット〕が停泊していた。ぼくはモーガン氏がデッキに立ちチーズサンドイッチを食べながら、うっとりとホテルを眺めているのを見かけた。しかしながら、そのホテルは全く金のかからない場所だった。というのも、誰も料金を払えやしなかったから、出て行く手段としては、荷物を置き去りにし、小型のボートを失敬し、真夜中のうちに岸に向かって進むしかなかったからだ。

ホテルに着いた翌日、ぼくはホテルのロゴマークが印刷された電報用紙をフロントで手に入れ、ホテル療養の支払いを工面すべく、ありとあらゆる友人に電報を送り始めた。主治医とぼくはゴルフ場でクローケーを一ゲームし、芝生の上で昼寝をした。

街へ戻ると、主治医は急に何か思い出したかのようにぼくに尋ねた。「ところで、気分はどうです?」

「ずいぶん楽になりましたよ」とぼくは答えた。

さて、顧問医というのがいるが、これまた別の類の医者のことだ。診察料を払ってもらえるのかもらえないのか確信が持てないまま治療を行うから、その治療は、非常に丁寧なものになるか、あるいは全く雑なものになるかのどちらかだ。主治医がある顧問医をぼくに紹介してくれた。彼は早とちりしたらしく、ぼくを丁寧に診た。彼がとても好きになった。筋肉運動の協調訓練をいくつかやることにした。

「後頭部に痛みはありますか?」と医者が尋ねたので、ぼくはないと答えた。

「目を閉じて」と医者は指図した。「両足をくっつけて、できるだけ遠く後ろにジャンプして」

目を閉じての後ろ跳びは得意分野だったから、ぼくはその指示に従った。その瞬間、頭がバスルームのドアの角にぶつかった。ドアが三フィート程、開けっ放しになっていたのだ。医者はぼくに何度も謝罪した。ドアが開いたままであったのを見落としていたのだ。

ドアを閉めると「では、次に右の人差し指でご自分の鼻を触ってみてください」と医者が言った。

「それってどこにあります？」

「ご自分の顔についているでしょう」

「そうじゃなくて、ぼくの右の人差し指のことです」

「おや、これは失礼」医者がそう言って、再びバスルームのドアを開けたので、ぼくはドアの隙間に挟まっていた自分の指を抜き出すことができた。医者に言われた指鼻芸を見事にやってみせ、ぼくは言った。

「病状についてだますつもりはないんです。先生。正直言うと、頭の後ろがなんとなく痛むんです」だが、医者はぼくの言葉を無視して、評判の最新型コイン投入式ラッパ型補聴器をつけてぼくの胸を注意深く診察した。ぼくの体はバラードでも奏でそうになった。

「それでは」医者が言った。「馬のようにギャロップで部屋の中を五分程走り回ってみてください」

ぼくは、失格したペルシュロン〔フランス北部の荷馬車馬〕がマディソンスクエア・ガーデンの外へ引っ張り出されるところを完璧に真似てみせた。すると医者は自分の耳で再びぼくの胸の音を聴いた。

「ぼくの家族に鼻疽〔馬などが患う伝染病〕を患っている者はいませんよ。先生」とぼくは伝えた。

顧問医は人差し指をぼくの鼻先三インチのところまで持ってくると、「この指を見なさい」と指図した。

「ペアーズ社の石鹸を試したことは……」とぼくは尋ねかけたが、医者はさっさと検査を続けた。

「はい、では次に入江の向こう側を見て。そして、また私の指。海の向こう。私の指。私の指。海の向こう。海の向こう。私の指。海の向こう」こんなことが三分ほど続いた。

医者によると、これは脳の働きを見る検査だということだが、ぼくには簡単だった。ぼくは一度だって彼の指と海を見間違えはしなかった。誓って言おう。もし医者がこんな言葉で指図しても――「見つめて。そのまま。落ち着いて。外を――というか、横のほうを――水平線のある辺りを。言うなれば、隣接した流動的な入江の方を」「次に、視線を戻して、というか、意識を引き戻す感じで、そして、視線をぼくの立てた指において」――かのヘンリー・ジェイムスだって検査に受かったに違いない。

背が曲がった大叔父はいないかとか、踝の腫れた従兄妹はいないかとかいった質問をぼくにしてから、二人の医者はバスルームへと退き、バスタブのへりに腰かけて何やら話し合いを始めた。ぼくはその間、りんごを一つ食べ、自分の指を見つめ、海を眺めた。

二人の医者が墓から出てきたような重々しい表情で出てきた。いや、むしろ、墓石そのものといった重々しさ、新聞の一面にでもなりそうな様相だった。彼らはぼくが控えるべき食べ物をリストアップした。そこには、耳にしたことのある食べ物全ての単語が記されていた。カタツムリだけはなかった。カタツムリのほうから先に襲いかかってぼくを食おうとでもしない限り、ぼくはカタツムリなんて食べない。

「この食事制限をきちんと守らなければいけません」と二人の医者は言った。

「どこまででも従いますよ。そのうちの十分の一でも食べることができるのでしたら」とぼくは言った。

「次に大切なのは」医者は続けて言った。「外の空気と運動です。そしてこれはあなたの症状に非常に有効な処方箋です」

それからぼくたち三人はそれぞれ支度に取りかかった。二人の医者は帽子をかぶり、ぼくは失礼した。

帰り道、薬局へ立ち寄り処方箋を見せた。

「一オンス瓶で二ドル八十七セントになります」と薬剤師が言った。

「梱包用の紐をもらえます?」とぼくは尋ねた。

処方箋に穴をあけ、もらった紐を穴に通し、それを首から下げ上着の内側へしまった。誰でも多少は迷信を持っているものだが、お守りの効力をぼくは信じているのだ。

もちろん、悪いところなんてどこもなかったのだけれど、ぼくはひどく調子が悪かった。働くことも、寝ることも、ボウリングをすることもできなかった。そんな時、周囲から同情を買う唯一の方法は、四日間ひげを剃らずにいることだった。それでもまだこんなことを言う奴もいた。

「やあ、じいさん。あんた、松の木のこぶみたく丈夫そうだね。メイン州の森の中へでも遠足に行ってきたのかい?」

突然、自分には外の空気と運動が必要だということを思い出した。そこで、南部のジョン一家に会いに出かけることにした。ジョンというのは、菊の花に覆われたあずまやの中、十万人の人々が見守る前で、聖書を手に立つ牧師の宣告によって、ぼくの義理の兄弟になった男だ。パインビルから七マイル離れたところに別荘を持っている。それは、ブルーリッジ山脈の高地にあって、ぼくが抱えているごたごたなんかとはかけ離れた、威厳のある建物だった。ジョンは雲母《マイカ》〔電気の絶縁材料・保温材料に使う鉱物〕のような男だ。雲母はゴールドよりも価値があって美しいのだ。

ジョンはパインビルまでぼくを迎えにきてくれていた。ぼくたちはトロリーに乗って彼の家へ向かった。周りを山々に囲まれた丘の上にたった一軒その家はあった。ジョン一軒専用の発着所でトロリーを下りると、そこにはぼくたちを出迎えるジョンの家族とアマリリスの姿があった。アマリリスはぼくをちょっと不安そうに眺めた。

家に行く途中、一匹のウサギがピョンピョンと飛び跳ねてきた。ぼくは自分のスーツケースを投げ出し、大急ぎでそいつを追いかけた。二十ヤードほど走ったところでウサギを見失った。ぼくは草の上に腰を落とし、絶望的になって泣いた。

「もうウサギを捕まえることもできないなんて」ぼくは泣きじゃくった。「もうぼくなんてこの世にいても何の役にも立たないんだ。死んだほうがましだ」

「あら、どうしたっていうのかしら。ジョンお兄さん、何があったの？」とアマリリスが言うのが聞こえた。

「ちょっとだけ神経が弱っているのさ」とジョンがいつもの冷静な調子で答えた。「心配しなくていい。起き上がって、ウサギ追いさん。さあ、焼いたパンが冷めないうちに家に行きましょう」黄昏時で、山々はマーフリー女史〔Mary Murfree（一八五〇―一九二二）。アメリカの女性作家〕による描写のように威厳をたたえていた。

夕食を終えるとすぐにぼくは、祝祭日も含めて一、二年間は眠り続けることができるだろう、と告げた。すると、花園のように涼しくて広い部屋に案内された。そこには芝地ほど大きいベッドが置いてあった。その後すぐに家の者は皆床につき、屋敷は静けさに包まれた。

ここ何年も、こんな静けさを感じたことはなかった。それほどまでに完全なる静寂だった。ぼくは肘をついて体を起こし、その静けさに耳をそばだてた。眠らなくちゃ！　星のまたたきとか、草の葉の先端が擦り合わさる音とか、何でもいい。何かしらの音が聞こえさえすれば、ぼくは落ち着いて眠ることができるのに。方向転換をしようとするキャッチボートの帆がそよ風にまたたく音を一度聞いたような気がした。が、おそらくそれはカーペットの留め金の外れる音だったのだろう。ぼくはじっと耳を澄ました。

突然、時を忘れた小鳥が舞い降り窓の下枠にとまり、鳥にとっては寝ぼけ声には違いないのだが、世間一般には「ピーピー」と表記される声で鳴いた。

ぼくは飛び上がった。

「おい！　どうかしたのか？」と、真上の部屋からジョンが叫んだ。

「いや、何でもないんだ」ぼくは答えた。「うっかり天井に頭をぶつけてしまっただけだよ」

翌朝、ぼくはポーチに出て山々を眺めた。四十七もの山が視界に入った。寒気がしたので大広間へ入り、本棚から『パンコーストの家庭の医学』を取り出して読み始めた。ジョンが部屋に入ってきてぼくから本を取り上げると、ぼくを外へと連れ出した。彼は三百エーカーの農場を所有していた。そこには、納屋、ラバ、小作人、それから前歯が三本欠けてしまった馬鍬《まぐわ》といった、どこの農場にもあるものが一通り揃っていた。幼い頃に目にしたことがあるものばかりだったので、ぼくはなんだか落ち込んだ気分になった。

その時、ジョンがアルファルファの話をしたので、ぼくの心はすぐに明るくなった。「ああ、そうだ」とぼくは言った。「その娘はどこかの合唱団にいたよな。確か――」

「牧草のアルファルファのことだよ」ジョンが言った。「やわらかくて、知っているだろう？一年ごとに土地を鋤き込んでやるんだ」

「ああ、知っているさ。そうすると、その上にその牧草が育つんだよな」

「その通り。農業について結構知っているじゃないか」とジョンが言った。

「農民のことならちょっとばかし知識があるよ」とぼくは応えた。「死の大鎌はいつの日か確実に彼らを刈り込むことになるのさ」

家へ戻る途中、えも言われぬ美しい生き物が道を横切っていった。否応なしにこの生き物の虜となり、まじまじと見つめた。ジョンは煙草をふかしながら、辛抱強くぼくを待っていてくれた。

しかし、所詮は彼も現代の農夫だ。十分もすると口を開いた。「君はそこでそのニワトリを一日中眺めているつもりかい？　朝ごはんの用意ももうできるというのに」

「ニワトリだって？」とぼくは言った。

「ホワイト・オーピントン種のね。詳しく分類すればね」

「ホワイト・オーピントン種？」興味津々でその言葉を鸚鵡返しした。その鶏がゆったりと歩く様は優雅なまでに堂々としていたので、ぼくは、笛吹男を追う子供のようにその後ろをついていった。それから五分間、ジョンはぼくを好きなようにさせていてくれたが、とうとうぼくの袖をつかみ、朝食へと引き連れていった。

滞在を始めて一週間が経った頃、ぼくはだんだん不安になった。よく寝てよく食べていたし、実際、生活を楽しみ始めてもいた。だが、こんなことは、ぼくみたいに絶望的な状態の人間に起こることではないのだ。だから家をこっそり抜け出しトロリー乗り場へ行き、パインビル行きの車両に乗り、街で一番の名医に会いに行った。その頃までには、医者の治療が必要な時はどうすべきなのかを心得ていた。椅子の背に帽子を掛けると、早口でまくしたてた。

「先生、ぼくは、心臓硬変、動脈硬化症、神経衰弱症、神経炎、急性消化不良を患い、今は回復期にいます。これから厳しい食事制限をする予定です。それから、夜に温水浴、朝に冷水浴を行います。明るい気分でいるように努め、楽しい話題に神経を集中させるよう努力します。服用薬につきましては、できれば食後、一日三回、リン錠を飲み、竜胆のエキス、シンコナ、黄キナ皮そしてカルダモンの混ざりあった強壮剤を飲みます。この薬スプーン一杯に、ホミカの成分を始めは一滴、そして最大の服用量になるまで毎日一滴ずつ加えていきます。これをどの薬局でも安く購入できるスポイトでたらします。以上、終わり」

ぼくは帽子を取り退室した。ドアを閉めた時、重要なことを言い忘れたことに気が付いた。再びドアを開けた。医者はさっきと同じところに座っていたが、ぼくの顔を見て、一瞬はっとし神経をぴりぴりさせた。

「言い忘れましたが」ぼくは告げた。「完全なる休養をとり、運動もするつもりです」

この問診が済むと、ぼくの気分はずっと良くなった。自分が不治の病にかかっているという事実を再確認できて安心しきったものだから、あやうくまた憂鬱状態になるところだった。神経衰弱症患者にとって、健康になり元気溌剌となってきていると感じることほど、不安になることはないのだ。

ジョンはかいがいしくぼくの世話をしてくれた。ぼくが彼のホワイト・オーピントン種のニワトリに異常な関心を抱いて以来、何とかぼくの気を逸らせようと、毎晩その鶏小屋に鍵をかけた。元気づける山の空気、健康的な食事、そして毎日の丘の上の散歩のせいで徐々にぼくの病状は回復していった。そのため、ぼくはすっかり惨めになりふさぎ込んでしまった。近所の山間にいないか医師が住んでいるということを耳にした。その医者に会いに行き、洗いざらい打ち明けた。その医者は灰色のひげを蓄え、目尻にしわがあり、青く澄んだ目を持ち、灰色のデニム地のお手製の服を着ていた。

時間を節約するため、病状を自己診断して聞かせると、自分の鼻を右手の人差し指で触り、膝の下を叩き足が上がることを示し、胸の音を聴かせ、舌を突き出して見せ、パインビルの墓の値段を尋ねた。

医者は葉巻に火を点け、三分程ぼくを見つめた。「おまえさん」しばらくして彼は口を開いた。「あんた、かなりの重症のようだね。治る見込みがないわけじゃないが、まあ、ほんのわずかだろうな」

「いったいどうしろっていうんです？」ぼくは意気込んで言った。「ヒ素も飲んだ。金も、それから、リンも。運動もしたし、ストリキニーネの木の皮も飲んだ。入浴療法もしたし、安静にもした、刺激も受けたし、コデイン〔阿片に含まれるアルカロイドの一種。鎮痛剤に用いる〕も、芳香アンモニア酒精剤だって。この他に薬局に何があるって言うんです？」

「この山の中にあるのだよ」医者が答えた。「ある植物だ。その植物にはあんたの病気を治す花が咲いている。もうそれしかあんたを治すものはないかもしれぬ。そいつはこの世と同じくらい古い歴史を持っているが、最近ではめったにお目にかかれない、見つけるのも難しい代物じゃ。わしとあんたでそれを探すしかない。わしはもう医者稼業はやっておらぬ。何年もの間こうして生きておる。まあ、あんたのことは面倒見よう。毎日午後わしのところへ来るんだな。植物が見つかるまでわしと一緒に探そうじゃないか。都会の医者どもは科学の新しい知識はしこたま知っているに違いないが、自然の女神が隠し持っておる力については不案内のようじゃ」

そういうことで、その老医師とぼくは万病に効くその植物を求めて毎日ブルーリッジの山や谷を駆け回った。ぼくたちは一緒になって険しい山道を苦労して進んで行った。落ち葉で足を取られそうな道だったので、滑り落ちないように手あたり次第に若木や枝にしがみつかなければならなかった。胸の高さほどある月桂樹やシダが生い茂る山峡や峡谷を突き進まなければならない時もあったし、山の小川を何マイルもたどっていったこともあった。松の茂みの間をインディアンのようにやっとの思いで歩いた。道、丘、川、そして山の中を、ぼくたちは奇跡の植物を手にするために探求し続けた。

老医師の言うとおり、その植物は今や極めて稀なものであるに違いなく、なかなか見つけ出すことはできなかった。それでも、ぼくたちは探し続けた。来る日も来る日も、谷を下り、山を登り、高原を歩き回った。その奇跡の植物を見つけ出すために。山育ちの老医師は少しも疲れた素振りを見せなかったが、ぼくはといえば、へとへとになり、家に着いた途端ベッドに倒れ込み、朝まで起きないなんてこともしばしばあった。そんな生活が一ヶ月続いた。

ある夕方、老医師との六マイルに及ぶ探求から戻った後、ぼくはアマリリスと家の近くの道沿いに立つ木々の間を散歩した。山々が夜の眠りに備えて青みがかった深紫色のガウンを身にまとおうとしていた。

「あなたがまた元気になって嬉しいわ」とアマリリスが言った。「あなたを初めて見た時、私、怖かったのよ。あなた本当に病んでいたんですもの」

「また元気になった、だって?」ぼくは悲鳴をあげそうになった。「生きる望みは万に一つだってことを君は知っているのかい?」

アマリリスは驚いてぼくを見つめこう言った。「だって、あなたは土地を耕すラバみたいに逞しいじゃない。毎晩十時間から十二時間も寝ているし、あなたの食欲といったら穀潰しもいいとこよ。これ以上どうなりたいっていうの？」

「いいかい」ぼくは言った。「ある魔法、つまり、ぼくたちが探している植物が見つからない限り、病気が治ることはないんだよ。医者がそう言ったんだ」

「医者って、どなたのこと？」

「テータム医師さ。ブラックオーク山の中腹に住んでいる歳をとった医者だよ。知り合いかい？」

「その方なら物心ついた時から知っているわ。あなたが毎日通っているのはあの方のところだったのね――あの方が、長い距離を歩かせたり、山を登らせたりして、あなたを逞しく健康にしてくださったのね。なんて素晴らしいお医者さまなの」

丁度その時、そのお医者さまが古びたポンコツ馬車に乗って道をゆっくり下って来た。ぼくは手を振り、大声で明日もいつもの時間に伺いますと言った。彼は馬を停めるとアマリリスを呼んだ。ぼくを待たせたまま二人は五分間話し、老医師は去って行った。

家に着くと、アマリリスは百科事典を引っ張り出し、ある単語を調べだした。そしてぼくに話しかけた。「お医者さまがおっしゃったのよ。あなたはもう患者として自分のところに来る必要はないって。でも、友人としてならいつでも喜んでお会いしたいって。それから私に、私の名を百科事典で調べてあなたにその意味を伝えるようにおっしゃったわ。私の名前って、花を咲かす類の植物の名前でもあるし、ギリシアの詩人テオクリトスと、ローマの詩人ウェルギリウスの詩歌に登場する田園に住む少女の名前でもあるみたい。お医者さまがおっしゃりたいことがお分かりになって？」

「ああ」ぼくは答えた。「今、やっと分かったよ」

情緒不安定な「神経衰弱症」というご令嬢に魅了されかけていた男に対する言葉。医者たちの言い分は正しかった。手探りながらも、町の医者たちはその時々で特効薬を処方してくれた。

運動に関しては、ブラックオーク山のテータム医師に任せればよい——松林にあるメソジスト集会所を右に曲がれば直ぐそこだ。

完全な休養と運動。

アマリリスと共に木陰に座り、黄金色に輝く青い山々が夜の帳に包まれていく、言葉にならないテオクリトスの田園詩のような風景を魂で鑑賞する時間ほど、効き目のある休養はあるだろうか？

5 不眠

清潔な、明かりのちょうどいい場所

アーネスト・ヘミングウェイ／上田麻由子訳

もう遅い時間で、カフェの客はみな帰ったあとだった。ただひとり、年老いた男が、電灯に照らされた木の葉がつくる陰のなか座っていた。日中は埃っぽい通りも、日が暮れると夜露で埃が収まった。老人は遅くまで店に座っているのが好きだった。耳が聞こえなかったが、夜になると静かで、昼間と違うのがわかったからだ。カフェの店内にいる二人のウェイターは、老人が少し酔っぱらっていて、良い客ではあるものの飲みすぎると金を払わずに帰ってしまうのを知っていたため、彼から目を離さなかった。

「あのじいさん、先週自殺しようとしたんだって」と一方のウェイターが言った。

「なんで？」

「絶望したんだよ」

「何に？」

「何にってわけじゃない」

「どうしてわかる、何にってわけじゃないと？」

「金をたっぷり持ってるからさ」

カフェのドアのそば、壁際に寄せたテーブルに座った二人は、テラスを眺めた。老人のいるところ以外テーブルはどこも空っぽで、彼は風でかすかにそよぐ木の葉陰に座っていた。一人の娘と兵士が、道を通りかかった。街灯の光が、兵士の襟元にある真鍮の番号票を照らした。娘は頭に何もかぶらず、兵士と並んで早足で歩いていた。

「あの兵隊、憲兵につかまるぞ」一方のウェイターが言った。

「構やしないさ、欲しいものが手に入るんだから」

「こんな時間に表《おもて》をうろつかないほうがいい。憲兵につかまるぞ。五分前に通りかかったばかりだ」

葉陰に座る老人がグラスで受け皿をこんこんと叩いた。若いほうのウェイターが向かった。

「何でしょう？」

老人はウェイターを見た。「ブランデーもう一杯」と彼は言った。

「酔っぱらいますよ」とウェイターは言った。老人は彼のほうを見た。ウェイターは店の中に戻った。

「一晩中いすわるつもりだ」とウェイターが相方に言った。「もう眠いよ。三時前にベッドに入れたためしがない。先週、死んでおいてくれればよかったのに」

ウェイターはブランデーのボトルと新しい受け皿を店のカウンターから取り出すと、老人のいるテーブルまでつかつかと歩いていった。そして皿を置いて、ブランデーをグラスになみなみと注いだ。

「先週死んでおいてくれればよかったのに」と彼は耳の聞こえない老人に言った。老人は指で合図し、「もう少し」と言った。ウェイターがグラスに注ぎ足すと、溢れたブランデーがグラスの脚をつたって、受け皿の山のてっぺんまでこぼれた。「ありがとう」と老人は言った。ウェイターは店の中に戻ってボトルをしまった。そしてまた相方のいるテーブルに座った。

「すっかり酔っぱらってる」と彼は言った。

「毎晩酔っぱらってるよ」

「なんで自殺なんかしようとしたんだろう?」

「知るかよ」

「どうやった?」

「ロープで首を吊った」

「誰がロープを切ってくれた?」

「じいさんの姪だよ」

「二人ともなんでそんなことした?」

「魂のことが気がかりだったのさ」

「じいさん金はどのくらいある?」

「じゅうぶんあるさ」

「きっともう八十にはなってるな」

「まあ八十歳ってとこだろう」

「帰ってくれないかなあ。三時前に寝られたためしがない。そんな時間に寝るなんてなあ?」

「遅くまで起きてるのが好きなのさ」

「寂しいんだな。俺は寂しくないけど。ベッドで嫁さんが待っててくれる」

「あいつにだって嫁さんがいたことがあった」

「もう嫁さんがいたってどうしようもないさ」

「わからんよ。いたほうがましかもしれない」

「姪が面倒みてる。ロープも切ってくれたんだろ」

「まあな」

「あんな歳にはなりたくないな。年寄りなんて嫌なもんだ」

「そうとも限らないよ。あのじいさんは清潔にしてる。酒もこぼさず飲むし。今みたいに酔っぱらってても。ほら見ろよ」

「見たくない。もう帰ってくれないかなあ。働いてる側のことなんてお構いなしなんだから」

老人はグラスから顔を上げて広場を眺め、それからウェイターたちのほうを見た。

「ブランデーもう一杯」とグラスを指差して言った。急いでるほうのウェイターがやってきた。

「しまいだ」とウェイターは、頭の悪いやつが酔っぱらいか外国人と話すときのように文法を省略して言った。「今夜はおしまい。閉店」

「もう一杯」と老人は言った。

「ダメ。しまいだ」ウェイターはテーブルの縁を布巾で拭いて、首を横に振った。

老人は立ち上がって、受け皿の数をゆっくり数えると、ポケットから革の小銭入れを取り出して、飲んだぶんの勘定を払い、チップを半ペセタ置いた。

老人が道を歩いていくのをウェイターは見守った。ひどく年老いた男が、よろよろと、しかし威厳をもって歩いている。

「なんでもうちょっと飲ませてやらなかった？」と急いでないほうのウェイターが訊いた。二人はシャッターを降ろしているところだった。「まだ二時半にもなってない」

「帰って寝たいんだよ」

「一時間くらいいいだろ？」

「俺には大事なんだ、じいさんと違ってな」

「一時間は一時間だろ」

「じいさんみたいなこと言うなあ。ボトルを買って家で飲めばいいんだよ」

「それじゃだめさ」

「ああ、そうだな」と妻のいるウェイターも認めた。不当なことを言うつもりはなかった。ただ急いでいるだけなのだ。

「で、お前は？　いつもより早く帰るのが怖くないのか？」

「俺のこと馬鹿にしようっての？」

「いや、からかっただけだよ」

「怖くない」と急いでいるほうのウェイターが、金属製のシャッターを引き下ろしてから、起き上がって言った。「俺には自信がある。自信のかたまりさ」

「お前は若いし、自信も、仕事もある」と年上のウェイターが言った。「お前はなんでも持ってるよ」

「で、あんたには何が足りない？」

「仕事以外、すべて」

「俺にあるものなら、なんでも持ってるだろ」

「いや、自信なんて持てたためしがないし、若くもない」

「おいおい、馬鹿なこと言ってないで、戸締りしよう」

「俺だって夜遅くまでカフェにいたいほうの人間なんだ」と年上のウェイターが言った。「ベッドに入りたくないやつらと同類なんだよ。夜を照らす明かりが欲しいやつらと」

「俺は家に帰って眠りたい」

「俺たちは違う種類の人間なんだ」と年上のウェイターが言った。彼はもう着替え終わっていた。「若さや自信の問題だけじゃない。もちろん、そういうものってすごく美しいけど。毎晩、店を閉めるのが嫌なんだよ。カフェが必要な人がまだいるかもしれないから」

「なら、一晩じゅう開いてる酒場があるだろ」

「わかってないなあ。ここは清潔で気持ちのいいカフェだ。明かりもちょうどいい。すごくいい感じの明かりだし、それに今は葉っぱの陰もある」

「おやすみ」若い方のウェイターが言った。

「おやすみ」もう一方も言った。彼は電灯を消して自分相手に会話を続けた。もちろん明かりも大切だけど、清潔で気持ちのいい場所であることも必要なんだ。音楽は要らない。音楽なんてまったく要らない。それに、カウンターの前じゃ、威厳をもって立ってなんていられない。でも、こんな時間に開いてるのはそういう店くらいだ。俺は何を怖れてる？　怖れているとか、怯えているとかじゃない。あまりにもよく知ってる、あの無のせいなのだ。すべては無であり、人間は無だ。それだけのことで、必要なのは明かりと、ある程度の清潔さと秩序。そういうものに囲まれて生きているのに、気づきもしないやつもいるが、そいつにはわかってる。すべては無《ナーダ》であり、ナーダでありゆえにナーダであってナーダでありゆえにナーダなのだ。ナーダにまします我らのナーダよ、願わくは御名をナーダさせたまえ、御国をナーダさせたまえ、御心のナーダになるごとく、ナーダにもなさせたまえ。我らの日々のナーダを今日も与えたまえ。我らにナーダをおかす者をナーダするがごとく、我らのナーダをもナーダしたまえ。我らをナーダに遭わせず、ナーダより救いだしたまえ。それゆえにナーダ。讃えよ、無にあふれし無を。無は汝と共にあり。彼は微笑むと、ぴかぴかのスチーム式コーヒーマシーンのあるカウンターの前に立った。

「何にしましょう？」とバーテンダーが訊いた。

「ナーダ」

「またおかしなやつか」と言って、バーテンダーは背を向けた。

「小さいカップで」とウェイターは言った。

バーテンダーがそれを注いだ。

「ここの明かりはとても明るくて気持ちいいけど、カウンターは磨いてないな」とウェイターは言った。

バーテンダーは彼のほうを見たが何も言わなかった。会話をするには夜遅すぎるのだ。

「もう一杯いるか?」とバーテンダーは訊いた。

「いや、いい」とウェイターは言って、店を出た。彼はカウンターや酒場が嫌いだった。それは清潔で、明かりのちょうどいいカフェとはまるっきり違っていた。さあ、これ以上考えるのはやめて、自分の部屋に帰ろう。ベッドに横たわって、いずれ朝の光のもと眠るだろう。結局のところ、と彼は心のなかで思った。たぶんこれはただの不眠症だ。そういう奴は大勢いるにちがいない。

眠っては覚め

F・スコット・フィッツジェラルド／上田麻由子 訳

アーネスト・ヘミングウェイの「いまわれ身を横たえ」という短篇を数年前に読んだとき、不眠症についてこれ以上語るべきことはないと思った。それは僕自身に不眠症の経験があまりなかったせいだと、今ならわかる。僕たちが目覚めているときに抱く願いや望みと同様に、不眠症も人によってその姿を変えるようだ。

さて、もし不眠症が性分のひとつになってくるとしたら、それがあらわれ始めるのは三十代後半になってからのようだ。七時間の貴重な睡眠が、突如二つに分断される。それは、運が良ければ「夜のやさしいまどろみ」と、明け方の深い眠りとに分かれるが、そのあいだに不吉な隔たりが生まれ、どんどん広がっていくのだ。これこそ詩篇に記されたあの時間だ。「神のまことは大盾、小盾。夜、脅かすものをも／昼、飛んで来る矢をも、恐れることはない。暗黒の中を行く疫病も〔「詩篇」九十一・四―六〕」

知り合いのある男の場合、災難は一匹の鼠から始まった。僕の場合は、一匹の蚊までその原因をたどることにしたい。

友人は別荘を使えるようにしようと、誰の手も借りずひとりで準備しているところだった。そして、一日働いてくたくたになったころ、使えそうなベッドが子供用しかないのに気づいた——長さはじゅうぶんあるものの、幅はベビーベッドよりわずかに広いくらいの。その上にばたりと倒れこんだ友人は、すぐに深い眠りに落ちたが、片方の腕がどうしてもベッドからはみ出してしまう。数時間後、彼は指先にちくりと刺すような痛みを感じて目が覚めた。寝ぼけたまま腕をずらして、ふたたびうとうとしはじめると——また同じ感覚がして起こされる。

そこで友人は、ベッドサイドの明かりをパチンとつけた——と、血が滴る指先に、一匹の小さな鼠が必死にしがみついている。友人は、彼自身の言葉を借りるなら「絶叫した」そうだが、たぶんけたたましい悲鳴を上げたのだろう。

鼠は逃げていった。まるで眠りが永遠に続くとでも思っていたかのように、鼠は友人を貪り尽くそうとしていた。しかしこれ以降、つかのまの眠りさえ脅かされるようになった。かわいそうに友人は座ったままぶるぶる震え、すっかり疲れきっていた。ベッドをすっぽり覆う檻を取りつけて、これから一生そのなかで眠ろうかとも考えた。しかし、その晩はもう遅すぎて檻を取りつけるわけにはいかなかったので、なんとかうとうとしかけたものの、ハーメルンの笛吹きになった彼を、鼠たちが回れ右して追いかけてくる夢を見て、その途切れ途切れの恐怖ではっと目を覚ましてしまうのだった。

彼はそれ以来、部屋に犬か猫がいないと眠れなくなってしまった。

僕が夜の厄介者に出会ったのは、疲労がピークに達していたときだった——仕事をたくさん引き受けすぎて、身動きが取れないせいで苦労が倍になり、僕自身も周りも体を壊していた――よくある、悪いことは重なるってやつだ。ああ、その悪戦苦闘の有終の美を飾ることになっているその夜の眠りを、僕がどれほど心に描いていたことか――雲のように柔らかく、墓のようにいつまでも変わらないベッドでくつろぐのを、どれほど楽しみにしていたことか。たとえグレタ・ガルボに二人きりで食事しようと誘われたとしても、そのときの僕なら耳を貸さなかっただろう。でも、もしそんなお誘いが本当にあったら、受けておいたほうがよかったかもしれない。代わりに僕はひとりぼっちで、いや、より正確には一匹の寂しい蚊と夕食を共にすることになったからだ。

驚くことに、一匹の蚊のほうが群れでいるよりよっぽどたちが悪いことがある。相手が群れなら備えることもできるが、一匹の蚊は個性を帯びるからだ――悪意を、死に至る戦いのような不吉な性質を。九月、ニューヨークのホテルの二十階に単身姿をあらわしたやつは、まるでアルマジロのように場違いだった。ニュージャージーの沼地で排水が進み棲みかを追われたそいつは、食べ物を求め下の息子たちと一緒に隣の州までやってきたのだ。

暖かい夜だった――しかし、出会ってしまったら最後、やみくもに宙をぴしゃりと叩いて、あてもなく捜しまわり、自分の耳を叩くものの、すんでのところで間に合わない。そこで昔からの習わしに従って、僕はシーツを頭の上まで引っぱり上げることにした。

そこからは、よくある話だ。シーツ越しに刺されたり、シーツを押さえるために表《おもて》に出していた手を狙われたり、毛布に頭までもぐって窒息しそうになったり――そうこうするうちに心理状態が変わり、意識がだんだんはっきりしてきて、やり場のない怒りがどんどん湧いてきて——ついには、やっぱり仕留めようと思うのだ。

　これが、狂気の幕開けだ——スタンドライトを松明にベッドの下を這いずり、部屋中をくまなく探し回って、とうとう蚊が天井まで退却しているのを突き止め、結び目を作ったタオルで叩き落とそうとして、空振りして自分にぶつける——くそっ！

　——そのあと、いったん体を休めていると、敵もこれに気づいたらしく、生意気にも僕の顔のわきにとまる——が、また仕留め損ねる。

　そして、もう三十分ほど頭がおかしくなるくらいに神経を張りつめて、ようやく多くの犠牲と引き換えにした勝利の瞬間が訪れる。血——僕の血だ——でぐちゃぐちゃになった小さな汚れを、ベッドのヘッドボードに残して。

　さっきも言ったとおり、二年前のこの夜、僕の不眠が始まったんだと思う——というのも僕はこのとき、予想のつかない微小なもののひとつで、いかに眠りが台無しにされてしまうか実感したからだ。この夜の出来事で僕は、今どき流行らない言い方だけど「眠りを意識」するようになった。自分に眠りが与えられるのか不安になったのだ。僕はこのころちびちびと、しかし大量に酒を飲んでいたが、一滴も飲まなかった夜は、今日は確実に眠れることになっているのかどうかという問いに、ベッドに入るずっと前から取り憑かれるようになった。

　おきまりの夜は（そんなもの、もうすっかり過去になったと言えたらどれだけ良いか）、椅子に座りっぱなしで仕事と煙草に明け暮れた日の終わりにやってくる。そういう日って、休憩をとってくつろいだりする余裕もなく、気づいたらベッドに入る時間になっているものだろう。準備万端、本を何冊かと、水を入れたグラス、汗びっしょりで目が覚めたときのための替えのパジャマ、小さな円柱形の容器に入った睡眠薬《ルミナール》の錠剤、寝る前に何か書き留めておくべきことを思いついたときのためのノートと鉛筆を枕元に置く。（書き留めるべきことなど実際はほとんどなかった――たいてい朝になれば取るに足らないことに見えてくるからだ。だからといって、夜のあいだはぜひ書き残しておくべき大事なことだと感じるのに変わりはない。）

僕はベッドに入る。たぶん寝酒を持って――書くのと同時にいくぶん専門的な本を読んでいるときだったので、その分野についての薄めの本を一冊選んで、煙草を最後に一本吸いながら、うとうとするまで読む。あくびが出たのを合図に、本に栞をはさんでぱたんと閉じ、煙草を炉床にぴんと飛ばして、ランプのスイッチをぱちんと消す。はじめは左に寝返りを打つ。そうすれば、心拍数が下がると聞いたからだ。そうするうちに――熟睡。

ここまでは順調。深夜から二時半まで、部屋のなかに平穏が訪れる。それから突然、目が覚める。何かの病気か、体調の悪化、あるいはあまりに鮮明な夢を見たり、外が急に暑くなったり寒くなったりしたせいで。

体はすぐに対処しようとする。このまま眠っていられたらと、はかない望みを抱きながら。しかし、そうはならない――だから、ため息をひとつついて、僕は明かりをパチンとつけ、ルミナールの小さい錠剤を飲んで、ふたたび本を開く。本当の夜、もっとも暗い時間が始まったのだ。一杯飲まないことには疲れすぎて本なんて読めないけれど、そうすると翌朝起きたとき具合が悪くなる——だから起き上がって、歩くことにする。寝室を出て廊下を書斎まで歩き、また戻ってきて、夏だったら裏口のベランダに出る。ボルティモアの街は霧に包まれ、尖塔ひとつ数えられない。ふたたび書斎に戻ると、まだ終わっていない仕事の山が目に留まる。手紙とか、校正刷りとか、メモとか。それに手をつけようとするが、だめだ！　そんなことをしたら、命取りになる。ようやくルミナールがかすかに効いてきたので、もう一度眠ろうと、今度は枕を半回転させて縦にして、首のあたりにあてる。

「むかしむかし」（と僕は自分に話して聞かせる）「プリンストン大学のチームはクォーターバックを必要としていたが、適任がおらず絶望していた。僕がフィールドの端でボールを蹴ったりパスしたりしていると、ヘッドコーチがそれを見とめ、こう叫んだ。「あいつ何者だ——なんで今まであの男に気づかなかった？」副コーチが「試合に出てなかったんですよ」と答えると、ヘッドコーチは言う。「俺のところに連れてこい」

……僕たちはイェール大学との試合に出かける。体重が六十一キロしかない僕は、第三クォーターまでベンチで温存され、スコアが——」

——だが、効果はない——僕は二十年近く、眠気を誘うのにこの敗北の夢を使ってきたけれど、それもとうとう擦り切れてしまった。もうこれには頼れない——今でももう少し調子のいい夜なら、子守唄がわりにはなってくれるのだけれど……。

今度は、戦争の夢を試してみる。日本兵がいたるところで勝利し——僕の師団は分断されぼろぼろになって、ミネソタのとある地域で守勢に回っている。そこは僕が隅々まで知り尽くしている場所だ。司令本部の面々や、彼らと会議をしていた大連隊の指揮官たちは、一発の砲弾で全滅してしまった。指揮権はフィッツジェラルド大尉に委譲された。その圧倒的な存在感で……。――もうたくさんだ。この話も何年も使ってきたせいで、擦り切れてしまった。僕の名前を冠した登場人物も、すっかり霞んでしまった。静まり返った真夜中、僕は漆黒のバスに揺られ未知なるものへと運ばれる、陰鬱な数百万人のうちの一人にすぎない。

また裏のベランダに戻ってくる。心が極度に疲労し、神経が妙に研ぎ澄まされたことで――まるで震えるバイオリンをかき鳴らす毛のちぎれた弓のようだ――真の恐怖がわき起こってくるのが僕には見える。家々の屋根の上に、終夜営業のタクシーのけたたましいクラクションのなかに、そして通りの向こうに帰ってきた、酔っ払って大騒ぎする人たちが歌う甲高い哀歌のうちに。恐怖と消耗――

――消耗と恐怖――僕がなりえたかもしれない、できたかもしれないことは、失われ、使い果たされ、過ぎ去り、露と消え、二度とふたたび捉えることはできない。僕はこんなふうに振る舞えたかもしれない、あれはしないで済んだかもしれない、恐れず大胆に、軽率ではなく注意深くいられたかもしれない。

あんなふうに彼女を傷つけることなかった。

あんなこと彼に言わなければよかった。

壊れないものを壊そうとして、自分自身を壊すことなんてなかった。

今や、恐怖は嵐のようにそこらじゅうで吹き荒れていた――もし死んだあと迎える夜が今夜のようだったら――その先ずっと、奈落の淵で永遠に震えることになったとしたら――自らのうちにある卑しさと邪悪さから、よってたかって飛び込めと急き立てられ、すぐ目の前にはこの世の卑しさと邪悪さが広がっているとしたら。選択の余地はなく、道もなく、希望もない――ただ、浅ましい悲劇めいたことが果てしなく繰り返されるだけ。あるいは、人生の分岐点に立ちながら、永遠にそこを越えることも、そこに戻ってくることもできない。時計が四時を打つころ、僕は一体の幽霊と化している。

ベッドの片隅で、僕は両手で頭を抱える。やがて静寂、静寂があり――そして突然――あとから振り返るとそう思えるのだが――突然、僕は眠っている。

眠り――真の眠りだ、あの愛しい、大切なもの、子守唄。ベッドと枕はかくも深く温かく体を包み、僕を安らかな無のなかへ沈みこませる――暗闇で過ごした数時間に浄化された僕が今見ている夢のなかでは、美しい若者たちが、若く美しいことをしていて、そこにはかつて知り合いだった、大きな茶色の瞳をした、黄色い髪が眩しい女の子たちがいる。

一九一六年の秋　涼しい午後のこと
僕はキャロラインに出会った　白い月のもと
オーケストラの一団が――ビンゴ・バンゴ
僕たちのダンスのため奏でるは　タンゴ
ふたりが現れると　みなが手を叩く

讃えるは、彼女のやさしい顔と　僕のぴかぴかの服——

結局、人生とはそういうものだった。忘却の瞬間、僕の気分は舞い上がり、それからまっさかさまに落ちて、落ちて、枕のなかへと深く沈み込んでいく……。

「……そうだ、エッシー、そう。——ああ、くそっ。よし、僕が自分で出るよ」

抗い難い魅力で、虹色に光り輝く——オーロラだ——また新しい一日が始まる。

6

鬱

十九号室へ

ドリス・レッシング／石塚久郎 訳

これは、私が思うに、知性におけるある失敗についての話である。ローリングズ夫妻の結婚は知性に根ざしたものだった。

二人の結婚は周りの友人たちと比べ随分遅く、人生経験も豊富な二十代後半になってからだった。二人とも結婚するまで恋愛経験はあったが、どれも苦い思い出というより楽しいものだった。二人は長らく知り合い同士で、ある時気づいたら、恋に落ちていた。まさに突然の恋だった。彼らは冗談で結婚という一生の大事をお互いのために取っておいたんだと言った。結婚を長いこと待ったのは（といってもたいして長くはなかったが）、彼らが分別ある見識の持ち主であることの証であった。友人のほとんどは若くして結婚し、今となっては人生の好機を幾つも逃したのを悔やんでいるように二人には見えた。未婚の友人はというと、自分に自信が持てない退屈な連中のようであり、自暴自棄になって結婚するか夢見がちな結婚をしかねなかった。

当人はもとより周りの人々にも二人はとてもお似合いに見えた。友人たちの喜びは二人が幸せだという証に花を添えた。二人はこの友達グループつまり仲間の中で同じ役割を担っていた。もっとも、繋がりがゆるく入れ替わりの激しい人々の集まりを仲間と呼べるならばの話だが。二人とも謙虚でユーモアがあり、みじめな思いを経験せずに生きてきたため、助言を求められる類の人となっていた。頼りがいがあると思われていたし、実際頼りにされた。世の中には、似た者同士のせいか、くっつくなんて誰も思いもしなかったのにくっついた、そんな男と女がいる。彼らもそのうちの一組だった。だが、仲間は一斉にこう声をあげた。「文句なし！　なんてお似合いなんだ！　考えもしなかったなんてどうかしてた！」

こうしたわけで、二人は周りの祝福を受け結婚したのだった。先見の明があり、将来起こることに鼻も利いた二人にとって、この結婚は何の驚きでもなかったのだが。

夫婦とも高給取りだった。マシューはロンドンの大手新聞社の編集部員として働き、スーザンは広告会社に勤めていた。マシューは編集長とか名の通ったジャーナリストという器ではなかったが、「一編集部員」以上の働きを見せた。欠くことのできない裏方の一人として、実際、脚光を浴びる人々を軌道に乗せ、彼らを鼓舞し成功に導いた。こうした立場にいることに彼は満足していた。スーザンには広告デザインの才能があった。自分が任された広告に独自のユーモアセンスを見せたが、どっちみち自分の作ったものに強い思い入れはなかった。

二人とも結婚するまで居心地のいいフラットに住んでいたが、どちらかのフラットに移って結婚生活を送るのは賢明ではないと考えた。いずれかのフラットに引っ越せば、引っ越した方がもう一方に自分の個性を服従させることになりかねないと考えたからだ。サウス・ケンジントンの新しいフラットに引っ越すことにしたのは、結婚生活が軌道に乗るのを見計らって家を買い子供をもうけようということを納得したうえでのことだった。もっとも、軌道に乗るのにたいして時間はかからないのは分かっていたし、それが自分たちに相応しい選択というよりも、世間の常識に面白おかしく譲歩することなのだということも分かっていた。

　まさにそうなった。すてきなフラットに住んで二年。自宅でパーティを開いたり、パーティに出かけたりと、ちまたで評判の若い夫婦であった。しばらくしてスーザンが妊娠し仕事をやめると、二人でリッチモンドに家を買った。この夫婦にさもありなんなのだが、最初に授かったのは男の子、次は女の子、最後は双子の男女だった。全てが理想的で、彼らにお似合いだった。選ぶことができるなら誰もがそうしたいと思うものを手にしていた。だが、周囲にはこの二人が自分の手で選び取ったのだとどうしても思えた。というのも、バランス感覚のある思慮深いこの家族がこうあるのは、二人にはきちんとした判断力が備わっており、正しいものを間違いなく選んだからに他ならなかったからだ。

　というわけで二人は四人の子供とリッチモンドの庭付きの家で幸せに暮らした。欲しいものや計画したものはなんでも手に入れて。

　ところが……。

　まあ、これも織り込み済みなのだが、ある種の単調さが待ち受けているはず……。

　そう確かに、彼らがこんな風に感じる時もあってしかるべきだ。こんな風に……。

　彼らの生活は、蛇が自分のしっぽに嚙みついているようなものだった。マシューはスーザンと子供と庭付きの家のために仕事をするが、この大部隊を維持するには給料のいい仕事が必要だ。

スーザンの実務向きの知性はマシューと子供と庭付きの家のために使われるが、彼女がいなければこの部隊は一週間ともたなかっただろう。

だが、二人のどちらかがこう言ったとしても意味はなかった。「これだけのために他の全てがあるのだ」と。子供のため？　でも子供を生活の中心に置くことも生き甲斐にすることもできない。確かに子供がいると、とても楽しいし面白いし、満足に思えるのだが、生きる支えにはなりえない。いや子供を生き甲斐にすべきではないのだ。スーザンとマシューはこのことを十分わきまえていた。

マシューの仕事はどうか？　話にならない。面白い仕事ではあるが、生き甲斐にはほど遠い。マシューは新聞社の仕事をうまくこなすことに誇りを持っている。だが、この新聞を誇らしく思っているなんてとても思えない。彼が購読している新聞、愛読の新聞は彼の新聞社のものではないのだから。

互いの愛はどうか？　まあ、これが一番近かった。愛が中心でないとしたら他に何があっただろう？　そう、互いの愛を中心軸として、驚くべき状況がことごとく展開したのだ。確かに驚くべきことだった。スーザンもマシューもそう思って、二人が創造したものごとを内心信じられないという思いで眺める瞬間があった。結婚、四人の子供たち、大きな家、庭、家政婦、友達、車……そしてここにあるもの、この実在、その全てがどこからともなく生まれてきたのは、スーザンがマシューを、マシューがスーザンを愛したからだ。驚くべきことだ。だから愛が中心であり源泉であったのだ。

愛は全てを支えるのに十分強くもなければ重要でもないと思われるかもしれない。しかし、そうであっても誰のせいにもできない。スーザンやマシューに非があるわけではない。それは自然の理なのだ。だから賢明なことに、彼らは愛が十分強くなかったとしても自分を責めることも相手を責めることもしなかった。

その代わりに、知性を働かせて、今にも壊れそうなこの困難な世界から自分たちが創造したものを守ろうとした。周りを見ることで教訓を得たのだ。周りの人々の結婚生活といったら崩壊しているか破綻しつつあるか、もっと悪いことに（と二人には見えたが）、どうにかこうにか無理してやっているかだ。同じ轍を踏んではならない、決して。

二人は大方の友人が陥った落とし穴、つまり、子供たちのために田舎に一軒屋を買うという落とし穴に落ちることはなかった。もしこの落とし穴に落ちていれば、夫は週末だけの夫となり父となり、妻は、二人が冗談で「独身フラット」と呼んだ都会のフラットで何が起きているのか気をもんではいるが、夫に気を利かせて何も尋ねないようにしていただろう。実際にはそうなることはなく、マシューはフルタイムの夫であり父であった。彼らは毎晩、すばらしい川の景色が見渡せる大きな寝室の大きなベッドに並んで横になって語りあった。マシューはその日あったこと、何をして誰と会ったかを妻に話し、スーザンは夫にその日のこと――夫の話よりもつまらなかったが彼女のせいではない――を話した。というのも、自分の人生を歩んできた女性、なかんずく自分の収入で暮らしてきた女性は結婚してからというもの、家の外の様々な楽しみやお金を夫に依存しているせいで、憤りや喪失感を心に隠し持つようになるということを二人は理解していたからだ。

スーザンも自立のために仕事を再開するといったへまを犯すことはなかった。仕事に戻るのはありえないことではなかった。以前勤めていた会社が彼女のユーモアとバランス感覚と感性のよさをあてにして、仕事に戻らないかと度々誘ってきたからだ。子供はある年齢までは母親がそばについている必要がある。そのことは夫婦ともわきまえていたし考えも同じだった。健康で賢く育った四人の子供たちがちょうどよい年齢になった頃に、スーザンは仕事に戻るつもりだった。なぜなら、二人とも分かっていたのだ。子供たちも成長し彼らの面倒を献身的に見る必要もなくなっているその時に、活力においても能力においても脂の乗り切った五十女が仕事もしないとすると彼女に一体何が起こるのかを。

こんな具合に夫婦は暮らしていた。結婚生活を試しながら、培いながら、荒波の中に浮かぶ、無力な人々でいっぱいのちっぽけなボートを操縦するように結婚生活を送っていた。まあ、確かに、そういうことだった……。世間の嵐はひどかったが、間近に迫っているというわけでもなかった。といっても夫婦が自分たちに都合のいいように世間の嵐を感じていたわけではない。スーザンもマシューも博識で責任感の強い人間だ。心のなかの嵐や流砂は理解も分析もしていた。そういうわけでなんの問題もなく、思うようにことは運んでいた。そう、万事順調だった。

だから二人の生活が単調で退屈に感じたからといってどうということはない。心理学や人類学や社会学のあまたの書物を糧にした彼らのような人は、ある程度物足りない退屈な生活への心構えはきちんとできていた。そうした生活こそ知的な結婚生活の証なのだ。教養と見識と判断力を授けられた二人が、共に幸せになろう、他人のために役立つ存在になろうと決心し、好んで夫婦になったのだ。そういう人はどこにでもいるし、知りあいにもいる。自分がそうであってもおかしくはない。だが、哀れなのは、どんなに多くのものを持っていてももっと欲しいと思ってしまうことだ。この二人は何食わぬ顔で、これまで以上の慈しみと優しい愛情をもって互いに向き合った。人生とはこういうものなのだ。つまり、どれほど慎重に相手を選んでも、お互い二人が全てだというわけにはいかない。実際、そんな風に口にしたり考えたりすることさえ陳腐だったので、彼らは恥ずかしくてそんな気にもなれなかった。

こんな陳腐なこともあった。ある晩マシューが遅く帰ってくると、遅くなったのはパーティで知り合った女の子を家まで送って彼女と寝たからだと告白したのだ。もちろんスーザンは彼を許した。もっとも、許すという言葉は適切ではなかったが。許すではなく理解したなら分かる。だが、何かを理解しているというのはそれを許していないということ、何も受け入れないということだ。つまり、許すという言葉は本当には理解していないことに使われるのだ。それにマシューはあらいざらい告白していなかったのだ——じゃあ、どんな種類の言葉を使ったらいいの？

全てたいしたことではなかった。結局のところ、何年も前に冗談を言い合っていたのだ。「もちろん浮気するでしょうね。一生ずっと一人だけに誠実だなんて誰にもできやしないんだから」（この誠実っていう言葉……これってばかげている、こうした言葉は全てくだらない。野蛮な古い時代の言葉だ。）だが、この出来事は二人を苛立たせた。奇妙に見えるが、二人とも機嫌を損ねむっとしたのだ。この出来事にはそっくり呑みこめない何かがあった。

その日マシューが帰ってくると、二人は夫婦の愛を確かめ合う素敵な夜を過ごした。そして二人は思った。パーティで会った可愛い女の子マイラ・ジェンキンズにどんな意味があるのかと考えることさえばかげている。この十年というもの私たちは愛し合ったのだ。これから先も愛し合うだろう。ならばマイラ・ジェンキンズなんて何者だというのか？

もっとも「最初の浮気相手だった（いや今も続いているのかしら？）」という考えは払拭できずに、スーザンはわけもなく不機嫌になった。十年間よ。ということは十年間の貞節に意味がなかったか私に意味がなかったか。（いや、よしましょう。こんな風に考えるのは間違ってるし、こう考えちゃだめだわ。）でも私に意味がないなら、マシューと私が最初にベッドで愛を交わしたあの昼下がりにも意味がなかったことになるわ、多分。あの昼下がりの喜びは今でも続いているのよ、夕暮れにできるとても長い影のように、魔法使いの杖のような長い指にかかってね。（どうして夕暮れなんていっちゃったのかしら？）まあいいわ。あの昼下がりに私たちが感じたことに意味がなかったら何もかもパーだわ。だって私たちが何も感じなかったらローリングズ夫妻もいなかったし四人の子供も生まれなかった……。全て本当にばかげている。彼が帰って来て私に話したなんてばかげている。話さなかったなんていうのもばかげたことだわ。私がそのことを気にかけるなんてばかげているし、気にしないのもばかげている……マイラ・ジェンキンズがなんだっていうの？　あんなの、そう、ただの女だわ。

やるべきことはただ一つ。分別あるこの方たちは当然ながらそれを実行した。浮気をなかったことにして、自分たちが何をやっているのか自覚したうえで、過去の幸運に感謝しながら結婚生活の次の段階に進んで行ったのだ。

というのも、ハンサムで金髪、魅力的で男らしい男、マシュー・ローリングズが、四人の子供の世話でスーザンには参加できないパーティで、魅力的な女に時々たぶらかされる（ああ、なんてひどい言葉なの！）のは避けられないからだ。それに彼が時には誘惑に屈する（できればもっと胸糞悪い言葉を！）ことも避けられないのだし、リッチモンドの大きな庭の手入れを怠らない美しい女、スーザンが、まるで突然放たれた矢によって時々苦々しい思いをすることも避けられないのだ。この思いは彼女にとって正当なものではないということは言うまでもないが、この苦々しさには何の意味もない。だって、行きずりの女たちによって二人の結婚生活は荒らされただろうか？　そんなことは断じてない。それどころか、ハンサムなマシューとスーザン・ローリングズとの揺るぎない結婚を前にして負けを思い知ったのはこの女たちの方なのだ。

こういうわけだから、人生とはまるで砂漠のようだとか、何も意味がないだとか、子供たちは自分のものではないだとかスーザンは思うはずもなかった。思ったとしても幸運なことにそれは数秒ももたなかったのだ。

一方、彼女の知性はこれでいいのだと主張し続けた。夫のマシューが甘ったるい昼下がりに行きずりの浮気をたまにしたって構いやしない。二人は十分幸せだということも、浮気なんてたいしたことはないということも、虚しさをちらっと感じることはあっても、よく分かっているのだから。

ひょっとすると、これが問題だったのか？　手のかかる四人の子供と大きな家があるのだから、当然ながら冒険や楽しみはもう彼女のものではない。だが、夫には人生の野性味や美を味わってくれればなと彼女は心のどこかで願っていたし、そう願っているのを自覚さえしていたかもしれない。しかし、彼は彼女と結婚しているし、彼女も彼と結婚していた。二人は結婚によってしっかり結ばれていた。だから、神々が彼に本物の魔法をかけるなんて実際にはできっこなかった。じゃあ、スーザンのせいなのだろうか、彼が情事から戻った晩、ご満悦というよりも疲れ切った顔をしていたのは？（実のところ、そんな様子だったので彼の不実がばれたのだ。それもそのはず、彼は不機嫌な気配を漂わせていたし、彼女が彼をちらちら気にするように彼も彼女をちらちらと見ていたのだ。私に楽しみをひとつもくれないこの男と一緒にいるなんてどうかしている。）だが、どれをとっても誰のせいでもなかった。（しかし、誰が何の責任をとるべきだと二人は思ったのだろうか？）誰も悪くない、責任をとるべきものなんて何もないし誰も責められない、責任を取らせる相手も引き受ける人もいない……それに何も間違ってはいなかった。マシューが思い描いた通りには心から楽しむことができなかったこと、スーザンが虚しさに襲われることが多くなったことを除いては。（彼女は庭にいるとたいていこの虚しさに見舞われた。だから子供マシューが一緒でなければ庭を避けるようになっていた。）不実とか、許すとかといった芝居がかった言葉を使う必要はなかった。知性がそうするのを禁じたからだ。口論や不機嫌も、怒りや押し黙りも、非難や涙も知性は禁じたのだ。なかんずく涙は知性にとってご法度だった。

庭付きの大きな白い家で四人の元気な子供と幸せな結婚生活を送るには、高い代償を払わなければならない。

それで、二人はその代償を喜んで払っていた。自分たちが何をやっているのか分かったうえで。大きい快適な寝室で二人並んで寝そべるかぴたりと体を寄せ合いながら、外の薄汚れた野性的な川を眺め、二人して笑った。たいていは何の理由もなく笑ったのだが、本当は、つましいこの男女マシューとスーザンが、知性あふれる愛の上にうちたてたこの邸宅を支えているからだ。笑い声は二人を和ませ二人の救いとなった。もっとも何の救いかは分からなかったが。

二人は今や四十近くになっていた。上の男の子と女の子は十歳と八歳になり、学校に通っている。六歳の双子はまだ家にいた。スーザンは通いの手伝いの乳母やお手伝いを雇ってはいなかった。子供時代は短いので、骨の折れる仕事も辛いとは思わなかった。幼い子供というのは人をうんざりさせるものなので、彼女がうんざりすることもままあった。ひどく疲れることも度々だったが、彼女に後悔はなかった。もう十年たてば自分の人生を取り戻せるだろうから。

そのうち双子も学校に通うことになる。そうしたら九時から四時まで家が空く。この時間が、とスーザンは考えた、家族の要という役割から徐々に解放され自立した女になるための準備期間となるだろう。子供たちに「手がかからなく」なった後にできる自由な時間で何をするのか彼女はもう計画を立て始めていた。この「手がかからない」という言葉は、一番下の子供が学校に行くようになってしばらくは、マシューやスーザンや彼らの友達が口にしていた言葉だ。「ねえスーザン、子供たちに手がかからなくなったら、自分の時間を持てるね」とマシューは言うのだった。彼女が言うように、ここ何年も彼女の心は子供たちのもので自分のものではなかったのだが、この知的な夫は、その間ずっと彼女を褒めたり慰めたりして、精神的に彼女の支えになったのだった。

　結果どうなったか。スーザンは二十八歳の独身の頃の自分を想像し、それから、二十年前の自分という根から開花した五十ぐらいの自分の姿を再び想像した。それは本来のスーザンが一旦棚上げされ、スーザンらしさがあたかも冷蔵保存されたようなものだ。ある晩マシューはスーザンにこれと似たようなことを言った。彼女は本当だわと思った。実際同じようなことを感じていたのだ。ならばこの本来のスーザンとは何か？　彼女には分からなかった。そんな風に言われてみると滑稽に聞こえたし、彼女の柄じゃなかった。ともかく、二人はこのことについて長々と話し合ってからお互いの腕の中で眠りについたのだった。

　ということで双子は学校に通い始めた。聡明で心優しい二人の子供は学業に手こずることはなかった。兄と姉が前もってこの道を十分踏みならしてくれたお陰だ。こうしてスーザンは学期中は毎日、掃除にやってくる通いのお手伝いを除けば、大きな家の中でひとりだけということになった。

　結婚して初めて予期しなかったことが起きたのはこの時だった。

　こんなことが起こった。スーザンは七時間の至福に満ちた時を心待ちにしながら双子を学校まで車で送り九時半に家に戻った。最初の日の朝は初めての登校日だったので、双子が「無理していないか」心配で本当に落ち着かなかった。二人が学校から帰ってくるまで気をもんでとても安心できずにいたのだが、双子の方はというと、嬉々として家に帰ると学校の生活に興奮した様子で、また次の日がくるのを楽しみにしていた。次の日、スーザンは子供を学校に車で送り、子供たちを降ろして家の前まで戻ると、この素敵な大きい家に入るのをためらった。面と向かいたくない何かがそこで彼女を待っているかのようなのだ。とはいえ、気を取り直すと、車庫に車を入れ家の中に入り、通いのお手伝いのミセス・パークスにその日の仕事の内容を伝え寝室にあがって行った。熱に浮かされるように再び部屋を出て下に降りキッチンに入った。ミセス・パークスがケーキを作っている最中だったが手伝いは必要ありませんと言われ庭に出た。庭のベンチに腰掛け、気持ちを落ち着かせようとして木々を見たり、褐色に見える川をちらちら眺めたりした。だが、心は張りつめパニックを起こしそうだった。まるで庭に敵と一緒にいるようだった。彼女はこう自分に厳しく言い聞かせた。これって全てごく自然のことよ。まず、成人してからの十二年を仕事に捧げまさに自分自身の人生を生きた。そして結婚し、初めて妊娠した瞬間から自分自身をいわば自分でないものに譲り渡した。そう子供たちに。この十二年間一瞬たりともひとりになることはなかったし、自分の時間を持つこともなかった。だから今度は努力して自分を取り戻そうとしなければならない。ただそれだけよ。

それから部屋に戻りミセス・パークスの調理と掃除の手伝いをした。その後、子供たちの洋服の針仕事をした。こうしてスーザンは忙《せわ》しない毎日を送った。最初の学期が終わると彼女は二つの相反する感情を抱いているのに気づいた。一つ目の感情は密やかな驚きと動揺だ。というのも、子供が不在だったこの数週間、そばにいる子供の面倒をずっと見なければならなかった頃以上に、実のところ忙しかった、というか注意して忙しくしていたからだ。二つ目は、学期が終わった今、家が子供だらけになるのは分かっていて、これから五週間はひとりになることは決してないという事実に憤ったことだ。裁縫や料理をした（でも、ひとりでやった）あの時間は、あと五週間は自分のものにならない失われた自由なんだと早くも懐かしがった。五週過ぎれば二ヶ月の学期がやってくる。彼女の前に広がるこの期間が彼女をうっとりさせた。そう自由になれる。でも何の自由かしら？　実のところ、この数週間、こまごました家の仕事から自由にならないよう気をつけていたというのに。彼女はスーザン・ローリングズという自分の姿を見た。彼女の目に映ったのは、寝室の窓際にある大きな椅子に座ってシャツやドレスの針仕事をしている姿だが、それらはむしろ買った方がよいものばかりだった。こんな姿も浮かんだ。大きなファミリー用のキッチンで一度に何時間もかけてケーキを作っている彼女だ。でも、大概はケーキを買っていたのだが。彼女の目に映ったのは孤独な女の姿だった。確かにそうだ、が、孤独だと思うことはなかった。たとえば、ミセス・パークスがいつも家のどこかにいた。スーザンは庭にいるのが少しも好きではなかった。敵が近よってくるからだ。敵とは苛立ち、落ち着きのなさ、空虚感やらといったものだが、そうした感情は手を動かし続けることでどうやら危険なものではなくなるのだ。

スーザンはマシューにこういう気持ちを伝えなかった。こんな気持ちは理にかなっているとは言えないし、そんな風に思うのは彼女らしくなかった。愛しい友人でもある夫のマシューにこんなこと言える？「庭に入るとね、っていうのは、子供たちがそこにいなければってことなんだけど、そこで私を待ち受けている敵が襲ってくるみたいなの」「ねえスーザン、敵ってどういうこと？」「ええ、私にもよく分からないの……」「医者に診てもらった方がよさそうだね」

もちろん、この会話が実際に起きるはずもないのは明らかだ。長い休みがはじまってスーザンは喜んだ。四人の子供は元気で活力に満ち知的でわがままだったので、一時もひとりにさせてもらえなかった。彼女が部屋にいると子供たちは隣の部屋にいて、母親に何かしてもらうのを待っていたのだ。あるいは、ランチかおやつの時間になるか、子供の一人を歯医者に連れていく時間になったりするのだった。五週間というもの、ありがたいことに何かすることがあった。

待ちに待った休みの四日目のこと、彼女は双子に腹を立て怒鳴りつけた。二人の可愛らしい子供はおびえ――この姿を見て自分を抑えられたのだが――手をつないだまま立ちつくした。子供たちはうろたえ、とても信じられないといった顔で彼女を見つめた。あの穏やかなお母さんが子供たちを怒鳴っている。どうして？　子供たちはゲームか何か、何でもない遊び道具を持って彼女のところにやってきたのだ。二人は目と目を合わせ、助けを求めて身を寄せ合い、手に手を取ってスーザンから離れて行った。スーザンは居間の窓の敷居につかまって深く息をしたが気分はすぐれなかった。上の子供たちに頭が痛いのと言って横になった。ハリー坊やが下の子たちに「大丈夫だよ、お母さんは頭が痛いんだって」と言っているのが聞こえた。「大丈夫」の声は彼女の耳にささった。

その晩彼女は夫にこう話した。「今日双子を怒鳴っちゃったのよ。何にも悪くないのに」　彼女はみじめに見えたが、夫は静かにこう言った。「で、それがどうかしたの？」

「子供たちが学校に行くっていうのは思ってたより相当慣れが必要なのね」

「ああ、スージー、愛しいスージー……」と声をかけたのは、彼女がベッドに泣きながらうずくまっていたからだ。夫は彼女を慰め言った。「スーザン、どうってことないさ。子供たちを怒鳴ったって？　だから何？　毎日五十回怒鳴ったとしても、手に負えないやんちゃなおちびちゃんには仕方がないことさ」だが、彼女には笑えなかった。涙を見せると、しばらくして彼は体で彼女のことを慰めた。彼女は落ち着きを取り戻した。落ち着いてみると、私の何が悪かったのかしら、子供たちをたった一度だけ不当に扱ったからといってどうしてこんなに気にしなきゃいけないの、と思った。どうってことないわ。子供たちはとっくの昔に忘れているわ。お母さんは頭が痛いの、それで全て解決。

スーザンが理解したのはもっとずっと後になってからのことだった。彼女が泣きはらしマシューの頑強な大きい体でみじめな思いを追い出したあの夜以来、結婚生活において、ひとつになること――これは夫婦の合言葉だが――はもうなかったということを。しかも追い出したということさえも嘘だった。彼女が本当に抱いた不安を少しも彼に話さなかったのだから。

五週間が過ぎるとスーザンは自分を取り戻し、優しく穏やかないつものスーザンに戻って、休日が早く終わるのを不安と期待の入り混じった気持ちで待った。何が起きるか見当もつかなかった。上の子供たちはひとりで通っていたので、双子だけを学校まで送り家に帰ると敵と対峙しようと覚悟を決めた。敵がどこにいようとかまうものか、家の中だろうが庭だろうが……さあ出てらっしゃい。

彼女にまた落ち着きがなくなった。落ち着きのなさに取り付かれてしまった。来る日も来る日も、以前と同じように料理し裁縫し体を動かした。ミセス・パークスはこう言って彼女を諫めたのだった。「奥様、そんな必要ありますこと？　私に任せてちょうだいな。そのためにお給料を頂いているんですもの」

確かに、こんなに忙しくするのは理にかなったことではなかったので、何とか自分を抑えようとした。車庫に車を入れ上の寝室に行き腰を降ろすと、膝の内側に両手をおいて無理にでも気持ちを落ち着かせようとした。ミセス・パークスが家の中を動き回るのが耳に入った。外の庭に目をやると枝が木を揺らすのが見えた。彼女はじっとして落ち着きのなさという敵をやりこめようとした。虚しい。彼女は自分の人生について、自分自身について考えを巡らすべきだった。が、そうしなかった。多分できなかったのだろう。自分のことに考えを巡らそうとするやいなや（だってそのためにひとりになりたかったのだから）、バターや学校に着ていく服のことがぱっと頭に浮かぶのだった。そうでなければ、ミセス・パークスのことが浮かんだ。気がつくと、彼女が体の向きを変えたり、かがんだり、考えたりする動作をひとつひとつ追いながら、掃除している女の動きに耳をそばだてていた。キッチンからバスルームへ、テーブルからオーブンへと頭の中で彼女を追いかけた。まるではたきや雑巾や片手鍋を自分が握っているかのようだった。思わずこう言いそうになった。「だめ、そうじゃない。それはそこに置かないで……」と。だが、ミセス・パークスが何をやったかも、やったかどうかでさえ知ったことではなかった。そうはいっても、一分たりとも彼女のことを意識しないではいられなかった。そう、スーザンが変だというのはこういうことなのだ。彼女にとって、ひとりでいる時は誰もそばにいてはならず、本当にひとりでいる必要があった。というのも、彼女には分かっていた。十分か三十分もしたらミセス・パークスが階段の上に向かって「奥様、銀製品の光沢剤が切れてますよ。奥様、小麦粉が切れてしまいましたよ」と声をかけてくるのが。堪えられなかった。

それで家から庭に出て、木々に隠れて家から見えない所に腰を降ろした。悪鬼が現れて彼女を求めるのを待ったが、悪鬼は現れなかった。

彼女は悪鬼を遠ざけていた。というのも、まだ心の整理がついていなかったからだ。

ミセス・パークスが紅茶はいかがとか、電話してもよろしいでしょうかとか（これはスーザンをいつも苛々させた。誰に何回電話をかけようが構いはしなかったから）、ちょっと世間話でもしましょうよとか言ってこない場所にどうやったらいられるのか頭を捻った。そう、彼女にはある場所、ある状況が必要だった。そこでなら自分にこんなことを繰り返し言い聞かせる必要はない。あと十分したらマシューに電話して知らせなきゃ……三時半になったら子供を迎えに早めに出なきゃ、車をきれいにする必要があるから。明日の十時にすることを忘れないでおかなきゃ……などと。彼女は憤怒に駆られてこう思った。学期の平日は毎日、七時間の自由時間が自由に使えない、あれやこれや忘れないでいなければならないという時間のプレッシャーから決して一秒たりとも自由であったことはない。彼女は自分を忘れることはできなかった。忘却のなかに身を沈めることとなんてとてもじゃないができやしなかった。

憤り。それが彼女の心を蝕んでいた。（この感情を考察し、ばからしいものだと考えたが、感じていることに変わりなかった。）彼女は囚人だ。（この考えも検討した。ばかげた考えだと自分に言い聞かせても全くの無駄だった。）マシューに話をしなければならない……でも何の話を？彼女の心は、ばかばかしいばかりの感情であふれていた。その感情を軽蔑してみたが、あまりにも激しい感情だったので振り払うことはできなかった。

学校の休みがまたやってきた。今回は二ヶ月近くもあった。スーザンは一つ一つ意識して上品に振る舞おうとしたものだから、気も狂わんばかりになった。バスルームに閉じこもり、バスタブの縁に座って深く息をして心を落ち着かせようとした。そうでなければ、上の階の客間に行った。そこは普段は空部屋だったので、彼女が隠れていても誰にも気づかれなかった。子供たちが「お母さん、お母さん」と呼ぶのが聞こえたが、返事をせずじまいで後ろめたく思った。ひとりで庭の隅に行き、ゆっくり流れる薄暗い川を眺めることもあった。川を見つめ瞼を閉じゆっくり大きく息を吸い込んだ。川を自分の血流に流し込み自分自身と同化させようとして。

ほどなくして、彼女は責任感のある笑顔の妻と母親となって家族のもとに戻った。四人の子供と夫から受ける圧力といったら、まるで皮膚の表面を圧迫されるような痛みか、脳が手で押しつけられたかのようなものだった。この休暇中は一度も癇癪を起こすことはなかったが、懲役刑に服しているようなものだった。子供たちが学校から帰ってくると、流れる川近くの白い石を椅子がわりにして腰を降ろしもの思いに耽った。双子が学校に通うようになって、つまり、私の手を離れてから（一体どんなつもりでこんなくだらない表現を使っちゃったのかしら？）まだ一年もたっていない。なのに私は別人。とても本当の自分とはいえない。理解に苦しむわ。

とはいえ、理解しなければならなかった。というのも、年四百ポンドの住宅ローンがあるこの大きな白い家、優しく親切で洞察力に富む夫、仲の良い四人の子供たち、彼女の場所である庭、そしてお手伝いのミセス・パークス、これら全てが彼女の肩にかかっていたのだから。だが、彼女がなぜ貢献しているのかも、貢献しているということがなんであるのかさえ理解できなかった。

スーザンは寝室でマシューに言った。「私、きっとどこか悪いんじゃないかと思うの」

彼はこう答えた。「まさか？　スーザン、君はとっても調子がよさそうだよ。いつもの通りきれいだよ」

知的で青く澄んだ目をしたハンサムな金髪の男の顔を見て彼女は思った。彼に話せないって、どうしてなの？　なぜ？　それでこう言った。「今まで以上にひとりになる必要があるの」

これを聞いてマシューは青い目をゆっくりと彼女の方に向けた。彼女はずっと恐れていたものを目にした。不信感と疑念、それに不安だ。見知らぬ者から向けられた不信に満ちた青い目は、自分の息が届くほど身近な存在である夫からのものだった。

夫は言った。「でも子供たちは学校だし、君の手から離れているよね」

彼女は内心こう思った。言いたくないけど言わせてもらうわ。その通りよ、でもね、私が全然自由じゃないってこと分かってるかしら？　こう言える時なんて一秒たりともないの。忘れないようにしなきゃならないことはないとか、三十分、一時間、あるいは二時間後にしなきゃいけないことはないとかね。

だが、彼女は「気分がすぐれないの」と言った。

夫は「多分君には休暇を取る必要がありそうだね」と返事した。

彼女は愕然として「でもあなたと一緒じゃなきゃいやよ、絶対にね」と言った。というのも、ひとりで旅行に行くなんて想像もできなかったからだ。だが、彼もまさに同じことを考えていた。

彼女の顔を見て彼は笑い両手を広げた。彼の腕の中に飛びこみ思った。そうよ、そうよ、でも、どうして言えないの？　それに言わなきゃならないってどういうこと？

　彼女は自分が全く自由ではないと彼に言ってみた。話をじっと聞いて彼は言った。「でもねスーザン、君が欲しい自由って一体全体どんな自由なんだい？　死ぬでもしない限り無理じゃないかな。僕は自由かい？　家を出るだろ、で十時に着かなきゃいけない。ああ確かに、十時半になることもある。時にはね。で、あれこれやらなきゃならないだろ？　それに、いつもの時間には家に帰り着かなきゃいけない。……ああ、そんなつもりで言ったんじゃない、ほんとに……。でも、六時に帰れないようなことがあったら君に電話するだろ。で、これから六時間やること何にもなくてしめしめと思う時がいつあるんだい？」

　スーザンはこれを聞いて自責の念にかられた。というのも彼の言っていることは正しかったからだ。素敵な結婚生活、家、そして子供がこうしてあるのは、彼と彼女双方が同じ程度に自らの束縛を受け入れているからなのだ。でも、彼は束縛されているとは感じていないのはなぜ？　苛々したり落ち着きをなくしたりしないのはどうして？　ああ、やっぱり私にはどこかおかしいところがあるの。これがその証拠だわ。

　この束縛という言葉。この言葉をどうして使ったのか？　結婚も子供も束縛とは思ってもみなかったのに。彼にしてみてもそうだ。そうでなければ、十二年もの結婚生活でお互いの腕の中で安心して眠るなんてきっとできないだろうから。

　いや、彼女がどんな状況にあるかは、それがどんなものであれ問題ではなかった。それは彼女が家族と文字通り楽しく暮らしていることとはまったく関係がなかった。結局、自分が道理の通らない人間だという事実を受け入れ、それを背負って生きてゆかねばならなかった。世の中には腕が不自由だったり、吃音であったり、耳が聞こえなかったりしてもそれを甘受しなければならない人がいる。彼女の場合は、自分ではどうすることもできない精神状態に陥りやすいということを肝に銘じて生きなければならないというだけだ。

にもかかわらず、夫との会話の結果、次の休みには新たな体制が生まれた。

上の客間に今や「入室禁止！　邪魔しないで！」と書かれたボール紙がかけてあった。この標識は、夫婦の話し合いによってそうすることが妻の精神衛生上、正しいと判断された後、子供たちに色チョークで描いてもらったものだ。家族もミセス・パークスもこの部屋が「お母さんの部屋」で、お母さんにはプライバシーを持つ権利があるということを了解した。マシューは子供たちと真剣なやりとりを何回も重ね、母親を当然の存在だと思わぬようにと言い聞かせた。スーザンは、父親と長男のハリーとの間で交わされた最初の会話を小耳にはさみ、自分が苛立ったのに驚いた。こんなに大きな家なのだからどこかに自分の部屋を普通に持てるはず、なのにこんなに大騒ぎしなきゃいけない？　そんなまじめくさった話し合いって必要なの？　こう宣言するだけでなぜ済まなかったのだろう？「上の階の小部屋を自分用に使います。中にいる時は火事でも起こらない限り邪魔しないでちょうだい」と。ただこれだけで十分。なにもくそまじめにじっくり話し合う必要なんてない。ハリーとマシューが双子に言い聞かせているとミセス・パークスがやって来て、「そうよね、女の人は家族が煩《わずら》わしくなることもあるわね」と言っているのを小耳にはさんだ。彼女は庭の端まで急いで行き、激昂という悪鬼が彼女の血のなかで踊り果てるのを待たなければならなかった。

今や彼女には自分の部屋があって好きな時に使えるというのに、めったに行くことはなかった。寝室にいるよりもその部屋にいる方がよっぽど閉じ込められている気がしたのだ。ある日、ミセス・パークスがいなかったので子供のために十人前のランチを作って食べさせた後、二階の部屋に行き、しばらくの間じっとひとりで庭を眺めた。キッチンから子供たちが続々と出てくると立ち止まってこちらの窓を見上げるのが見えた。窓のカーテンの陰にはスーザンがいた。彼ら——彼女の子供とその友達たち——はみな「お母さんの部屋」についておしゃべりしていた。数分もすると、なにかのゲームで追いかけられ役の子供たちがドタドタと階段を駆け上がってきたが、次の瞬間まるで谷底に転落したかのようにドタドタは止み、突如静寂が訪れた。子供たちは彼女がそこにいるのを思い出して、「シーーーーッ！　静かに！　邪魔になるからね……」とすごい勢いで言ったかと思うとしんとしたのだ。それから、子供たちは犯罪の共謀者のようにつま先立って階段をこっそり降りて行った。彼女が子供たちのために紅茶を入れに降りてくると、みんなで彼女に謝った。双子は前と後から彼女にしがみつき、可愛らしい手足で人の鳥籠をつくった。そうして、もう二度としないからねと約束した。「ママ、忘れてたんだよ、うっかりしてたんだ！」

結果、「お母さんの部屋」とお母さんにはプライバシーが必要だということが、他者の権利を尊重するという貴重な教訓となったのだった。すぐにスーザンが上の階に行くようになったのも、この出来事が捨てるには惜しい教訓となったからに過ぎない。それからすぐ、彼女が部屋で裁縫をし始めると、子供たちやミセス・パークスも出たり入ったりするようになった。こうして家族の部屋がもう一つ増えたのだった。

スーザンは溜息をつき、笑みを浮かべ、観念した。この部屋と自分をダシにしてマシューに冗談を言った。そうしたのも、好きな自分、尊敬する自分があったからだ。だが、同時に心のなかには苛立ちと憤怒で咆哮する何かがいた……。それで彼女は怯えたのだった。ある日ふと気がつくとベッドのそばで跪いてこう祈っていた。「どうか神様、こっちによこさないで、追い払ってください」悪鬼のことだ。今や彼女は、自分に理性があるかないかなんてどうでもよく、頭がおかしいのを悪霊のせいと考えていた。想像するに、彼あるいはそれは、まだ若い男かひょっとしたら若づくりの中年の男かもしれない。もしかしたら、未熟さゆえに若く見えるだけかもしれない。ともかく、彼女が目にしたのは若そうに見える顔だったが、よくよく近づいて見ると、口元と目元にかさかさした皺が目立った。彼は痩せて貧弱な体軀をしていた。赤ら顔で赤毛。怒りっぽくて血気盛んな男といった所だ。いかにも手触りが悪そうな、赤い毛羽立ったジャケットを身にまとっていた。

そう、ある日、彼女は彼と出会った。庭の隅に立ちながら川の水が引いていくのを眺めていた。ふと目をあげると、この人間いや生き物が白い石のベンチに座っているのが見えた。そいつは彼女をじっと見ながらニヤニヤ笑っていた。手には、地面から拾ったか、頭上の木の枝をもぎとったかした曲がった長い棒きれがあった。彼は、気まぐれにか、ふと意地悪したい衝動に駆られてか、棒きれをアシナシトカゲだかヨーロッパヤマカガシだか、とにかく何か蛇のような、見るからに病的でおぞましい白っぽい生き物のとぐろのなかに入れ、呆けたような顔をしてかき回した。蛇は身をよじらせ、ダンスでもするかのようにとぐろを左右に振り動かして、棒きれで突つかれ苛められるのに抗った。

スーザンは彼を見てこう考えた。このよそ者は誰？　私たち家族の庭で何をしてるの？　すぐに、彼女は恐怖のもととなっているこの男の正体に気づいた。そのとたん、男の姿は消えた。彼女はよろよろとベンチの方まで歩いていった。エメラルド色をしたまばらな芝生の上に木の枝の影が落ち、芝生の粗い表面をうねうねと揺らしていた。これで分かった。この影を身を捩りのたうち回っている蛇だと勘違いしたのだ。家の中に戻りながら彼女は考えた。そうよ、この目で彼の姿を見たんだから、どうやら気は確かみたい。でも、彼を見たってことは危険があるってことね。あいつは庭の中に潜伏しているか、家のなかに潜んでいることさえある。私の中に入り込んで乗っ取ってやろうとしてるんだわ。

彼女は、どこかひとりだけになれる部屋か場所、誰にも知られない場所がないものかしらと思った。

ある日、ヴィクトリア駅近くの新聞スタンドの前で「貸し部屋あり」という広告がふと目にとまった。彼女は誰にも相談せずに部屋を借りることにした。時々、リッチモンドから電車でやって来て、一時間か二時間そこらひとりになることができる。でも、本当に？　部屋を借りるのに三ポンドから四ポンドかかるだろう。稼ぎはないし、マシューにそんなお金が必要だなんて説明できるわけもない。何のためにと言おうか？　自分が彼に部屋のことを話すつもりはないと決めてかかっているとは彼女は思いもよらなかった。

ああ、部屋を持つなんてとんでもない。でも、持たなければならないと彼女には分かっていた。学期もようやく軌道に乗り、子供たちは麻疹やなんやらの病気にかかっておらず、全てが順調に進んでいるように見えたある日のこと、早めに買い物をすませると、ミセス・パークスに学校の旧友に会いに行くと伝え、電車に乗ってヴィクトリア駅で降り、そこでこぢんまりとした静かなホテルを探し回った。ホテルが見つかると部屋を昼間だけ借りたいと頼んだ。昼間だけというのはやっておりませんと、女将から言われた。女将は訝しげな顔をしたが、それもそのはず、スーザンがやくざな理由で部屋を借りる類の人間には見えなかったからだ。体が弱いので度々休憩をはさんで横にならないと買い物するのもままならないんですと長々と説明して、ようやく、一泊分の部屋代を支払うという条件で部屋を貸してもらえることになった。女将とメイドにつき添われ部屋まで上がって行った。二人ともスーザンの体のことを心配していた……リッチモンドに住んでいるのに――これは台帳に書かれた名前と住所から判明――ヴィクトリアで休憩所が必要だなんて、体の具合はさぞかし悪いにちがいないと。

部屋は普通のどこにでもあるもので、まさにスーザンが欲していたものだった。一シリングを入れガスストーブを点け、みすぼらしい窓に背を向けて、みすぼらしい肘掛椅子に座り瞼を閉じた。彼女はひとりになった。そうひとりに。たったひとりに。肩から重荷が取りのぞかれるのを感じることができた。最初のうちは、道路からけたたましい往来の音が聞こえてきたが、次第に音は聞こえなくなっていった。少しの間、眠ることさえできたかもしれない。と、ドアがコンコンと叩かれた。女将のミス・タウンゼンドが自ら紅茶を一杯持ってきてくれたのだ。物音一つ聞こえてこなかったので、さぞかし具合が悪いのではと心配してのことだった。

ミス・タウンゼンドは五十になる独り身の女で、彼女ならではの正直さでこのホテルを切り盛りしていた。彼女はスーザンを見て、この人とは親しくなって心を通わせることができるかもしれないと思った。女将は部屋にとどまりスーザンと話をした。スーザンは気がつくと自分の病気について突拍子もない作り話をしていた。リッチモンドの大きな家、裕福な夫と四人の子供たちと彼女の話の辻褄を合わせようとすればするほど、それはありそうにない話になった。そんな話をする代わりにこう言ったとしよう。「ミス・タウンゼンド、このホテルにいるのは少しの時間ひとりになりたいからよ。ここにいるのを誰にも気づかれずにひとりでいることが大事なの」心の中でこう呟き、年老いた未婚のミス・タウンゼンドが見せるはずの表情を頭のなかに思い浮かべた。「ミス・タウンゼンド、四人の子供と夫のせいで私は気がふれそうなの。分かってくれる？ああ、ヒステリーでぎらりとしたあなたの目が語っているわ、あなたが喉から手が出るほど欲しがってたものを私が全て持っているんだって。あなたのヒステリーは、やっとの思いで我慢している寂しさから来るのね。でもね、ミス・タウンゼンド、私はどれも欲しくないの。どうぞ、持ってってちょうだい。あなたのように、この世でひとりきりになれたらいいのに。ミス・タウンゼンド、私は七つの悪鬼に取り囲まれているの、ミス・タウンゼンド、ミス・タウンゼンド、このホテルにいさせて、悪鬼たちに捕まらないように……」こんなことを言う代わりに、彼女は貧血であることを話し、ミス・タウンゼンドが勧める療法を試すことにした。生レバーをミンチにして全粒小麦粉パンで挟んだものだ。そして、こう言った。「ええ、多分、家から出ないで友達に買い物を頼んだ方がいいんでしょうね」彼女は支払いを済ませると、打ちひしがれてホテルを後にした。

家に帰ると、ミセス・パークスが、嫌だわ、奥様が朝の九時から夕方の五時まで家をお留守になさって本当に困ったものね、とこぼしていた。ジョーンの歯が痛くなったと学校の先生から電話があって、「返事に窮しましたの。それに、お子様のおやつの時間に何を出すのか奥様はおっしゃらなかったんですもの」

こんなことはもちろん、全部ばかげている。ミセス・パークスの不満はスーザンが精神的に引きこもり、大家族の重責を自分に押しつけていることにあった。

スーザンは、「自由」を手にした日を振り返った。孤独なミス・タウンゼンドと仲良くなり、ミセス・パークスに諫言《かんげん》されることになったあの日だ。つかの間だったがひとり、本当にひとりでいられた至福の時間を思い出すことができた。どんな犠牲を払っても自分の生活を立て直そうと決めた。そうすれば、あの孤独な時間をもっともっと持つことができるだろう。誰にも気づかれず誰も彼女のことを気にかけない絶対的な孤独をだ。

でもどうやって？　彼女は昔の雇い主にこう言っているのを空想した。マシューにはここでパートで働いていることにしてるから口裏合わせて頂戴。実は……。だが、彼にも嘘をつかなければならないだろう。どんな嘘を？　本当のことは言えまいし。「週に三、四回、部屋を借りてそこにひとりでいたいの」とでも？　それに、雇い主はマシューと知り合いだったので、彼女のために嘘をついてとはとても頼めやしなかった。その上、そんな頼みごとをするのは彼女に愛人がいるからだと思われるに違いなかった。

パートタイムの仕事を本当にやったと仮定しよう。手早くテキパキと終わらせることができて、自分の時間をつくれるような仕事だ。どんな仕事？　封筒に宛名を書く仕事？　商品の売り込み？

すると、働く未亡人ミセス・パークスの姿が頭に浮かんだ。彼女は家に何を奉仕すべきかきちんと理解していたし、女主人が心を閉ざして家の責務を放棄する頃合いを本能的に知っていた。ミセス・パークスは優秀な召使いの一人だが、仕えるべき相手を必要としていた。彼女としては、助けを求めることができるように、彼女の女主人ミセス・ローリングズが家の二階や庭にいてもらわなければならなかった。「ええ、このパン、私が小さかった頃のものと違ってるわ……。ええ、ハリーの食欲には驚かされるわ、一体どこに収まってるのかしら……。ええ、双子ちゃんはだいたい同じサイズでよかったわ。靴を取り換えっこできるし、家計が苦しい時に助かるわ……。ええ、スイス産のチェリージャムはポーランドのものとは比べものにならないわ、それに値段も三倍……」ミセス・パークスはこの類の会話を毎日しなければならない。そうでなければ、仕事をやめるだろう。なぜやめるのか自分でも分からずに。

スーザン・ローリングズはこんなことを考えていたが、気がつくと、こんもりとした茂みのある庭を野良猫のようにうろついていた。家の階段を上り下りし、部屋をいくつか通ってまた庭に出た。褐色の川のほとりを歩き、それから家に戻って二階に上がりまた下に降りていった……。ミセス・パークスがこれを奇妙と思わなかったのが不思議だった。それどころか、ミセス・ローリングズは彼女がここにいる限りは好きなことができた。やろうと思えば逆立ちすることだってできた。スーザン・ローリングズは自分の家をうろうろ歩きまわり、ぶつぶつ呟いた。ミセス・パークスを憎み、哀れなミス・タウンゼンドを嫌い、ミス・タウンゼンドのホテルの寝室で、世間をはばかるように過ごす孤独な時間を夢見ながら。頭がおかしいということはよく分かっていた。そう、彼女は気がふれていたのだ。

彼女はマシューに休みがどうしても必要だと言った。マシューもそう思った。もう、昔の二人ではなかった。夫婦のベッドで抱き合いながら言葉を交わしたあの二人ではなかった。マシューが彼女を理性の通じないいやつと、とうとう判断したのを彼女は知っていた。彼にとって彼女は遠くにいる存在で、しかも上手にあしらわなければならない誰かとなっていた。二人はどうにか友好的でいられる赤の他人のようにこの家で共に暮らしていた。

ミセス・パークスに伝えるというよりむしろ許しを乞うて、彼女はウォーキングを楽しむための休暇としてウェールズに出かけて行った。知る限り一番遠くの場所を選んだ。子供たちは毎朝学校に行く前に電話で、ちょうど「お母さんの部屋」の時のように母親を励まし応援した。毎晩彼女は電話で子供たちと代わる代わる話をし、その後マシューと話した。ミセス・パークスは電話を通して指示や助言を得ることになっていたので、毎日お昼の時間になると彼女に電話をかけた。ミセス・ローリングズが山腹に出かけ不在だった時、これは三回あったことだが、ミセス・

パークスはこれこれの時間に電話をかけ直してくださるようにと伝言を残した。というのも、奥様にこれでいいわと言われない限り彼女は自分の仕事に満足できないからだ。

スーザンは荒涼とした土地をうろつき回ったが、体にはリードのように見えない電話線が繋がれ、彼女を電話の義務へと縛りつけた。また電話をかけなければならない、電話がかかってくるのを待たなければならないと思うと苦痛でならなかった。山そのものも彼女の不自由さによって束縛されているように思われた。朝食の時から夕暮れ時まで、山のどこに行っても出会うのは羊と羊飼い一人だけだった。彼女は最も広大な凹地で彼女を襲うかもしれない彼女自身の狂気と面と向かうことになった。結果、山はあまりに小さく感じられた。あるいは、山や凹地がいくつも眺望できる山頂で狂気と対峙することになったので、山はあまりに低く小さく感じられ、肉薄した天空に押しつぶされそうに思えた。彼女は立ちつくし、シダとワラビで鮮やかに映え、流水で輝く山腹をじっと見つめたが、彼女の目には悪鬼しか映っていなかった。そいつは人間のものとは思えぬ目で彼女を見あげ、傍らの岩に無造作に寄りかかり、自分の黄色い醜いブーツを葉の茂った小枝で鞭打っていた。

スーザンは自分の家、家族のもとに帰っていった。自由を約束するウェールズの人気のない風景を心の片隅に留めながら。

夫にオペア〔英語習得のため住み込みで家事や育児を手伝う外国人〕の女学生が欲しいと言った。

二人は寝室にいた。夜も更け、子供たちは寝ていた。夫はシャツ姿で室内ばきをはいて、窓のそばの椅子に腰かけ外を眺めていた。彼女は座って髪にブラシをかけながら、鏡に映った夫の姿を見ていた。夫婦の寝室における、昔ながらの神聖な場面。彼は何も口にしなかったが、彼女は、彼が頭のなかで議論しているのが聞こえた。聞いてみると、どれも道理にかなったものだったので彼女の言い分はことごとく却下されていた。

「子供たちは昼間の大半は学校にいるのに、今オペアを雇うのはおかしい気がするな。確かに、四六時中子供たちのことでにっちもさっちもいかなかった頃は、君にも手伝いが必要だったけど。ミセス・パークスに料理を任せてはどうなんだい？　彼女もそうしたいって言っているんだろ？　料理を六人分なんてうんざりだってのは分かるよ。でもね、オペアを雇うとなると色々大変なんだ。昼間に普通の家政婦を雇うのとはわけが違うんだ……」

最後に言葉を選んでこう言った。「仕事に戻りたいって考えているのかい？」

「そんなことないわ」と彼女は言った。「本当にないわよ」彼女は声をもごもごさせて、ばからしく聞こえるように言った。夫のマシューがちらりちらりと向ける落ち着かない視線を忘れようと、鏡のなかの自分を見ながら黒髪にブラシをかけ続けた。「雇う余裕はないと思ってるの？」と彼女はぼんやりと続けた。家計に余裕があるかどうかきちんと把握していた昔の有能なスーザンとは全くの別人だった。

「お金の問題じゃない」彼女を見ないようにと窓の外の薄暗い木々に目をやりながら彼は言った。彼女の方はといえば、くっきりした黒い眉に澄んだグレーの瞳をした、気取らず愛想のいい丸い自分の顔をまじまじと見つめていた。思慮深い顔だわ。ふさふさした健康な黒髪にブラシをかけて思った。でも、これって狂った女が考えることよね。なんて奇妙なことかしら！　私を見返しているのが、冷たく薄笑う、緑色の目をした赤毛の悪鬼だったら、もっとずっとぴったりだわ……。どうしてマシューはうんと言わないの？　所詮、彼にできることなんて他にないわ。彼女は自分の取り決めを破っていたし、それを守るなんてできなかった。取り決めというのは、彼女の精神、彼女の魂はこの家を住み処としなければならない、そうして、この家の人々が水を得た植物のように育ち、ミセス・パークスが彼らに雇われていることにずっと満足していられるということだ。マシューはそのお返しとして、子供に対して責任感の強い愛すべきよき夫であるだろう。いや、こんなことはどれも長いこと二人のどちらにも当てはまらなかった。彼はやるべき義務をただお座なりに果たした。彼女は自分のやるべき義務をやっている振りさえしなかった。そうしたら、彼は他の亭主さながら、仕事と仕事で出会った人々に生き甲斐を見つけるようになった。ゆゆしき情事があってむべなるかな。全て彼女のせいなのだ。

とうとう彼は厚手のカーテンを閉め、木々をすっかり覆い隠すと、彼女の注意をこちらに向かせようと振り返った。「ねえスーザン、オペアの女学生が必要って本気かい？」だが、この訴えに彼女は全く応えようとしなかった。髪の毛に何度も何度もブラシをかけて、静電気でパチパチといわせながら黒髪をふんわりと雲のように舞いあがらせた。髪がパチパチと音をたてながらブラシにくっついてくるのを楽しんでいるかのように、それにじっと目を凝らし笑みを浮かべた。

「ええ、大体のところはいい考えだと思ってるわ」と彼女は言った。狂女らしい抜け目なさで問題の核心をはぐらかした。

マシューが両手を頭の後ろにあて仰向けになったまま、悲しげな渋い表情で天井を見つめている姿を彼女は鏡のなかに見ることができた。彼女は心——スーザン・ローリングズの昔の心——が和み彼に声をかけたい気になった。だが、彼女は無関心な顔を装った。

「スーザン、子供たちかい?」と彼は言った。この訴えは彼女の心にもう少しで届くところだった。彼は寝かせていた両腕をあげ、手のひらを上にしたまま腕を広げ空間をつくった。彼女は駆けこんでその中に、彼のしっかりした暖かい胸に身を投げ出し、彼女自身に、以前のスーザンに溶けて変わりさえすればよかった。だが、彼女にはできなかった。差し出された彼の腕を見ようとはしなかった。彼女はもごもごとこう呟いた。「ええ、きっと思っている以上に子供たちのためにもなるんじゃない? フランス人かドイツ人の女学生を雇ったらその国の言葉を覚えるようになるわ」

暗闇のなかで彼のそばに横になったが、凍えるような感じがした。見知らぬ他人のようだった。スーザンは自分がまるで神隠しにでもあって姿を消したかのように感じた。苦悩する男の傍らに冷淡に無関心に横たわっているこの女のことが嫌でたまらなかったが、自分を変えることはできなかった。

翌朝、女学生を雇う手筈を整えると、すぐにハンブルク出身のソフィー・トラウブが見つかった。彼女は、英語を学びにやってきた、明るく健康的な、青い目をした二十歳の女学生だった。実のところ、英語は大分話せるようになっていた。彼女は部屋——「お母さんの部屋」だったところ——と食事をあてがわれる代わりに、簡単な料理をしたり、ミセス・ローリングズに頼まれた時は子供たちの世話をすることを引き受けた。知的な女学生で自分に求められていることをきちんと理解した。スーザンがこう言った。「午前中か日中家を空ける時があるわ――そうね、時には、子供たちが学校から飛んで帰ってくることもあるし、子供が電話をかけるか、電話するのが先生だったりすることもあるわ。私がここにいなきゃいけないんだけど、本当は。通いのお手伝いさんもいるけれど……」すると、ソフィーは、ドイツ娘特有の朗々とした太い笑い声をあげ、白いきれいな歯とえくぼを見せこう言った。「時々、女主人の役を誰かにやってほしいんでしょう？　そうでなくて？」

思わず「ええ、その通りよ」とちょっとそっけなくスーザンは言ったが、内心びくびくしながら、なんと容易いことか、思った以上に自分の目的になんと近づいたことかと思った。健康なドイツ娘のトラウブがすぐさま二人の立場を了解したことがそのなによりの証拠だった。

オペアの女学生は、自前の常識をもっているせいか、あるいはスーザンの御眼鏡にかなったせいか――こう思うとスーザンは新たな心震いを感じたが――みんなから歓迎された。子供たちは彼女のことを気に入り、ミセス・パークスは彼女がドイツ人であるのを会ったとたんに忘れ、マシューにとって彼女は「家にいてほしい」存在となった。というのも、今や彼は、人生のうわべしか見ずに事態を流れるがままに受け入れ、ひとりの夫、ひとりの父親という存在としては家庭から身を引いていたからだ。

ある日、ソフィーとミセス・パークスがキッチンで笑い声をあげながら話をしているのを目にすると、スーザンはおやつの時間まで留守にすると伝えた。どこに行くべきか何を探さなければならないか何もかも分かっていた。地下鉄のディストリクト・ラインに乗りサウス・ケンジントトンまで行き、そこでサークル・ラインに乗り換え、パディントンで降りてこぢんまりとしたホテルを探し歩いた。しばらくして、お目当てのホテルが見つかった。薄汚れた窓ガラスにフレッズホテルとペンキで描かれたホテルだ。正面は、病んだ皮膚のように色褪せて黄色にてかっていた。通路の突き当たりにはドアがあって、そこに「ノックのこと」と書かれていた。ノックをするとフレッドが顔を出した。どこをどう見てもとても魅力的とはいえない男だ。疲れ切った肥満ぎみの体に、悪趣味なストライプのスーツを着ていた。青白い皺くちゃの顔に小さな鋭い目があった。彼はミセス・ジョーンズ（彼女は彼をじっと見つめたまま、わざとこの滑稽な名前を選んだ）に週三日十時から六時まで部屋を貸すのにやぶさかではなかった。来るたびにきちんと前払いするということでいかがでしょう？　フレッドはいくらとは言わなかったので、スーザンは十シリング紙幣と半クラウン〔二・五シリング銀貨〕二つの計十五シリングを取りだし、それを彼に見せた。瞬きもせずに彼の目をじっと見つめていたが、こんなふてぶてしい挑戦的な態度を意のままに使えるとは今の今まで思ってもみなかった。フレッドは彼女をまじまじと見つめながら、十シリング紙幣を親指と人差し指で彼女の手から抜き取りそれを指でいじくり回した。それから半クラウンを二つつまみ上げ、手のひらにそのコインを乗せたまま、しけた様子でコインに目を落とした。二人は廊下に立っていたが、頭上には赤い傘つきの電灯が、足元にはむき出しの板があった。床磨き剤のきつい臭いが立ち込めていた。彼は広げたままの手のひら越しに彼女を凝視し、「馬鹿にするんじゃないぜ」と言わんばかりににやりとした。スーザンは「商売をするためにこの部屋を使うつもりはございませんの」と言った。彼はまだじっとしていた。彼女がもう五シリング出すと、彼は頷いて言った。「もらうものをもらえば、あっしは文句を言いやしません」スーザンは「よくてよ」と言った。彼は彼女の前を通って階段へ向かい、そこで一瞬立ち止まった。玄関から光が彼女の目に差し込み、一瞬彼を見失った。すると、地味なスーツを着た、白く禿げあがった青白い顔の小男が給仕のように階段を早足で駆け上がっていくのが目に入った。彼女はこの男の後についていった。二人は無言のままこの家の階段をのぼっていった。このフレッズホテルでは何も訊かれない。ということは、哀れなミス・タウンゼンドのホテルでは提供されなかった滞在客の自由を得ることができるのだ。部屋はぞっとするようなものだった。窓は一つしかなくその上に緑色のブロケードの薄いカーテンが引いてあり、セミダブルベッドには安っぽい緑色のサテンのベッドカバーが置いてあった。他に、ガスストーブとガスメーターつきの暖炉、整理ダンスと籐製の緑の肘掛椅子が置いてあった。

「ありがとう」とスーザンは言った。フレッド――これがフレッドで、ジョージでもハーバードでもチャーリーでもなければだが――は彼女を見つめていたが、それは好奇心という、彼の職業柄認めるわけにはいかない感情からではなく、何をするのが相応しいのかを見極める冷徹な感覚からだというのを彼女は分かっていた。お金を受け取り部屋に案内し全て合意したというのに、彼は彼女がここに来るのを明らかに承服していなかった。ここはあんたの来る場所じゃないよ、と彼の顔には書いてあった。だが彼女は既に知っていた、自分がこの場所にどんなに相応しいかということを。部屋は彼女が来るのをずっと待ち続けていたのだ。「五時になったら呼んでちょうだい、お願いね」という言葉に彼は頷き下に降りて行った。

昼の十二時だった。彼女は自由だ。肘掛椅子に腰かけそこにただ座っていた。瞼を閉じそのまま

まひとりっきりで過ごした。ひとりであって誰も彼女がそこにいるのを知らない。ドアがノックされた。彼女はむっとして怒りを露わにしようとしたが、ノックはフレッドのものだった。五時になったので言われた通り彼女を呼びにきたのだ。小さな鋭い目を部屋に走らせ、まずベッドを見た。ベッドは乱れていなかった。この部屋に全くいなかったといってもいいくらいだった。彼女は彼に感謝し明後日また来るわと言ってそこを出た。家に帰ったが、夕食を作る時間も子供たちを寝かしつける時間も夫と自分のために後で夕食を温め直す時間もたっぷりあった。友達と映画を見に行ったソフィーを迎える時間も。この全てを彼女は意気揚々と快くやってのけた。だが、その間ずっと頭のなかにホテルの部屋があった。彼女はその部屋に行くのを今か今かと待ち焦がれた。

週に三回。十時きっかりに到着すると、フレッドの目をのぞき込み二十シリングを渡した。彼の後について二階の部屋まであがると、ドアを彼の前で静かにしっかりと閉めた。というのも、フレッドは彼女がここにいるのが気に入らなかったが、もし彼女にその気があれば、彼の不満を棚上げして彼女と友人関係か知り合いぐらいにはなる腹づもりでいたからだ。しかし、彼女が二十シリングを彼の手に渡して、もう用はないわと顎をしゃくったので、彼は甘んじて出て行ったのだった。

彼女は肘掛椅子に座り目を閉じた。

この部屋で一体何をしていたというのだろうか？　もちろん何もしてなかった。外を眺めるた

め身を休めていた椅子から窓辺に移動し、腕を伸ばし微笑んで、匿名性という宝物を手にして喜んだ。彼女は、四人の子の母でありマシューの妻であり、ミセス・パークスとソフィー・トラウブの雇い主であり、友人や学校の先生や店主とあれやこれやのつき合いをしていたスーザン・ローリングズではもうなかった。あれやこれやの活動や行事があってもそれにぴったりの洋服は何とでもした女主人、庭付きの白い大きな家の女主人ではもうなかった。彼女はミセス・ジョーンズであり、ひとりであり、過去も未来もなかった。やっとだわ、と彼女は思った。結婚して子供を産んで責任ある役割を幾つか果たしたこの長い年月を経てやっと――それでも私は変わっていない。でも、ミセス・マシュー・ローリングズにお似合いの役割しか与えられていないと思うことが今まで何度もあった。そうよ、やっとよ。家族の誰とも二度と会えないとしても、ここにこのままずっと……本当に奇妙ったらありゃしない！　それから彼女は窓の敷居に寄りかかり通りに目をやった。行きかう男女を愛おしく思ったのは彼らが見ず知らずの人達だったからだ。通りの向こうには、荒廃したビルと、雨が今にも降り出しそうなどんよりとした空、だが時には晴れ間もみせる空が見えた。これまで一度もビルや空を見たことがなかったかもと感じた。それから椅子に戻り何も考えず心を空っぽにした。時々声を出すこともあったが、意味のない内容だった。感嘆の叫びとナンセンスな言葉の次には、薄手の膝掛けの花模様やサテン地の緑のベッドカバーの染みにぶつぶつ文句を言った。大体はとりとめのない空想に耽っていた――他にどんないいようがあろうか？――物思いに耽るとか、ぼーっとするとか、あるいは単に落ち込んでいるとか。そして、空虚感は血液が流れるがごとく彼女の血管のなかを心地よく満たしていったのだった。

　この部屋はスーザンが住んでいる家よりもずっと居心地がいい。ある朝、気づくと、フレッドはいつもの階より一つ上の階に彼女を案内しようとしていた。彼女は立ち止まり、上の階に行くのを拒んで、いつもの部屋の十九号室に連れていくよう強く言った。「ってすると、これから半時間待たせますぜ」と彼は言った。彼女はいそいそと、消毒臭のする薄暗い玄関ホールまで降りて行き、そこで座って待った。しばらくすると、二人の男女が階段を降りてきて、無関心な目で彼女をさっと見やるや急ぎ足で通りに向かい、表に出たところで二手に分かれた。この二人が部屋を空けてくれたおかげでようやく彼女は部屋に、そうまさに自分の部屋に上がって行ったのだ。窓はぱっと開けられ、メイドはちょうどベッドを整えていたところだったが、それはまさしく彼女の部屋だった。

　孤独の時間をこうして過ごした後は、母親と妻の役割を演じることは容易くもあり難しくもあった。難しいというのは、それがあまりにも容易かったからだ。彼女はペテン師になった気分だった。まるで彼女の抜け殻が移動し家族と一緒に過ごして、ママ、お母さん、スーザン、奥様という呼びかけに応じているかのように感じた。驚いたことに、誰も彼女の正体を見破りもしなければ、偽者だといって家の外に追い出しもしなかった。それどころか、子供たちは彼女のことを今まで以上に愛しているようであり、マシューとスーザンはなかなか「うまくやっている」ようであり、ミセス・パークスはソフィー・トラウブの下で——大方そうだと正直に認めなければならないが——働くのに満足しているように見えた。夜になってスーザンが夫の横に寝そべると二人は再び愛し合った。二人は、嘘偽りない結婚生活を送っていた、かつてのあの頃の二人に戻ったかのように見えた。だが、彼女も、スーザンも、スーザンと呼ばれて信じられないが二つ返事で応じる存在もそこにはいなかった。彼女はパディントンのフレッズホテルのなかで、心休まる孤独な時間が始まるのを待っていた。

間もなく彼女は、フレッドとソフィーとそれぞれ新たな取り決めを結んだ。フレッドとは部屋貸しを週五日にするというものだった。金が五ポンド入り用だったが、それはマシューに無心するしかなかった。彼女は、お金の用途を彼が尋ねるのではないかという恐れさえ抱いていなかった。彼がお金を用立てるのは織り込み済みだったが、それはそれでゾッとすることであった。というのも、この仲睦まじい夫婦、この夫妻は一シリングにいたるまで金銭の使い道をかつては知っていたのだから。マシューは週五ポンド出すことを了解した。彼女はお願いするのはこれだけ、もう一銭たりとも無心しないわと言った。彼は我関せずといった様子だった。彼女はあたかも手切れ金を渡されているかのように感じた。ああ、お金を払うことでお払い箱にしようとしている、、、、、、、、、、、、、、、、、、んだわ、そういうことね。これが分かると一瞬戦慄が走ったが、その感情をじっとこらえた。事態は後戻りできないところまで来ていたのだ。毎週日曜の夜にマシューは五ポンド渡すことになったが、やり取りを終えると目と目を合わせないで済むように彼女から離れて行った。ソフィー・トラウブといえば、夜の六時までは家のなかのどこかか家の付近にいることになった。その後は彼女の自由だった。料理をするのでも掃除をするのでもなくただ単にそこにいることが彼女に課せられた仕事だった。というわけで、彼女は庭の手入れをするか裁縫をするか、あるいは、彼女には当然友達がたくさんいたので、その友達を家に呼んだりしていた。子供たちの具合が悪い時は看病もした。学校の先生が電話をかけてくれれば、それにうまく応答した。学校がある五日間、昼の間はソフィーが完全に家の女主人であった。

ある晩、寝室にいたマシューはスーザンに尋ねた。「スーザン、邪魔するつもりはないんだ、そんな風に思わないで欲しいんだけど、でも、本当にどこもおかしくないのかい？」

彼女は鏡の前で髪にブラシをかけているところだった。左右にもう二回ずつブラシをかけるとこう答えた。「ええ、あなた、もちろんどこも悪くないわよ」

彼はまた仰向けに寝っころがり、両手を金髪の大きな頭の下に置き、肘を顔の上の方で曲げ顔を半分覆い隠した。「なら、スーザン、こう聞かなきゃならない。君も分かってるはずなんだが、無理強いするつもりなんて少しもないんだよ」（スーザンは無理強いという言葉を聞いてうろたえた。なぜなら、こうなるのは避けられないから。もちろん、この調子でやっていくことなんてできない。）「でも、この調子でこれからもやっていくつもりかい？」

「あら」と、はぐらかすために、曖昧めいたり明るくなったりまたばかげた口調に戻ったりしながら、「あら、その何がいけなくって？」と言った。

彼は、苛立ってか苦しんでか、肘を上下にグイっと動かした。その姿を見て、夫は痩せた、痩せ衰えてさえいるなと思った。怒りにまかせて忙しなく肘を動かす様は、彼女の記憶にはない彼だった。彼は言った。「離婚したいんだろ？　そうなんだろ？」

スーザンはこれを聞いて、やっとの思いで笑いを堪えた。堪えられなかったら、けらけらと弾けるように笑ったかもしれない。彼女はその笑い声を聞いた気がした。彼がいわんとしたのはただ一つ、彼女に愛人がいて、ロンドンに足しげく通うのはそのせいだということだ。彼にしてみれば、妻は別の大陸にでも行って消えてしまったかのようだった。

すると、スーザンはまた僅かに狼狽した。彼女には分かったのだ。彼は彼女の口から愛人がいることをどうしても言わせたいのだ、そうでなければ、あまりにも恐ろしい事態になる、ということを。

彼女はこうしたことを髪にブラシをかけながらじっくり考えた。ふんわりとした黒い髪が舞いあがり、パチパチパチパチと静電気が小刻みに起きるのが目に入った。部屋の向こう側、彼女の頭の後ろの方には青い壁があった。ふと気づくと、青い壁に黒い髪のぼんやりした影ができたのを熱心に見入っていた。返答の言葉を探していたが、「マシュー、離婚したいのはあなたの方じゃなくて？」と返した。

彼は「肝心なのはそこじゃないってことぐらい分かってるだろ？」と言った。

「あなたが言い出したのよ。私じゃなくて」と彼女は明るく言った。意味もなくけたけた笑いたいのを我慢して。

次の日、フレッドに「私のことで問い合わせがなかったかしら？」と聞いた。

彼が言葉に詰まると、スーザンは言った。「ここに来てかれこれ一年になるわね。何の問題も起こしていないし、部屋代は毎回お支払いしてますわ。話してもらう権利はあってよ」

「実のところ、奥様、ある男が尋ねに来ましてね」

「興信所の男？」

「そうですかねぇ、探偵だったんでしょうかねぇ？」

「私があなたに尋ねているのよ……それで、彼になんて話したの？」

「ミセス・ジョーンズとかいうご婦人が十時から五時か六時まで毎週月から金まで十九号室にひとりで滞在なさってますって答えました」

「私のこと詳しく話したの？」

「なんとも、奥様、そうするしかなかったんです。私の身にもなってくださいまし」

「よくて、あなたが情報料としてもらったお金の分だけ私の部屋代から差し引いてもらいますからね」

彼は驚いた様子で目をあげた。スーザンはこんな冗談を言う類の人ではなかったからだ！　それで、彼は笑うことにした。すると青白い皺くちゃの顔にピンク色の潤んだ割れ目が現れた。その目は彼女に笑うようにと確かに懇願していた。彼女が笑わなければお金をいくらか損することになりかねないのだ。彼女はにこりともせずに彼を睨んだ。

フレッドは笑うのを止め、「今から上にご案内しましょうか？」と言うと、同郷のよしみじゃないですかといわんばかりの馴れ馴れしい顔をした。というのも、このホテルでは何も問われないし、彼女はそこに（と彼は承知していたが）完全に依存していたからだ。

彼女は上がっていつもの籐製の椅子に座った。だが、いつもと同じではなかった。夫が彼女のことを探し出したのだ。世界中の人が彼女を探し出したのだ。重圧がのしかかった。夫の黙認のもとに彼女はここにいる。彼はここ、十九号室にいつやって来るやもしれない。興信所の報告書になんと書いてあるか想像してみた。「自称ミセス・ジョーンズ、貴殿の細君の特徴と合致する女性が十九号室にひとりで終日滞在。いつも十九号室を要求。使用中の場合は空くまで待機。経営者が知る限り、男女どちらも訪問者なし」大体こんな風に書いてある報告書をマシューは受け取ったに違いない。

さて、確かにマシューは正しかった。事態はこんな調子で進んでいくことはできなかった。事態を終わらせるには、単に興信所を使って彼女の居場所を突き止めるだけでよかった。

彼女は避難所であるこの部屋にひとり縮こまっていようとした。嘴でつつかれ殻から出てきたカタツムリがもがきながら殻に戻ろうとするように。だが、部屋の平穏は消えていた。意識して平穏を取り戻そうとした。そこにかつて見出した暗い創造的な恍惚――それがなんであれ――のなかに自分を放してみた。ダメだった。が、彼女はそれを渇望した。すると薬を突然断たれた中毒患者のように気分が悪くなった。

何度か部屋に戻り、そこで自分自身を見つけようとしたが、そこにいるのは自分ではなく焦燥感という名もなき悪魔だった。ちくちく針に刺されたかのように体を動かしたくてうずうずした。それ自意識は苛立ち、脳はまるで色つき電球が頭のなかで点いたり消えたりするように感じた。それまでの仄かに暗い部屋の空気に代わって、今やそこには悪鬼が彼女を待ち構え、そいつのせいで彼女は悪態をつきながら部屋をやみくもに駆けずり回った。次から次へと自分を駆り立てずにはいられなかった。まるで蛾が窓ガラスにぶつかり、窓の端に滑り落ち、破れた羽根を素早くパタパタさせ、透明な障害物へ何度も何度も繰り返し突進していくかのようだった。直ぐに彼女は憔悴し、フレッドに休暇に出かけるので部屋はしばらくいらないわと言った。家に、白い大きな川辺の家に帰りついた。週の半ばは彼女がいないものと思われていたので、自分の家に帰ったことに後ろめたさを感じた。隠れた所からキッチンの窓を覗きこんだ。ミセス・パークスはスーザンの花模様のお古の仕事着を身につけ、腰をかがめてオーブンに何かを滑りこませていた。ソフィーは腕を組んで食器棚に背中をもたせかけながら、見たこともない女学生が言った冗談に笑い声をあげていた。彼女は黒髪の外国人でソフィーを訪ねてきた娘だった。双子の片割れであるモリーが親指をしゃぶり大人たちを見ながら肘掛椅子に丸まっていた。学校を休んだということは、どこか具合が悪いに違いない。子供のだるそうな顔と目の下にできた隈を見てスーザンの心は痛んだ。モリーは三人の大人が作業しながら話をしているのを見ていたが、スーザンも全く同じようにキッチンの窓から四人を眺めていた。彼女は彼女たちから隔離された遠い所にいた。

その後、キッチンのなかに入り、小さな娘を抱き上げ、肘掛椅子に娘を抱いたまま腰かけ、恐らくは熱のある額をなでてやるといったことをスーザンが頭に思い浮かべたちょうどその時、ソフィーがまさにその通りのことをやった。それまでソフィーは一方の膝を曲げ壁に足をつけながら片足で立っていた。今や彼女は、リボン結びの赤い靴をはいた足を壁から床に滑らせ、しっかりと両足で立ち、モリーの前と後で手をたたきながらドイツ語の歌のくだりをいくつか歌っていた。すると、子供は重たげな目をあげソフィーを見つめて微笑み出した。それからソフィーは子供に向かって歩いて、というよりは跳ねて行って、子供をさっと抱き上げ、椅子に座ると同時に膝の上に乗せた。「ほーら、ほーら! モリー……」と彼女は言いながら、彼女の肩に心地よく横たわっている、ぼさぼさの黒髪をした幼い頭をなで始めた。

ああ……スーザンは目を瞬いて別れの涙を流した。それから寝室のある二階にそっと上がっていった。寝室に入ると座って木々の間から見え隠れする川を眺めた。平穏な気持ちになったが、それはある意味、新しい経験だった。動く気力も話す気力もなく、全く何もする気になれなかった。家のなか、庭のなかに出没していた悪鬼はそこにはいなかった。だが、彼女には分かっていた。それは彼女の魂がフレッズホテルの十九号室にあるからなのだということを。彼女は本当にはここにいはしないのだ。すると、彼女をぎょっとさせてもおかしくない感覚に見舞われた。自分の寝室の窓辺に腰かけ、ソフィーが自分の子供にドイツ語の子守唄を若く太い声で歌うのを聞き、階下でミセス・パークスがガタガタと音をたてたり動いたりするのを聞く――こうした全てが自分には何の関係もないのだと悟ったのだ。彼女はもうここでは部外者だった。

しばらくして、どうにか下の階に降りていき、ただいまと言った。何も告げずにここにいるわけにはいかなかった。ミセス・パークス、ソフィー、ソフィーのイタリアの友人のマリア、そして娘のモリーとでランチを食べたが、自分の方が客であるかのように感じた。

数日後、寝る前にマシューは「いつもの五ポンド」と言ってお金をつき出した。しかし、彼女が家を離れるつもりはもうないということを彼は知っていたに違いなかった。

彼女は首を振り、彼にお金を返し、非難のためではなく説明のためにこう言った。「私がどこにいるか知られた以上、もう必要なくなったのよ」

彼は頷いたが彼女を見てはいなかった。彼女から顔をそむけ、彼を怖がらせるこの妻をどうしたら一番うまくあしらえるか考えた——もっとも彼女はそんなことはお見通しだが。

彼は言った。「そんなつもりはなかったんだけれど……心配だっただけなんだ」

「ええ、分かってるわ」

「正直にいうと、疑い始めていたんだ……」

「私に愛人ができたと」

「ああ、そういうことだ」

彼女に愛人がいればなと彼が思っているのを彼女は分かっていた。椅子に腰かけ、どう言おうか思案した。「この一年は、とっても薄汚いホテルの部屋で日中ずっと過ごしているの。だってそこにいると幸せになれるもの。もう、それなしでは生きていけないわ」こう言う声が想像で聞こえてきて、こんなことを言われるかもしれないと彼がとても怯えているのが分かったので、代わりにこう言った。「まあ、当たらずとも遠からずといったところね」

多分、マシューはホテルの経営者が嘘をついていると思いたがっている。そう信じ込もうとしている。

「なるほど」と彼は言った。いわば安堵から声がすっと放たれたように彼女には聞こえた。「そういうことなら、自分にもちょっとばかり経験はあると白状しなきゃいけないな」

彼女は、無関心でありながらも興味ありげな調子で「本当？　で相手は誰？」と言ってマシューを見た。彼はこの返事に驚いて目を真ん丸くさせた。

「フィル、フィル・ハントだよ」

フィル・ハントのことなら昔々の独身時代の頃からよく知っていた。彼女はこういう風に思った。いいえ、彼女じゃダメだわ。あの女はひどく神経質だし気難しいもの。彼女が幸せなの見たことないわ。ソフィーの方がずっとましだわ。まあ、マシューは自分で気がつくはずよ、賢い人なんだから。

無言のままこんな考えが頭のなかを巡り、そうするうちに声に出して「あなたに私のことを話しても無駄なのよ、あなたは彼のことを知らないんだから」と言った。

早く、急いででっちあげるのよ、と彼女は思った。ミス・タウンゼンドにどうやってあの無意味な絵空事をでっちあげたか思い出すのよ。

矛盾したことを言わないように注意深くゆっくり話し始めた。「彼の名前はマイケルよ」――(マイケル何さんにしようかしら?)――「マイケル・プラント」(なんておめでたい名前なの!)「彼はあなたに割と似てるわね――見た目はっていうことだけど」実際、誰かに触れられると想像したら、マシュー以外考えられなかった。「彼は出版業やってる人よ」(本当? どうして?)「彼には妻と二人の子供がいるわ」

この絵空話を作り出せて誇らしげに思った。

マシューは言った。「君たち結婚するつもりかい?」

彼女は抑える間もなく「まさか、冗談でしょ!」と口にした。

もしマシューがフィル・ハントと結婚したいと思っているなら、これは言い過ぎだと思ったが、取り越し苦労だった。というのも、彼はホッとした様子でこう言ったからだ。「他の誰かと結婚するなんてちょっと考えられないよね」そう言って彼女を抱き寄せ、彼女の頭を彼の肩に乗せた。彼女は顔を彼の浅黒い肉体に近づけ、血流がどくんどくんと耳元で脈打っているのを聞いてつぶやいた。私はひとり、ひとり、たったひとりだわ。

一夜明けると、スーザンはベッドで寝ていたが、マシューは身支度をしていた。

彼は夜通し頭を絞り考えたのだ。こんなことを。「スーザン、僕たち二組の恋人ペアをつくらないかい？」

もちろん、と彼女は独りごちた。当然、彼ならそう言うはずなのだ。分別があり、理性的であり、自分勝手に考えたり妬んだりすることを自分に許さない人なら当然の言葉だ。二組の恋人ペアをつくりましょう！

「すてきだわ」と彼女は言った。

「四人でランチできるな。僕が言いたいのは、君が汚らしいホテルにこそこそ出かけて僕は会社に遅くまでいるだろ、それで、みんなが嘘を並べなきゃならないなんてばかげてるってことさ」

一体全体私ったら彼の名前をどう言ったかしら？　彼女はパニックになり、しばらくしてこう言った。「いい考えね。でもマイケルは今いないの。でも帰ってきたらそうしましょう。あなたたち二人も仲がいいはずよね」

「彼がいないって？　それでか。君がこのところ……」夫は、以前の彼女だったら気づかなかったような、男の媚態を振りまく仕草でネクタイの結び目をいじった。それから腰をかがめ、

「なんていたずら好きの子猫ちゃんなんだ、君は!」という台詞をいかにも言いそうな顔をして彼女の頬にキスをした。するとそれに応えて、いたずらっぽい媚びるような表情が彼女の顔に浮かんでくる気がした。

スーザンの心は激しい嫌悪感に塗《まみ》れていた。自分たち二人に対する嫌悪感、二人とも感情を吐露することがいかにできなくなったかということに対する嫌悪感だ。

そういうことで、スーザンもマシューも愛人を持つはめになったのだ! なんてありきたりなの、なんて心強いの、なんて素晴らしいの! 今や、彼らは二組の愛人ペアとなって、劇場やレストランへ出かけていける。結局のところ、ローリングズ夫妻ならそんなことは余裕でやれるだろうし、出版業をしていることになっているマイケル・プラントだって、マシューの愛人だって全く余裕でやれるだろう。そう、この四人を止めることはできない。彼らは、文明人ならではの寛容さをもって、ややこしい限りの人間関係をうまくさばき、全ては黄昏の情念がうっとりと燃えた後の余韻のなかに包み込まれるだろう。ひょっとしたら、休日に四人一緒に出かけることになるだろうか? スーザンはそんな人たちをこれまで見たことはなかった。あるいは、マシューがどこかで一線を引くかもしれない。でも、「二組の恋人ペア」なんて口に出せるっていうのに、そんなことをするかしら?

彼女はがらんとした寝室に横たわり、マシューが車に乗って仕事に出かけていくのを耳にした。それから、ソフィーの元気に鳴り響く声にせかされて、子供たちが騒々しく学校に出かけるのを聞いた。自分が部外者であることを忘れようとしてベッドの窪みに滑り込んだ。そして、窪みに手を伸ばした。夫が今まで体を横たえていた所だ。だが、そこには何の温もりも感じられなかった。彼は彼女の夫ではなかった。彼女は着物の下に小さく丸まり込んだ。このなかに一日中でも一週間でも、そう、一生でも丸くなっていられそうだった。

とはいっても、数日中にマイケル・プラントをでっちあげなければならない。それから――でもどうやって？　彼女は、マイケル・プラントというある出版業者になりすませる感じのいい男を見つけなければならないだろう。そして、彼女は見返りをあげることに――何を？　まず考えられるのは体の関係を結ぶこと。これを考えると彼女はへとへとになるまで大声でわめきたくなった。ああ、だめだわ、そっちの方はとっくの昔に終わってるわ。その証拠に、「愛し合う」という言葉に触れるか、その言葉を想像するか、あるいは、慈しみや愛の快楽はもちろんのこと、肉欲の快楽だけでもどうにか蘇らせようとすれば、愛し合おうとすることから逃げ出し隠れたい気分になる……ああ神様、どうして愛し合わなければならないの？　どうして誰かと愛し合ったりするの？　もし愛し合うつもりでいるなら、相手は誰でもいいじゃない？　通りに出ていって、捉まえた男と激しいセックスをすればいいだけじゃない？　でしょ？　フレッドとでもいいんじゃない？　誰だってみんな同じじよ。

だが、彼女は自分を面倒に巻き込んでしまった。洗練された二組の恋人ペアが起こす情事の一コマとして、マイケルという愛人とうんざりするような長い時間を過ごすという面倒に。いや、彼女にはできなかった。やろうとも思わなかった。

彼女は起き上がり着替えると下に降りミセス・パークスを見つけ、マシューがお金を置いていくのを忘れたのと言って一ポンド貸してくれないかと頼んだ。「世の夫というのはみな同じね、頭を使わないのよ」というようなお決まりの話題について彼女とあれこれ話を交わした。それから、ソフィーの電話の話し声が上の階にも聞こえていたが、彼女には何も言わずに、歩いて地下鉄の駅に出て、サウス・ケンジントンまで行きそこでサークル・ラインに乗り換えパディントンで降り、フレッズホテルまで歩いて行った。ホテルに着くとフレッドに結局、休暇旅行はやめにしたのと言って部屋を頼んだ。一時間待つことになりますぜとフレッドが言うと、近くにあるにぎやかなティールーム兼用レストランに行き、そこに座って、人がドアを開け閉めしながらひっきりなしに出入りするのを眺めた。彼らが一緒になり溶け込みそして散り散りになっていくのを見ると、彼女もそのなかの一人として一連の動きに参加しているように感じた。そろそろ時間なので紅茶代の半クラウンを置いて店を出ていった。店を振り返ることはなかった。ちょうど彼女の家、あの大きな美しい白い家を去る時、振り返らなかったように。その家はソフィーに黙ってくれてやったのだ。フレッドのホテルに戻ると空いたばかりの十九号室の鍵を受け取り、埃で覆われた階段をゆっくりと上がって行った。上るごとに階段の床は次々と下に流れ落ち、目を上に向けたまま上がって行くと、階段の床は彼女の目の高さにグイッと引っ張られるように次から次へと降りてゆき、視界から消えていくのだった。

十九号室は前と変わりなかった。部屋の隅々を鋭い目で綿密に点検した。ぞんざいに取りかえられた安っぽく光るサテンのベッドカバーは、その下で二つの肉体が痙攣し終えたことを物語っていた。タンスの上に敷かれたガラスには僅かにおしろいが、カーテンの襞には濃い緑の陰影が見えた。窓辺に立ち通りを見下ろすと、人が次から次へと通りすぎるのが見えた。いつまでも続く人の動きを見ていると彼女は暗澹とした気持ちになった。それから、籐製の椅子に腰かけ体の力を抜いた。でも、用心しなければならない。五時のフレッドのノックに今日は驚かされたくないからだ。

悪鬼はここにはいなかった。永遠に消えたのだ。というのも彼女の自由をあいつらから奪い返したからだ。彼女は豊饒な暗い夢のなかにもう入り込もうとしていた。その夢は血液が体を巡るように体の内側から彼女を愛撫するようだった……が、まずマシューのことを考えなければならない。検視官に手紙を書くべきだろうか？　でもなんと書いたらいいのか？　彼女が彼の元を去っても、今朝彼が見せた顔つき——確かにありふれてはいるが、少なくとも健康そのものだといえる表情でいてほしい。ああ、それは無理だわ。自殺した妻を見てそんな顔する人いないわ。でもどうやって、一人の男、あの魅力的な出版業のマイケル・プラントのために死んだと彼に信じさせようか？　ああ、なんておバカなの！　なんてくだらないの！　なんて恥知らずなの！　でも、そんなことで悩むのはよそう、生きている人のことは金輪際考えないことにしようと決めた。愛人がいると信じたいなら、彼はそう信じるだろう。しかも実際、彼はそれを信じたがっているのだ。ロンドンにマイケル・プラントという出版業者がいないということを知ったとしても、こう考えるだろう。ああ、可哀そうなスーザン、本当の名前を知られたくなかったんだ、と。

で、彼がフィル・ハントかソフィーのどちらかと結婚したって、どうでもいいわ。どちらかというと、子供たちの母親となっているソフィーであるべきだけど……ああ、ここに居ながら子供のことを心配するなんて全くの偽善だわ。これから子供を捨てて死のうっていうのに。だっても生きる力なんてないんだもの。

彼女には後四時間ばかり時間は残っていた。その時間を愉快に、ひっそりと、心地よく過ごした。ゆっくりとゆっくりと川の水際に身を滑らせながら。すると、ほとんど途切れのない意識のなかで、彼女は立ち上がり、薄手の膝掛けでドアを塞ぎ、窓がきっちり閉まっているのを確かめて、メーターに二シリング投入しガスのスイッチを入れた。この部屋を借りてこのかた初めて、このカビ臭い固いベッド、汗とセックスの臭いのするこのベッドに横になった。

緑のサテンのベッドカバーの上に仰向けになったが、足はひんやりとした。起き上がり、タンスの一番下に毛布が畳んであるのを見つけると、それを丁寧に足にかけた。彼女はとても満足してベッドに横たわり、ガスが遠くからシューシューと漏れ出るかすかな音に耳をすました。ガスが部屋のなか、彼女の肺のなか、彼女の脳のなかに充満すると同時に、彼女は知らぬ間に暗き川のなかに運ばれていった。

7
癌

癌　ある内科医の日記から

サミュエル・ウォレン／石塚久郎 訳

ご存じのように、女性というのは我慢強く肉体によほど苦痛を与えない限り音をあげないものだ。どんな屈強な男でも同じ苦痛を味わったらたちまち降参というところだろう。この俗諺《ぞくげん》の格好の例となる興味深い話をこれからお目にかけたい。私の心に深く刻み込まれたこの出来事をどうしても日記に書き残しておきたいと思ったのだ。

その頃私はセント＊＊＊夫人というある女性の治療にしばらくあたっていた。彼女は著名な資産家の若い奥方で、女性を襲うむごたらしい災難の犠牲となっていた。癌という災難だ。夫人は美貌もさることながら、まれにみる心の優しさを持ち合わせていた。癌が体を蝕んでいっても不屈の精神で苦痛を受け入れ、苦しみが少しでも和らぐと彼女を気遣う医者に心から感謝の気持ちを伝えた。そんな夫人の態度を目の当たりにした私は、彼女の運命に格別の興味を抱いたのだった。

良心に誓って言えるが、治療を施している間は、彼女の口から泣きごと一つ聞いたこともなければ、苛々したり癇に障るといった素振りの一つも目にしたことはなかった。ある朝、診療に訪れると夫人は客間で深紅のソファに横になっていた。青白い顔と少しだけ捩れた眉毛が今どんなに彼女が苦しんでいるかを物語っていた。昨晩はよく眠れましたかと私が訊くと、落ちついてはいるが声を少し震わせてこう答えた。「ああ、昨夜は眠れませんでしたわ。でも夫の大尉が家にいなくてよかったわ。惨めな思いをさせなくて済んだんですもの」と。ちょうどその時、綺麗な亜麻色の髪をした坊やが走って部屋に入って来た。夫人の一人っ子であるこの坊やは、今にも笑い出しそうな青い瞳を明るく無邪気に輝かせていた。私は坊やを膝の上に乗せ、母親の邪魔にならないようにと懐中時計で遊ばせた。哀れな病人は少しの間だけ溺愛の眼差しを子供に注ぐと、思わず目頭をおさえた。（ああ、なんとか細く、雪のように白い手なんだろう！　透き通っていてもおかしくない手だ！）すると涙がぽたりぽたりと彼女の手から滴り落ちてきたが、その間ずっと声を押し殺していた。ああ、これぞ母親の鑑だ！

病状が徐々にひどくなり、とうとう手術やむなしという状態になった。とある著名な外科医も私と一緒に定期的に夫人を往診していた。外科医は彼女の現状を丁寧に説明し、手術を耐え抜くだけの我慢強さはおありかなと尋ねた。夫人は受け入れていますわよと言わんばかりの優しげな笑みを浮かべて、私もある時からそうではないかとうすうす感じていましたの、手術を受ける覚悟はもうできていますわよときっぱりと言った。ただし、この覚悟に二つだけ条件をつけた。一つは、当時航海中の夫には手術が終わるまで絶対秘密にしておくこと、二つ目は、手術の間はどんなことがあっても手足を縛ったり目隠しをしたりしないことである。夫人の落ち着き払った頑とした態度を見れば、条件を取り下げようと彼女をいくら諌《いさ》めても無駄であることぐらい私にも分かった。外科医のサー＊＊＊は信じられないといった顔で私を見た。夫人は外科医の心中を察して言った。「先生がお考えになっていることは分かりますわ。でもお見せしたいの。女というものは、あなた方男性がお認めになられる以上に胆力をもっているということを」外科医はこの二つの条件に強く異議を唱えたが、結局、彼女の言い分に折れ手術の日取り（夫人の健康状態によりけり）が決まったのだった。

　手術当日の水曜日、私は浮き足立って外科医が用意した馬車に乗り込んだ。馬車には外科医の年長の見習いが同伴することになっていた。馬車の座席に手術の道具箱が置かれているのを目にして、私は医者らしからぬことに神経が高ぶり思わず身震いした。「君、道具はすべてそろっているね」と外科医は尋ねたが、その冷静で事務的な態度に私はいささか気分を害した。確かにそろっていると弟子が答えると、念を押すように手術の道具箱をじろりと一瞥してから馬車を出発させた。[*]町から数マイルの所にある夫人の屋敷に午後の二時ごろ到着した。到着すると直ぐに、手術が行われる奥の部屋に案内された。窓から美しい庭が眺められる部屋だった。ここで白状するが、私たちを案内し部屋から出ていく使用人の蒼ざめ取り乱した顔がちらりと目に入り、いささか動揺してしまった。外科医の切った張ったの荒療治を日ごろからおぞましいと感じているうえに、この愛らしい病人の運命に格別の関心を抱いていたのだから致しかたあるまい。医者を何年やっても外科手術への嫌悪感は払拭できないのだ。しばらくして手術に必要な手筈が全て整った。数々の手術道具、たくさんの布きれ、スポンジ、ぬるま湯などが目に毒とばかりにずらりと並んでいる。用意ができたとの伝言が夫人に届けられ手術となった。

外科医が私の動揺ぶりをあてこすり、お門違いな冗談を言っていると、ドアが開き夫人が二人の付添人を従えて入ってきた。足取りはしっかりとし、物腰も落ち着き払っていた。青白い顔は笑みで輝いていたが、十月の寒々とした薄暮のように憂鬱そうだった。当時の夫人の年齢は二十六、七歳といったところだ。彼女の逆境がどんなものであれ、この時の夫人には美しい女性ならではの品があった。明るいとび色の髪の毛が額にぞんざいに垂れ下がって、首は大理石のように白かった。青いつぶらな瞳はいつもは愛らしくも物憂げな表情で輝いていて、「伏し目がちな瞼に宿る甘美なけだるさ」を漂わせていたが、今や彼女の瞳が光るのは落ち着きなく動揺しているからに他ならなかった。自制心をどれだけ立派に働かせても今の彼女の動揺をそっくり隠すことも消すこともできないだろう。夫人は端正な顔立ちに、見事に整った鼻と口、色白で透き通らんばかりの肌をしていた。実のところ、ある著名な医者がこう書き記している。最も麗しい女性こそ総じてこのむごたらしい病の餌食になるのだと。夫人はインド製の大きなショールを肩に羽織り、白いモスリンの部屋着を着ていた。この無垢で美しい存在が身もだえしなければならないというのか。彼女を拷問のように苦悶させ、その美貌を損ないもするメスによって。そう思うと私の心は痛んだ。窓のそばの小さなテーブルの上にポート・ワインのデカンターとグラスが幾つか用意されると、彼女はワインをくださいなと私に指で合図し口を開きかけた。

「奥様、グラスにワインをお注ぎいたしましょう」と私は口ごもりながら言った。

「効くといいですわね、先生」と彼女はそっとささやいた。グラスにほとんど口をつけることなく、別のグラスを私に渡すと陽気に振る舞いながら言った。「さあ、先生、やっぱりあなたもワインが必要でしょう、私と同じようにね」すると今度は語気を強めて「先生、先生はとても、本当にとても思いやりがおありになって、私に親切にしてくださってますわ」と言った。私がグラスを置くと彼女はこう続けた。「先生、お願いがありますの。どうか女の弱さを大目に見て、この手紙を手術の間もっていいてくださらない。夫から昨日届いた手紙ですの。この手紙、夫の愛情が聞こえてくるようですわ。ですから、手術中は、愛する夫が書いたこの手紙をこっそり見ていたいの。お願いできますこと?」

「奥様、どうかご容赦願えませんか。そんなことをしたら、かえって動揺させることになりますよ」

「誤解なさってますわ」と彼女はきっぱりと言った。「むしろ落ち着きますわよ。それに万が一……」息絶えると続けて言おうとしたのだが、口がどうしても開かなかった。それから私に手紙を握らせた。彼女の手は氷のように冷えて汗で湿っぽかったが、震えは一切なかった。

「その代わりに、奥様、手術中は手を握らせていただきますよ」

「ああどうか心配なさらないで、先生」とわずかに微笑んで彼女は答えたが、私のお願いは聴き入れられた。すると、外科医が陽気な足取りで近寄ってきて話しかけた。「奥様、内密のお話はお済みでしょうかな? それではこれからこの些末な作業を片づけて、ずっと安心してもらいましょうか」外科を専門とする人はこの世にいくらでもいるが、これほど相手を安心させられる男は彼をおいてまずいない。

「よろしくてよ、先生。使用人たちは使いに出しているでしょうね?」と付添いの女の一人に尋ねた。

「はい、奥様」とその女は目に涙を浮かべて返事をした。

「それから、ハリー坊やもね」と夫人は弱々しい声でお願いした。付添いの女からかしこまりましたと返事をもらうと、「さあ、始めましょう」と言って、彼女のために用意された椅子に腰かけた。

付添人の一人がショールを肩から外し、手術に必要のない衣服を脱がせようとしたが、夫人は眉一つ動かさず自ら手を貸した。それが終わると、外科医の言うままに椅子の端の方に座り、左の腕を椅子の背に放り出し、右肩の方に顔をかしげた。夫人は私に右手をあずけ、私は左の手で彼女の望み通り大尉の手紙をしっかりと握った。彼女はまるで彼女の屈強な精神を見せつけるかのように優しく微笑んだ。彼女の青いつぶらな瞳には、なんとも言いようのない痛ましさが感じられ、私の心は張り裂けんばかりになった。これからずっと生きている限りあの微笑みを忘れることはないだろう！　彼女は目を半分ほどつむって手紙をじっと見つめた。ことがすっかり終わるまで一度も視線をそらすことはなかった。私にとって、この堪え難い時間を癒してくれるものがあるとすれば、外科医の神業のような腕への信頼の他にはない。彼はちょうど手術を始めようとしていた。目は涼しげで手に震えは一切なかった。最初のメスが入った刹那、痙攣性の震えで夫人の体全体がぴくっと波打ち、頬は灰のように蒼ざめた。気を失ってはくれまいかと心のなかで祈った。そうなれば、意識のないうちに手術の前半を終えることができるかもしれないからだ。しかしながら、ことはそうは運ばなかった。彼女の視線は、いつまでも燃え続ける愛情の炎となって、愛する夫の手紙のうえにじっと注がれたままだった。辛い手術が長引く間、彼女は手足を動かすこともせず、声に出したのは何かのはずみでもれ出る溜息だけだった。最後の包帯があてがわれると、聞こえるか聞こえないかぐらいの声でささやいた。「これで終わりですのね、先生」「終わりましたよ、奥様」と私は返事した。「これからベッドまでお運びいたします」「いいえ、大丈夫ですわ、歩けますもの。さあ、やってみましょう」と彼女は言って、起き上がろうとした。だが、無理に動くと致命的なことになりかねませんよと外科医に説得され思いとどまった。それから二人で彼女を椅子に座らせたままベッドまで運んで行った。ベッドに寝かせたとたん彼女は気を失った。意識を失った状態があまりにも長かったので、外科医は鏡を彼女の口と鼻にあて息があるのを確かめた。生命の最後の灯火が過酷な戦いの末に絶えてしまうのではと危惧したからだ。だが、彼女は意識を取り戻した。阿片をひと飲みすると薬が効いたのかそれから深い眠りについた。

夫人は快復するにはしたが、かなり時間がかかった。私は彼女の予後をかいがいしく診た。日に二度、三度の往診になることもあった。そうしてやっと、海辺に保養に行けるようになった。最後の訪問の日に夫人が口にした言葉をゆめ忘れることはないだろう。その日の朝、彼女はそっと遠まわしに、この身を傷つけてしまいましたわと仄めかした。無論、私は言葉を尽くして彼女を慰めた。

「でもね、先生。私の夫といったら……」と彼女は頬をかすかに紅潮させ、ふと口走った。一瞬、間があったが、彼女はためらいがちにこう続けたのだった。「夫はまだ私を愛していますのよ!」

原注

*――かつて患者が亡くなった例があるが、それはまさしくこの外科医の先生がここで示したほんの些細な用心を怠ったためだった。手術の真っ最中、ここぞとばかりに、忘れてはならない重要な器具が求められたのだが、外科医とその弟子たちが目を丸くしたことに、なんと肝心の器具がそこにはなかったのだ。

8 心臓病

一時間の物語

ケイト・ショパン／馬上紗矢香 訳

マラード夫人が心臓を患っているのは誰もが知っていた。夫が死んだことを夫人に知らせるのにひどく気をつかったのはそのせいだった。

知らせを伝えたのは妹のジョゼフィンだった。途切れ途切れの言葉で、事実を隠し隠ししながらヒントを少しずつ与えて徐々に明らかにしていった。夫の友人であるリチャーズもそばにいた。鉄道事故のニュースがブレントリー・マラードの名で始まる「死亡者」リストとともに新聞社の事務所に入って来た時、そこにいたのが彼だったからだ。彼は二番目の電報でその知らせが事実だと確認すると、悲しい知らせを夫人に伝えるのが注意深さと優しさに欠ける友人などであってはならないと思い、急いで夫人のもとへと駆けつけたのだった。

そんな話を聞かされたら、女性はたいてい呆然としてことの重大さを受けとめられないものだが、夫人の反応は違っていた。彼女はわっと泣き出し、ひどく取り乱して妹の腕に倒れ込んだ。悲嘆の嵐が止むと、彼女は自分の部屋に一人で入って行った。誰にも付いて来させなかった。

部屋には、開かれた窓に向かって座り心地の良い大きな肘掛け椅子が置かれていた。肉体にとりついた疲れが、魂にまで達しそうに感じられ、身体の疲れに押し潰されながら彼女は椅子に沈み込んだ。

家の前の広場には、木々のてっぺんが春の新しい息吹で揺れているのが見えた。雨の芳しい香りが空気中に漂っていた。下の通りでは行商人が大声で品物を売っていた。遠くから誰かの歌声が微かに聞こえ、雀が軒で群れをなしてさえずっているのが聞こえた。

窓のある西の方では、雲が出合っては次々と重なり、雲の隙間から青空があちこちと顔を覗かせていた。

彼女は頭を椅子のクッションに投げ出し、全く動かなかった。時々、泣きじゃくる声が喉までせり上がり彼女を揺さぶった。泣きながら眠りに落ちた子供が夢の中でも泣き続けているかのようだった。

彼女は若かった。美しく穏やかな顔をしていたが、顔の皺には自制心とある種の強ささえ感じられた。しかし、今や彼女のぼんやりとした目は遠くに固定され、途切れ途切れの青空をじっと見つめていた。その眼差しは何かを考え込むというより、むしろ知的な思考が一時的に停止したのを物語っていた。

何かが彼女にやって来ようとしていて、彼女はそれを恐れながら待っているのだった。一体何なのか、彼女には分からなかった。捉えどころがなく、名付けることもできない。でも彼女は感じていた。青空の中から何かが這い出し、空気中に広がる音や香りや色を伝って彼女のもとにやって来るのを。

今、彼女の胸は激しく波打っていた。彼女は自分にとりつこうと忍び寄るものが何か分かり始めていて、なんとか自分の意思ではね返そうとやっきになっていたが、無駄だった。彼女の白くてほっそりとした両手のように、はね返す力がなかったのだ。

そんな思いに耽っていると、微かに開いた唇からささやくように言葉が漏れ出て来た。彼女はその言葉を小声で何度も口にした。「自由、自由、自由！」すると、虚ろだった目はぱっと輝き始め、恐怖の眼差しもすっと消えていった。脈拍が早くなり、血流で体は隅々まで温められ、緊張がほぐれていった。

彼女はいったん立ち止まり、これは邪悪な喜びなのだろうかと疑問に思ったりなどしなかった。心が高ぶって頭もはっきりしていたから、そんな考えは取るに足らないものだとたかを括っていたのだ。

夫の姿を見れば、また泣きだしてしまうのは分かっていた。死の床で合わせられているあの優しく柔らかな手や、ずっと愛情を注いでくれたのに、もうぴくりともしない灰色の死に顔を見たらきっとそうなってしまうだろう。しかし、苦しい瞬間の先には、自分のものになる長い年月が待っていた。だから彼女は腕を大きく広げて未来を歓迎したのだ。

今後、彼女のために生きてくれる人など誰もいない。そう、自分のために生きるのだ。男と女というものは自分の意思を相手に押し付けてもよいと盲目的に信じてきたが、彼女の意思をも変えてしまう強い意思はもうない。よくよく考えてみると、優しさからであれ残酷さからであれ、相手に意思を押し付けるなんて犯罪だとふと思えてきた。

それでも彼女は彼を愛してきた。まあ、時々は。たいていは愛していなかったが、だからどうしたっていうのか。未だ解明されない謎の愛なんて何の意味もない。今や彼女は自分の意思は自分にあるのだと、これまで感じたことのない衝動で急に目覚めたのだから。

「自由！ 身体も魂も自由よ！」と彼女はささやき続けた。

ジョゼフィンは閉じられたドアの前で跪き、口を鍵穴に向けて、中に入れてくれるよう懇願していた。「ルイーズ、ドアを開けて！ お願い、ドアを開けて——病気になってしまうわよ。何をしているの、ルイーズ。お願いだからドアを開けてちょうだい」

「あっちへ行って。私は病気になんかなっていないわ」それどころか、彼女は開かれた窓を通してまさに不老不死の霊薬を吸い込んでいたところだった。

彼女はこれからどんな未来がやってくるのか空想を巡らせた。未来は自分自身のものとなるのだ、春の日々も、夏の日々も、そしてどんな毎日だって。人生が長くありますようにと短い祈りの言葉をささやいた。人生ってなんて長いのと身震いしたのはほんの昨日のことだったのに。

ようやく彼女は立ち上がり、妹のしつこい要求に応じてドアを開けた。目は勝利に酔ったように熱っぽく、知らず知らずのうちに自分が勝利の女神になったかのようであった。彼女は妹の腰にしっかりと手を回し、一緒に階段を降りて行った。階段の下ではリチャーズが待っていた。

誰かが鍵を使って玄関のドアを開けようとしていた。入ってきたのは他でもないブレントリー・マラードその人であった。旅のせいで身なりは薄汚れていたが、落ち着いた様子で、手には旅行鞄と傘を抱えていた。事故現場から遠く離れた所にいたので、事故があったことすら知らなかったのだ。耳をつんざくようなジョゼフィンの叫び声が上がり、彼はびっくりして立ち尽くしていた。と同時に、リチャーズが妻の視界から夫である自分を素早く隠そうとするのを目にして唖然としたのだった。

しかし、リチャーズは遅すぎた。

医師たちは到着するなり、彼女は心臓病で死亡したと言った――死ぬほどの喜びで、と。

9 皮膚病

ある「ハンセン病患者」の日記から

ジョン・アップダイク／土屋陽子訳

十月三十一日

私は長いこと陶磁器作家を生業《なりわい》としている独身の「ハンセン病患者」だ。正確にはハンセン病ではなく、聖書のなかで「重い皮膚病《レプロシー》」〔英語表記はleprosy、癩病・ハンセン病の意だが、聖書、新共同訳では「重い皮膚病」とされている〕と呼ばれているものらしい（「レビ記」十三、「出エジプト記」四・六、「ルカ伝」五・十二―十三）。とても書けそうもないうねうねしたギリシア語でつづられている。この病気の症状には紅斑や丘疹、皮膚の落剝などがある。新陳代謝の働きがちょっとばかり狂ったことで皮膚が過剰に作られ、それが何度も繰り返されるものだから、皮膚の症状は墓石を覆う地衣《ちい》類のようにゆっくりと身体を移動する。私の皮膚は銀色で鱗状になっている。どこに身体を休めようと皮膚がひらひら舞い泥濘《ぬかるみ》ができる。毎朝、掃除機でベッドを掃除するはめになる。でも、私の苦しみはうわべだけのものだ。痛くも痒くもない。「ハンセン病患者」は長生きで、皮肉にも他の面では健康なのだ。セックスは嫌だが性欲は旺盛。自分の姿を見つめるのを嫌うが視力は良い。この病を精神的に名づけるとすれば、恥辱、ということになる。

コプレー・スクエアから窯のあるこの地下室に今戻ってきた。ヒンメルファーラーが今朝やって来て私の作品を褒めた。釉薬のかかった表面や縁取りをなでまわしながら、これは金になるぞといやらしく頬を緩めた。彼は私の作品を扱う小売商人。私と世間をつなぐ環であり、私を育てるへその緒である。お陰で、窯の火だけが灯る薄暗い粘土室に人に見られず座っていられる。彼の店はニューベリー通りにある。店の商品はみな美しく、高価で、疵一つない。それでも、私の陶磁器には敵わない。丁寧になでて、どんな僅かな染みのような塵でも見つけようものなら、私はその作品を叩き割ってしまう。紐で縞をつけるときちょっとでも波打ったら、呪いと共に叩き割る。彼は私を天才と呼ぶ。しかし自分は「ハンセン病患者」だ。生まれたときに叩き割られるべきだった。

明日から治療が始まる。前祝いのランチをとりに思いきって外にでて、ヒンメルファーラーのくれた高額の小切手を預金した。ボストンの街は十月の冷たい光に包まれ非の打ちどころがないほど美しかった。夏の陽光に磨かれ硬質感も醸しだされたからだ。新築の誇らしくも愚かしいハンコック・タワーはひび一つ無くまっすぐにそびえ立ち、空の青さを同じ青い窓ガラスに映している。かつて、私の皮膚の鱗が落ちるみたいに、このビルの窓も落ちたことがあった。法的問題は私の比ではないが、それももう改善されたという。私はビルを見上げ、ガラスが欠けてはいやしないか、完璧な建築物にも脆さがあるのではないかと目を凝らした。黄色の奇妙な昆虫が窓拭きの仕事をしている。その下には、黄褐色の二種類の石でできたヴェネチア風の美しいトリニティ教会が、波打つように誇らしげに建っている。バックベイ地区の中心にあるスクエアには、みじめな死体置き場さながら、夏を生き延びたものの姿がちらほらと見える——この夏最後のボンゴ奏者、この夏最後の貝殻のネックレス売り、この夏最後のサフランの葉を持って歌うハーレクリシュナ教団〔古代インドの神話的英雄を神として信仰する宗教団体。一九九〇年代に米国にて始まる〕などだ。彼らは私をちらっと見ては、沈痛な面持ちで目をそらす。手や顔を見れば私が何者か分かるからだ。後一ヶ月もすれば季節も変わり手袋をはめられる。しかし、そうなったとしても、私の顔は私の恥をふれ回るだろう。鼻の周りの土色のでき物、まつ毛にたまった皮膚のかす、左の頬にポツポツできた醜い斑点、耳についた銀色のカップ状のもの。疲れ果てた酔っぱらいが上着を風にはためかせ、私に近寄る。唸りながら物乞いをするが、私の顔を見ると唖然として固まってしまう。にもかかわらず、彼にコインをひとつかみくれてやる。光は容赦なく私の顔を照らしだす。

　薄暗いケンの店に入り、マツォー〔パン種を入れずに焼いた平たいクラッカー〕ボールスープを注文するが生ぬるい。それでも、外食はご馳走だ。ウェイトレスはまばゆいばかりだ。腕はさながら混じりけのない白土だ。注文を書き留めるときに口を彫刻のようにとがらせるが、まるでセーブル焼き〔フランスのセーブルで生産されるフランスを代表する高級磁器〕の傑作だ。彼女が前かがみになって、注文したパストラミサンドイッチを私の前に置くときにみせる、涼しそうで、完璧で、それでいて柔らかな胸の谷間に、私は永遠に隠れてしまいたくなる。彼女は私をちらりと見たが、「ハンセン病患者」であることには気付かない。もし私が腕と胸をさらけだしたら、彼女は叫び声をあげて逃げだすだろう。ウールと合成繊維の服を重ね着していたお陰で、彼女を怖がらせずに済んだ。私が人間として認められるかどうかはそのくらい危うい。当然ながら同胞である人間を軽蔑するし憧れる——正常な人間の平凡さゆえに憧れ、私の正体を見抜いて叩き殺さないゆえに軽蔑するのだ。手が私の正体をばらそうとするので、食べている間はしょっちゅう手を動かしてごまかす。右手でサンドイッチをつまもうとして、手が凍ったように動かなくなる。自分がどれほど恐ろしい手をしているか忘れていた。普段は粘土に覆われているから分からないのだが、見るとそこにはぎらぎら光る斑点が大小一つずつあり、まるでオーストラリアとタスマニアの地図みたいだ。カウンターで私の隣に座っている、パンケーキみたいな化粧をしてミンクの毛皮を着た不細工な女が、私の視線が手に落ちるのに合わせて視線を私の手へ落とす。彼女は思わずびくっとする。フォークが床に落ちる。私は手際よくフォークを拾い、彼女が私に触れないよう、フォーマイカ塗り〔熱硬化性合成樹脂積層板〕のカウンターの上にそれを置く。それでも彼女は新しいフォークを頼む。

十一月一日

私が服を脱ぐと、医者が口笛を吹く。「たいした症状だね」彼は私がなにかしら答えるものとばかり思っている。「この症状に効く光線がある」オーストラリア出身なのに不思議にも私の手に描かれた大陸地図に見とれはしない。「まず写真を何枚か撮りましょう」と言う。診察室の床に皮膚のくずが散らかっている。他にも「ハンセン病患者」がいるのだ。ついに私も孤独ではなくなった。医者は目を細め、かがみこみ、カツコツと音を立てて、「七割は優に広がっているね」と言う。そして私を後ろ向きにし、また口笛を吹く。先ほどよりも弱く。「ではちょっと血液検査をしましょう。まあ、形式的なものですが」と言って、治療法について説明する。古代エジプトから連綿と伝わる内服薬療法は、私を花のように開かせその結果、人工光線の効果を高めることになるらしい。彼の皮膚には夏の日焼けの跡が残り、日焼けの跡がくすんだバラ色状になって残っている。頭皮はつるつるに禿げあがり、夢にでてくるみたいに滑らかである。どんなひねくれ根性から皮膚科学の道へ進んだのだろう。話の終盤で、医者は何気なく「君がきれいになったら」と言う。私がきれいになったら！　考えるとふらっとくる。卒倒しそうだ。彼に抱きつこうか。原始社会では狂った者に抱きつくというではないか。机の上にはティーバッグが入った、肉色に近いピンクの安ぴかのマグカップが置いてある。彼が約束を果たしたら、完璧な出来のティーカップを作ってやろうと心に誓う。カメラケースのボタンを留めながら、「今日は天気が悪くなるようですね」と言う。一方が服を着て片方が裸なのに、そんな社交辞令を交わすのは野暮であり、どうも失礼な話である。私が服を着ると、銀色のくずがシャワーのように床に落ちる。医者はそれを専門家らしく「鱗」と呼ぶが、私に言わせればそれは汚物だ。

医者が僕を「きれい」にしてくれると気軽に約束したことを、今夜カーロッタに話した。彼女はこのままの私を愛しているという。「そんなことができるはずがない」と私は思わず口走る。彼女が肩をすくめる。教会での礼拝で手間取って、今晩来るのが遅かった。今日は万聖節だ。私たちは愛を交わす。彼女の尻をなでながら医者の頭を思いだす。

十一月八日

一回目の治療。「ライトボックス」には六つの側面があり、垂直な管が通っている。それは六面プリズムだ。ハンコック・タワーは長斜方形プリズムで、トブラローネ〔スイスのチョコレート菓子〕のチョコレートバーが三面プリズムということになる。スイッチが入るとウィーンと音を立てるので、宇宙飛行にでた気分になる。馬鹿げた気分にもなる。観客が見えなくなるほど強烈なステージライトが灯った舞台で、「大胆」な演技をしているかのように裸で立っているのだから。助手は悪魔のように髭を立たせた臆病そうな若い男で、私に網膜保護のためのゴーグルを渡した。下を向く。全身が燃えているようだ！　この炉のなかで、脚全体、腕、鱗のあるところは全て、暗室でフィルムを現像する瞬間の光のように紫がかった白い強烈な色で光っている。脚が自分のものであることを確かめるために、ちょっとだけ踊ってみる。もじゃもじゃの汚れた髪をして、灰を体に塗って踊るシバの踊りだ。私の脚は残り火のなかにまさに落ちようとしている丸太のように白く、浄化の火のなかで震え揺れている。踊りはすぐに終わる。最初の治療は僅か一分。装置は電源が切れる時、下品で非難がましい音を立てる。

　服を着てカーテンの後ろから出て、助手とこれからの日程調整をする。彼は一体何故こんな仕事をすることになったのだろう。私のような人間を相手にする仕事なんてろくでもない。ほんとうに。

十一月十二日

　目立った変化はない。カーロッタは私に気を楽にしてと言う。ドクター・アウス——本名は覚えられない——は目に見える効果が出始めるまで二週間はかかると言う。ヒンメルファーラーが私にもうすぐクリスマスだねと言う。抒情詩を題材にした花瓶の制作に深夜まで取りかかる。コバルト酸化物で着色された細い帯で縁取りをし、縞をつけた花瓶だ。この装飾は目利きが直ぐに感心するようなものであってはならない。先ず「花瓶だ」と認識し、次に「青い」と認識した後で「青いけれど青くない」と分かるようでなければいけない。中国人はこの神秘を染み込ませる術を知っていた。光沢のなかに恥じらいをだし、無の充溢を作りあげるこつを。彫り込み細工や、ひっかき細工《スグラフィート》、ろうけつ染め、浮き彫り細工といったものを私は軽蔑している。滑らかさが命。指に僅かでも違和感があるようではいけない。ろくろが回る。シューシューと囁き声を立てる粘土の穴に、私の手は手首の上まで隠れる。先に作った花瓶が乾くのを待っている間、子宮の壁の滑らかさに手を委ねるのだ。

今日の治療は二分間だった。

病気は脅えているのだ。表面ではなんでもない振りをしているが、裏ではあばれたくてうずうずしている。そのせいで私は眠れない。病気は両肩から両腕の内側まで広がり、ついには指の爪まで広がる。皮膚を真っ白に変え、表皮の内から反り返らせる。まるで埋もれていた恐怖を明るみにするかのように。

十一月十三日

治療が打ち切られた！

「ハンセン病患者」中の「ハンセン病患者」だ。手の施しようがないのだ。

アウスが言うには私の抗体の数値が絶望的に高いらしい。「大事をとるために、もう少し検査をしよう」と彼は言い、他の「ハンセン病患者」で治療から外される者――心臓病患者、閉所恐怖症患者、関節炎患者など――の話をする。「症状を治すことで患者を殺したくはないので」と彼は言うが、お願いだから殺してほしいと懇願する。彼は舌打ちする。彼のオーストラリア連邦の穏健さが、我々アメリカ人の暗い気質にたじろぐ。全ての「ハンセン病患者」よろしく、あなたもごく自然に「放射線と恋に落ちたようだね」と説明する。

仕事ができない。笑うことができない。

今やライトボックスがここにあることを知っている。それが拷問となる。そうこの街に、地下牢と棺桶と電話ボックスしかないこの街に、魔法のプリズムが存在するのだ。病院の蜂の巣であるボストンに一つだけ、神聖なる蜜を持つ六面体、私を天国へと導いてくれる苦痛緩和の部屋があるのだ。が、それにも鍵が掛けられた。人類の長い歴史のなか、人類は八方ふさがりになったこともあろう。屋根裏が燃えたり潜水艦が沈んだりといったことだ。そんなことがあったのに、細胞一つ一つを移動させて肉体を脱出させる術を考えつかなかったなんて驚きだ。私の祈りは、「助けだしてくれ」という古代の人々の祈りだ。カーロッタの祈りは、失望に耐え抜く強さと恩恵が私に与えられることだけらしい。つまらない祈りだな、と言いたいのを何とかこらえる。懺悔部屋、手洗い、アパートの一部屋、占い部屋――それらが私の頭のなかを、不発の機関銃のカートリッジのようにガタガタと横切っていく。ライトボックスのなかに入りたい。

十一月十五日

午前中血液検査。静脈から採血する看護師は、夜明けのように美しく、若いピューマのように筋肉質だった。彼女は何を言うこともなく私の気味悪い腕を扱う。私はちらっと下を見て、「ハンセン病」の場合、裏側の皮膚は光り方が弱いのかなと想像する。頭上で看護師が、ほっそりした顎でチューイングガムを噛みながら、同僚看護師とばかばかしい会話をしている。街でやっている映画だとか、好色な医学研修生の噂、テレビのトーク番組とかだ。私のことなど忘れているのだろう、私の血がガラス瓶を次々と満たしていく間、彼女の胸が私の鼻の数インチのところを糊のきいた鎧のなかで漂う。流れでていく血の代わりに、それを吸いたくなる。陰と陽、互いに養い合うべし。

夜、カーロッタが私を元気づけるためにやって来て、驚くほど旺盛な私に気付く。

十一月十八日

昨夜の夢。白空の下、白い斜面をスキーで滑っている。足元を見ると、足も白く、スキー板は粉雪に包み込まれている。気分は上々。すると、夢の舞台が室内へと一変する。白い壁とドーム型の天井が一続きになっているスキー小屋のなか、エスキモーの少女が一人裸でいる。日焼けした逞しい身体だ。私は医者のような恰好をしている。いや、もっとごわごわした大きな白いボール紙に包まれている。どうしようもなく恥じ入って目が覚める。

この夢の陰画《ネガ》では、白い便器に座っている。排泄物があふれだし、とめどなく、ぬぐいようもなく、足元を飲み込む。腿も所々汚れ、こすり取ろうとする。目が覚め、きれいなベッドシーツに挟まって寝ているのでほっとする。そして、夜明けの薄明かりに照らされた自分の両手を見つめる。逃れることのできない恐怖が私を襲う。これが現実なのだ。これが私の皮膚なのだ。逃げることはできないのだ。

ヒンメルファーラーが私の新しい花瓶を絶賛する。金儲けのことを考えてか、踊りださんばかりだった。艶のない、白い、細かくひびの入った唐初期風の磁器だ。花瓶の表面をなにか神聖なものに触れるかのようになでた。彼の訪問が腹立たしい。ほの暗い私の洞窟への侵入だ。この頃は粘土を捏ねる時を除き、ずっと手袋をはめている。仮面をつけることができさえすれば――スキー用マスクでも、アフリカの仮面でも、ハロウィンの仮面でもいいから――私の仮装は完璧になるのに。

午前三時、私は真っ暗な部屋にいた。一筋の光がドアの方向を指している。逃げだそうとして、そっと近づいていく。しかしそこにドアはない。光だと思ったのは一本の長い蛍光管だ。私はそれを摑む。気付くと自分の陰茎《ファルス》を摑んでいる。

十一月二十二日

奇跡だ！

九時前にアウスが訪ねてきて、検査の結果は正常だったと告げた。最初の検査は何かの間違いであったに違いない。彼が言うに、最初の検査では、狼瘡《ろうそう》が致命的に進行しており、紫外線はまったくの有害だったらしい。治療再開である。早く来い、木曜日。再開だ！

夜、お祝いにカーロッタがシャンパンを持って来るが、内心不愉快だ。結局彼女は、今の私を愛してはいないのだ。感謝のお祈りを捧げたくはないか、と彼女がためらいがちに聞いてくるので、私は冷たく答えた。「誰に？」

十一月二十五日

助手が私の復帰を迎え入れるが、これといった興味もないようで、私がしばらくいなかったことに気付いていない。彼の顔は蠟燭のように青白く、顎ひげは逆さにひらひら揺れている焰のようだ。ざっと見たところ、それ以外にはひげはない。「ハンセン病」の痕跡は見当たらない。それどころか、幾重にも重ねられたオーバーコートのように狭い待合室に詰めこまれ、治療を待っている仲間の「ハンセン病患者」たちも、私から見ると、とてもきれいな皮膚をしている。ほとんどは男性だ。ずんぐりとしていて、浅黒く、これ見よがしにめかしこんでいる――例えば、季節外れの日焼けからフロリダと関係があるのが分かる、絨毯か保険のセールスマンのようなタイプだ。比較的若い女性も一人いる。皮膚の色が褐色過ぎるせいか唇がかえって青白く見える。今から懺悔でもするかのように、とりすまして座っている。肉付きの良い喉、細い指先、丸々とした手首が豊満な肉体を想像させる――氷に囲まれてもびくともしない脂肪を蓄えた、あの褐色のエスキモーの少女が目に映る。私は目で彼女を追う。白いカーテンの下に、靴を脱ぐ足が見える。それから、もつれてずり落ちたシルクのストッキングがむきだしの手で脱がされるのを見る。欲情する。隣のライトボックスで自分の治療の順番が呼ばれるのをもどかしい気持ちで待つ。呼吸したり折れてない脚で歩くのと同じように、当然のこととして順番を待つ。今回の治療時間は二分——中止する前と同じ。しかし、もっと長く感じる。管を数え始めると、一本が切れているのを発見する。直そうと触れると、全ての管は触ることができるのだと気付く。太陽の表面とは違うのだ。管が切れていることを助手に教えると彼は冷ややかにうなずく。

日ごとに早くなる夕暮れのなかを家に向かって歩きながら、ふと空を見上げると、私の好きな例のハンコック・タワーからガラスが一枚落ちている。新聞には載っていなかったが。

それから、ヒンメルファーラーから電話があり、耳障りな涙声で倉庫に置いてあった花瓶のうち二つにひびが入ってしまったとわめかれる。治療再開ですっかり慈悲深い気持ちになっていた私は、そのひびは自分が火入れをした時に入ったのかもしれない、損失は折半にしようと言ってやる。彼はその申し出に感謝する。

十二月七日

治療時間が八分まで延びる。皮膚の感触が違ってきたとカーロッタは言う。私の皮膚の凹凸が脳裏に焼き付いているのだと、彼女は打ち明ける。指先で触れる私の肩は、かんなをかける前の材木のようにギザギザで乾いており、私が痛がるのではないかと心配で、心を鬼にしなければ激しく愛撫できなかったと言う。朝目覚めて彼女の体中に私の皮膚くずが付いているのを発見して仰天したとも言う。こういうこと全てを彼女は、不満を言うでもなく明るく打ち明けるが、その気楽な調子が彼女の試練が過ぎ去ったことをほのめかしている。自分は美しいと図々しくも夢想することがあった。カーロッタの目や感触、心のなかではそうでないにせよ、愛が燃え上がる彼女の心の中核では美しいのだと。しかし今分かった、愛のなかでさえ私は「ハンセン病患者」だったのだ。私が愛されていたのは、自己克服活動の一環であり、女特有の鼻もちならない虚栄心とプライドによるものだったのだ。ワインのせいで酔っ払い、彼女を汚辱したい衝動にかられる。蜂蜜とピーナツバターとカリフォルニア・シャブリ・ワインの釉薬《エンゴーベ》で彼女の乳房をてかてかにしてやった。

鏡を見ても変化は現れない――しみったれた黒ずみがただあるだけだ。それは皮膚上の銀色と緋色の染みでできた大陸の間の海峡のようだ。治療はいんちきだ。私はいんちき療法と陶磁器の奴隷だ。それと性欲の。あの可愛らしい女性「ハンセン病患者」にまた会いたい。カーテンの下から見る限り、彼女の踵にはかすかに鱗ができているようだった。パパジーナ！　我々患者は男女問わずひどい思いをしているが、男というのは自己を犠牲にしてまで女を愛そうとはしないのだから、女性で「ハンセン病患者」であることはなおさらつらいに違いない。それだけに、女性患者は愛撫されたらされただけ男に感謝し、その愛撫に激しく応えるのだ。しかしパパジーナは診療所にいっこうに現れない。外来予約に何か法則があるとすれば、それは同じ患者とは二度と会えないということかもしれない。

だが廊下では、足の不自由な患者やエレベーターから車いすに乗って降りてくる患者、手術後の昏睡状態の患者、小人症患者や身体障害者、麻酔薬でぼんやりしている者や途方に暮れる者、花束と不満を抱えた病人とその親戚に出会う。見舞い人たちは都会のうすら寒い気配を病院に持ち込む。不当な扱いを受けていると不満をこぼしながら。彼らは病人と入り混じると誰が誰だか分からなくなる。不幸の神によって街からやみくもに集められ一つとなった群衆は、溢れんばかりの廊下に自らの拠点を形成する。奇妙で古風な「群衆」効果だ。最後の審判の日の絵。大災害を映すパノラマ写真のためにポーズをとっている人々。ぞっとするような顔の塊が動く——ざらざらとした、不均衡の、土で作られた顔、顔、顔。

十二月十二日

一週間ずっと、小型ろくろで小さな器の制作。それから、依頼を受けた薄張りのカップとソーサーの制作。カップの取っ手は葡萄の巻きひげよりも薄い。窯入れ作業は骨の折れる仕事だ。すぐにぐらつく。火曜日に締焼き、そして上塗り。本体には長石とカオリン〔白陶土。粘土鉱物〕を使う。媒溶剤にはフリット〔陶磁器の釉薬に使う溶解した原料〕と灰硼鉱《かいほうこう》だ。半透明剤は七割がジルコパックス〔窯業用乳濁剤の商標名〕、そして、超然とした悠久の灰色をだすために、わずかな酸化ニッケル。窯の温度は二千二百五十度まで上げる。六番高温測定錐の先が溶けてのぞき穴ができる程度だ。五番は側面が溶ける。七番は直立したまま。地獄のなかで無感覚に直立している兵士みたいだ。真夜中の十二時に窯の火を消す。目がひりひりする。粉末が舞い上がる。窯が冷え、陶磁器が安定した最高の強度を持つまでが、寝るにはもってこいの時間だ。

一夜明けると、灰色が少しうるさく、思っていたよりも超絶感が少ない。へりが結晶化しているものが二つある。それらを叩き割り、さらに二十個あるうちの五個を割る。良い感じに青みがかっているものだけを残す。ドクター・アウスにティーカップを贈ろうとしたことを思いだし、八番目のものを心に留める。彼は約束を守っている。鏡に映る自分の姿に変化の兆しが見られるし、カーロッタもそう言っている。最近の彼女の要求や、贈り物、私を見る目には何か下品なものがある。私の光焼けした皮膚が刺激的で、尻の皮膚もポルノ映画にでてくる男の皮膚のようだと言う。二人でよくポルノ映画を観に行ったものだ。私を目立たせぬよう街で一番暗い映画館に。「ハンセン病」ではない自分の皮膚が私には信じられない。

奇妙な幻想が頭を巡る。一緒に夜を過ごせば、彼女の皮膚と私の皮膚が溶け合うのではないか。窯のなかで近くに置かれた二つの壺の釉薬のように。

十二月十三日

聖ルチアの日。聖ルチアは目の不自由な聖女で、冬の暗闇の聖女なのだとカーロッタが言う。胃がむかむかする。恐らく皮膚の光線感受性をむりやり上げるファラオの秘薬のせいだろう。一日中調子がでない。頭がぼうっとする。

十二月十六日

私が服を脱ぐとアウスが口笛を吹く。「大した成果だ」でも、それ以上調べようとしない。治療効果がまちまちで皮膚の斑点がしつこく残っているのを見せようとすると、笑って受け流す。

「もともとがどんな状態だったのか、君は忘れているよ」それはその通りだ。私のこれまでの人生は、現実とは思えない悪夢だった。医者が私に以前撮った「スナップ写真」を見せようかと言う。結構ですと答える。新しく写真を数枚撮る。私は自分の気持ちを詳しく述べる。皮膚から追いだされた「ハンセン病」が、細胞の奥まで逃れて行って、今までよりもさらに忌まわしく、たちの悪い形になって再生するのをそこで待っているのではないかと。一笑に付される。あなた方「ハンセン病患者」はみんな欲張りになると言う、死を前にした人が怒りっぽくなるようにね。よく現れる症状の一つらしい。彼の態度からして私は「順調なほう」のようだ。私のティーカップを彼はちらりと眺め、「妻がとても喜ぶだろう」と言ってぞんざいに受け取った。吐き気がする。二つ贈ってあげるべきだった。彼が結婚しているとは思ってもみなかった。妻を皮膚で選んだのだろうか？　数あるこの世の謎の一つだ。産婦人科医同士の性生活とかと同じく。

十二月十七日

ビーコンヒル〔ボストンにある富裕層の住宅地〕の顧客がカップを気に入ってくれたかどうかヒンメルファーラーに尋ねると、彼女は大喜びだったとのこと。しかし、それを伝える彼の口調に大喜びしている気配はない。つまらなそうな様子をするので、私もつまらなくなる。午後の仕事はやめにし、作品をいくつか空気乾燥器に入れて、街を散歩することにする。綺麗な手と見るに耐えうる顔を見せて回るのだ。最近薄着をするようになった。そのせいか風邪をひく。風邪なんて決してひかなかったのに。

十二月二十一日

冬真っ只中。コプレー・スクエアの人々の顔はみんな冬やせしてくすんでいる。病院の廊下に人々が群がる賑やかな雰囲気が懐かしい。この舗道では、人々の顔が二日前の新聞のように流れていく。それも、覚える努力などしようと思わない言語で書かれたものだ。彼らの表情はデスマスクに覆われ、そのデスマスクの下では既に腐敗が進んでいる。かつて私は人間を愛していた。彼らは気高い生き物に見えた。表面がボロボロ落ちる、別の惑星からやって来たスパイのような私が混じって歩くのを許していてくれたのだから。しかし今や、自分が愛しているのは、ハンコック・タワーだけだ。ハンコック・タワーは落ちたガラスを修復し、再び完璧な姿になっている。なかに誰もいないかのように、青色を自在に変化させ、捉えどころのない形の雲を、磁器のような色をした薄もやを、揺るがない夢を反映させて立っている。全ての芸術、全ての美は反映なのだと改めて思う。ボイルストン・ストリートで見る人々の顔はみな無表情で、ふやけ、時間に縛られ、自己に没頭しているように見える。先日は素敵に思えたケンの店のウェイトレスも、今日はむっつりとしていて、野暮ったく見える。マッォーボールスープが生ぬるいので、脇へと押しやる。腕がカウンターの隣に座っている男にあたる。向こうが謝ってくるのを待つ。相手は謝る。それから、歯に詰まったパストラミをほじくりだしながらコプレー・スクエアを通り抜け、ハンコック・タワーのガラスに映った自分を見つめる。そこに私がいる。ひどく歪んで、体の一部は幅一ヤードに延ばされ、また一部は砂時計のくびれのように細い。上を見ると、建物の上の部分が短くなり、その鋭い先端を船のへりのように突きだしそびえ立っている。先端が崩れ落ちてくるのを待ってみたが、落ちてはこない。

情熱的ではなくなったとカーロッタに言われる。今は朝だ。ジャコウのような不満気な香りを残してさっき彼女は帰っていった。

十二月二十五日

私は美しい。それを確かめるためにとりあえず服を脱ぐ。向う脛にあった症状まで消えてしまった。乾いた皮膚の上に、唐の磁器風に細いひびが残っている。それらもバスオイルを塗れば見えなくなるだろう。腿には、還元気体中の銅酸化合物のひと吹きで色褪せたような薄いピンクの影がある。皮膚は乳児のように潑溂として無防備だ。健康そのものの、まっさらな皮膚。自分と自分の皮膚にギャップを感じる。そこには狭い隙間があって、楔を打ち込んだら精神を乖離させられそうだ。昨夜カーロッタと酔って言い争いをしたせいか軽い頭痛がする。それに、陶材の詰め物が外れかけ、歯が腐りかけているみたいだ。頬骨の下に少なくとも一ヶ所知覚過敏になっているところがある。それにおそらく、孤独もまた痛みの原因なのだ。休日なのでライトボックスは閉まっている。カーロッタは、ルイスバーグ・スクエアにある監督教会派の修道女の集まりに参加してクリスマスを過ごしている。

新しい陶磁器制作のためのメモ：より大きく、手触りの粗い、武骨なもの。酸化鉄で大粒状の大胆な模様をつけること。

十二月二十九日

カーロッタを愛撫すると、指先で彼女のうなじに吹き出物があるのを見つける。窓のそばに連れていくと、鎖骨の辺りのぴんと張っている、胸の上の部分の皮膚に無数の傷があるのが目に入った――そばかす、赤く腫れあがったできもの、枯れた花の茎が一本立っている土の塊のように毛が一本生えたほくろ、十字架の鎖が当たってできた赤いくぼみ、古い傷かおできの白い痕、言いようのないほど細かい血の塊や斑点の数々といったものだ。反対に、私の手にはそういったものは何もない。あのオーストラリア大陸の形をしたぼんやりとした病斑の影さえもきれいになくなっていた。カーロッタの肩を調べているうちに私が性欲を失くしたことに、カーロッタと私は気付いていた。だが、私たちはどうすることもできなかった。私は五番高温測定錐のように萎えてしまったのだ。二人の間にこんなことは今までなかった。カーロッタはこの機会に乗じて女性特有の寛容さを発揮した。でも、私は騙されなかった。分かっていたのだ。そもそも誰が悪いのかということを。カーロッタの肌にあった染みの数々が私の瞼の裏で踊っている。

一月六日

ドクター・アウスが、私が「きれい」になったと宣言した。因みに、彼は一ヶ月帰省する。その間、私はまるで新車の様に「整備点検」を受けさせられる。コレクションのために彼は私の写真を何枚か撮影する。そして休暇が楽しみだと言う。地球の裏側は夏真っ盛りだ。「ビーチのそばに住んでいるんだよ」と言う。強烈な白熱の光の平行六面体のなかで彼が逆さまにぶら下がっているところを想像する。すると、見捨てられた気分になる。

一月十一日

すこし距離をおいたほうがいいわとカーロッタが言う。彼女は最近私以外の男と会っている。教会を持たない牧師だ。私は最初のしくじり以降二度インポテンツになったが、そのせいではないと彼女は言う。いつでも私を愛することはできるのだが、女というのは誰かに必要とされていたいの、分かるでしょ、と言う。私は分かったふりをする。ヒンメルファーラーがやって来て、さらにひどい仕打ちを受ける。ピラミッドに積み上げられた私の新作を彼が吟味する。そのうちいくつかは、最近大きくした窯からでてきたばかりで温かい。彼は落胆した表情を見せ、半分だけ委託販売として引き取りましょう、まあ、今は厳しい時期なので、と言う。そしてガーゴイル風の水差し——注ぎ口が鼻で、柄が尾である——を触り、今までとは違っていると指摘する。ちょっと気まぐれに遊んでみたのだと、私は答える。違っているのは作品の趣旨ではなく肌理《きめ》のことなのだ、と彼は言う。作品はどれも良くできているが、狂信的ではない、今の高度な競争社会では狂信的なものでないと評価も今一つだと言う。彼は白髪頭のどっしりとした体格の男だ。一つ動くにも重苦しいため息をつく。私は後ろめたさを感じる。自分が前ほど仕事場にこもらなくなったことは分かっている。この頃は、寒さの許す限り薄着で街にでて、人類に交じり大量に降り注ぐ雪に埋もれて過ごしている。都会では、様々な禍事《まがごと》を消化吸収してできた瘴気《しょうき》に乗って至福の喜びが伝染する。屋上で鳴るサイレン、一ブロック先にあがっている訳の分からない煙、幻覚に悲鳴を上げ、戦没者記念碑の骨壺に痰を吐き捨てるしみだらけの顔をした酔っぱらいといった禍事だ。

ヒンメルファーラーは落胆したことを謝ると、表情を和らげた。そして、そこにある私の作品を一式、以前と同じ値段で引き取ると言った。もっとも私が、以前のような小型で柔らかい色調で精巧な仕上がりの作品制作に戻るのであればの話だが。もちろんそんな申し出はお断りだ。魂胆は見え見えだ。ヒンメルファーラーもカーロッタも私を再び彼らの所有物、玩具にしようとしているのだ。「ハンセン病」という金めっき色の檻に閉じ込めて。そんなことはもうごめんだ。私は自由だ。他の人たちと同じ健全な人間になったのだから。

解説

石塚久郎

本書は、病《やまい》を題材にした英米文学の選りすぐりの短編を九つの項目に分類し、翻訳したものである。病をテーマとした文学作品を断片的に編纂したアンソロジーは海外でもいくつか出版されているが、疾病別にまとめられた本書のようなアンソロジーは、管見が及ぶ限りお目にかかったことはない。本書はあるようでなかったという点で画期的な病のアンソロジーである。英米文学の専門家のみならず、一般読者も興味深く読める短編を選んだ。そのため本書は、「文学と病（医学）」という分野に関心のある研究者はもとより、文学作品がこれまで病をどう語ってきたのか、病が文学によってどのように意味づけされたのかを知りたいという読者にとっても格好の入門書となっている。また、病の歴史や医学の歴史に興味のある読者にも有用なレファレンスとなろう。

病の項目として、消耗病・結核、ハンセン病、梅毒、神経衰弱、不眠、鬱、癌、心臓病、皮膚病の九つを立て、各項目に一つから二つの英米文学の短編を厳選し翻訳した。病の種類と短編の選出はすべて監訳者である石塚によるものである。そのため、個人的な好みやバイアスが大いに反映されていることはお断りしておきたい。とはいえ、「文学と病」というジャンルの入門として必須の病とそれを代表する短編を集めたつもりである。まず文学にとって最も「絵になる」病である「結核」ははずせない。次の「ハンセン病」と「梅毒」の二つは負のスティグマの病の代表として、また、前者は日本における歴史的な重要度も考慮して選んだ。「神経衰弱」「不眠」「鬱」の三つの連関する項目は心身症的精神疾患という括りでまとめられるだろう。心の領域を掘り下げる文学では当然ながら精神的な病気を題材とする作品は多い。シャーロット・ブロンテの『ジェイン・エア』やウルフの『ダロウェイ夫人』がその代表格である。「癌」はいうまでもなく現代人に最も多い疾患の一つであるが、その歴史は案外古い。「心臓病」は突然死の最たるものとして現代ではお馴染みのものだが、少なからぬ歴史がある。最後の「皮膚病」は文学の世界では馴染み深いものとはいえないが、日常の病、慢性病の一例として取りあげた。というのも、結核やペストやコレラなど劇的なシナリオが描ける病だけでは、病の全体像をとらえきれないからだ。頭痛や歯痛、胃弱や糖尿病、目まいや難聴など生死に直結しはしないものの、本人にとっては大いなる悩みの種となる慢性疾患の類も長寿社会を生きる現代人にとって（また過去の人々にとっても）重要である。もちろん選からもれた他の疾患——トラウマ、シェル・ショック（戦争体験などで生じる精神障害）、痛風、天然痘、マラリア、腸チフス、インフルエンザ、拒食症、アルコール依存症、アヘン中毒、エイズ、喘息、アレルギー、風邪等々——はどれも個別に項目が立てられるが、今回は見送った。ご容赦願いたい。また、選ばれた十四の短編の中には文庫本で比較的容易に入手できるものもあるが、苦労しなければ収集できそうにないもの、訳が古いものなども多い。こうして新たに訳出できたことは、翻訳という面からもそれなりに意義があろう。「ハンセン病」の二編と「癌」の一編は本邦初訳である。

なぜ、わざわざ病の文学作品を集めてアンソロジーをつくるのか、文学と病はそれほど関連性が深いのか、いや、そもそも文学に「病の文学」なるジャンルを形成するほどのアーカイヴが成立するのか等々の疑問をお持ちの方もいるだろう。最初に指摘しておきたいのは、病気とは罹患する主体である人間がいなければそもそも存在しないということだ。実験室の試験管の中で発見され培養されたものは細菌であり、「病気」ではない。その意味で、病気とは極めて人間的・現象学的な事象であり、同じように人間の生一般を扱う文学とは親和性が高い。病のスコープを障害や老い、介護や看病などに広げれば思った以上に分厚い病の文学のアーカイヴが掘り起こされるだろう。英文学における病についてはかつて解説を書いたことがあるので、そちらもご覧いただきたい（「病」『イギリス文学入門』三修社、二〇一四）。

ここでは簡単に、文学は病を素朴に反映するだけではなく想像もするということを述べておく。どういうことか。作家は同時代の医学言説や社会に流通する病気の概念をテクストに取り込み利用するが、それが物語の欲動に晒されるや生物医学的な「疾患 disease」や社会的に構築された「疾病 sickness」といった概念から半歩踏み出て、より主観的な「病 illness」となって立ち現れる。これは患者によって主体的に経験され語られる病の概念に近い。確かに、生物医学的な疾患の実態や症状がなければ、いかに文学の天才であろうと病を表象するのは難しいかもしれない。しかし、作家は物語の都合に合わせてある程度自由に病気という原材料を加工・修正し利用する。

結核の文学的利用はその好例だ。現実的には醜悪さも見られる結核の症状と経験を捨象し、美的に見える部分を切り取り、時に誇張することで結核の美化のナラティヴは練り上げられる。このナラティヴは、医学言説を含む社会の諸力によって構築された病気の概念や神話を補強する一方、いわば「病のテンプレート」となって、文学の型（ジャンルや語りの形式）に枠取られ、隠喩や修辞効果により想像的に分節化されることで新しい意味を書き込まれながら、社会や医学言説へ送り返される。例えば、十八世紀感傷小説の主人公が結核で美しく痩せ衰えて死んでいく姿が参照枠となり、結核による死が望ましい死に方であると美化され、結核で死にたいものだと呟かれるようになる。医学も特定の人だけを襲う結核の謎めいた現象を説明するのに、文学によって想像されたテンプレート、結核にかかりやすい結核体質の患者像を参照し、文学を後追いするかのように神話を現実のものとして再生産する。文学と医学はこのように相互に参照し干渉し合うテクスト、複雑に絡み合う間テクスト性を構成する。このような関係性の中で文学が果たす働きは受動的な反映というより積極的な想像行為といえるのである。

以下では、項目ごとに短編の理解の助けとなる各々の病の歴史文化的文脈を簡潔に記す。

1　消耗病・結核

名だたる病の中でも最も美化され神話化されたのがこの結核である。結核は洋の東西を問わず、佳人薄命の病とされ、特にうら若き麗しい繊細な人を好んで襲い、その命を奪うものとされた。

また、天賦の才に恵まれた若き詩人・芸術家を夭折させる病として神話化された。自己を魅力ある個人に鋳直し、その他大勢の凡庸な他者から峻別するかつての結核はナルシスティックな「自己の病」の典型といえる。

結核といったが、結核を意味する英語の tuberculosis は十九世紀から使用されたに過ぎず、それ以前は「消耗病 consumption, wasting diseases」という大きな括りで理解されていた。いまだ結核の病理が不明で肺病や他の疾病との区別もままならなかった時代、身体を病的に痩せ衰えさせ、消耗させる病として「消耗病」はあった。癌や糖尿病などもこの大きな括りに入る。また、結核菌は肺だけではなく他の臓器にも感染するが、文学で表象されるのはいわゆる肺結核・肺病であるため、ここでは単に結核とした。

アンソロジーに収めた二つの短編はいかにも対照的な作品である。アーヴィングの「村の誇り」は結核の美化の過程の真っただ中にある。一方モームの「サナトリウム」は結核の神話がほぼ崩壊した後の結核患者の姿を描いている。

「村の誇り」

ワシントン・アーヴィングは十九世紀前半のアメリカの作家（一七八三―一八五九）。「村の誇り」は彼の代表作となる『スケッチ・ブック』（一八一九―二〇）の中の一編である。これは、村の誇りともいうべきうら若き美しい乙女と、村に駐屯することになった連隊の青年将校との悲恋物語である。娘と青年はお互い惹かれ合い恋の熱情に身を焦がすが、青年将校が大陸へ赴くことがきっかけとなって、二人は不幸な別れ方をする。その後の娘は絵にかいたように悲恋の病に蝕《むしば》まれていく。いらいらする、人目を避け一人さびしく彷徨する、孤独の中で泣き崩れる、憂いに沈むなど、身も心もやつれ果て、顔は熱を帯びるようになる。彼女の身体は次第に衰えて死を待つのみだが、それでも彼女の顔は天使のように穏やかである。と、その時、あの青年が戻ってくる。彼は彼女の姿を前にして悲嘆にくれるが、彼女の瞳は彼のもとで永遠に閉じるのであった――。

なんともセンチメンタルな悲恋物語だが、恋の情念にやつれ消耗し心身を蝕まれていく可憐な乙女の姿はまさに消耗病・結核の神話を地で行く。ルネサンス以来、恋焦がれる恋人の姿はやつれる結核患者のそれと相似的であり、恋煩《こいわずら》いは結核の美化の大きな装置であった。この物語も繊細で可憐な乙女こそが恋煩いから消耗病・結核になるという神話をそのままなぞっている。また、天使のように美しい姿のまま眠るように天に召されるという死の場面も当時の神話そのものである。結核は、梅毒やハンセン病のように外見を著しく損なうことなく、表面的にはきれいなまま、かつ苦痛もなく死んでいくとされた。当時、苦痛や外傷が内面の罪悪を表出し負の烙印《らくいん》を明示するものとされたのに対し、無傷なまま安らかに死んでいく結核の死に様は、良きキリスト教徒にふさわしい「心地よい死」のモデルとなっていた。作中では病名は明かされないが、結核であることは示唆されている。娘の頬に鮮やかな紅色がさしたことで両親はそれを健康回復の兆しととらえたという場面があるが、熱によって頬が紅潮する「ばら色の頬」は結核患者の偽りの回復の徴候である「結核患者の希望 spes phthisica」そのものである。その意味でこの短編は結核のザ・ステレオタイプというべき作品である。ちなみに、アーヴィングは若い頃、婚約者のマチルダ・ホフマンを結核で亡くしている。十七歳という若さだった。死期が迫ったマチルダの姿をかえって美しくなり、天使のようだと書き記している。村の誇りである乙女の姿にマチルダの姿を重ね見ることもできよう。

「サナトリウム」

W・サマセット・モーム(一八七四―一九六五)の「サナトリウム」(一九四七)は、十九世紀初頭の「村の誇り」で練り上げられた消耗病・結核の神話が崩壊した後の世界を描いている。結核の美学はヴィクトリア時代に最高潮に達したが、一八八二年のコッホによる結核菌の発見をきっかけに一大転換を迎える。伝染性が立証され自己の病とは異なる面がせりでる。例えば、アメリカでは貧困層の移民に特に多い病とされ、白人というより有色人種の病、貧困層の病、集団の病として負の烙印を押されるようになっていく。一九〇三年までには「結核嫌悪 phthisiophobia」という言葉まで作られるようになった。医療の面では、結核患者を隔離し治療する施設としてサナトリウムが各地に作られるが、そのことによって結核患者のイメージも大きく変容する。私的空間である自分だけの特別な部屋、家庭の病室にいた女性の結核患者は他人と同じように扱われるパブリックな空間、サナトリウムに移動する。十九世紀の男性結核患者は、転地療法のために病弱でありながら活動的に世界各地を彷徨《さまよ》っていた――結核もちの作家ロバート・ルイス・スティーヴンソンが南洋航海に出たのもそのためである――が、女性患者同様、サナトリウムへと隔離される。さらに、サナトリウムの中では医師や看護師の管理と命令に従わなければならない受動的主体とみなされることで、結核の美学の魔術は解かれ、結核患者は魅力的な個人ではなくなっていく。この脱魔術化に呼応するように、結核文学の主人公や登場人物も若く麗しい女性や天才ではなく、平凡な男性たちに変わる。「サナトリウム」はそんな結核神話が脱神話化された世界の物語である。

モームは『人間の絆』『月と六ペンス』など日本でもお馴染みの二十世紀イギリスの小説家である。モームは医学を学び医師免許を取得している。医師として収入を得たことはないが、彼の医学の知識は多くの作品に反映されている。例えば、『人間の絆』の貧血性萎黄病、『月と六ペンス』のハンセン病などだ（ちなみに、モームと医学の本格的研究はまだ手つかずのままである）。「サナトリウム」は短編集『環境の動物』に収められた、モームの中ではいささかセンチメンタルな作品である。実は、モーム自身も若い頃、結核を患いスコットランドのサナトリウムに一時入院していたことがある。自伝的エッセイ『サミング・アップ』でもその時の経験が語られており、苦しみは人を高貴にはしないというくだりも繰り返されている。

この短編ではサナトリウムで退屈な日々を送る患者たちの様々な人間模様が活写されている。マクラウドとキャンベルの不仲と友情、テンプルトン少佐とアイヴィとの恋愛、チェスター夫妻の夫婦関係の変容が主な柱となろう。結核によって魅力的になるどころかエゴイスティックになっている患者たちの心がテンプルトンとアイヴィとの命がけの結婚がきっかけとなって和らぎ、ふと他者への思いやりが芽生える。特に、結核の美学からすればどう見ても結核にはかかりそうにない、凡庸な中年男であるヘンリー・チェスターの、妻に対するエゴとその変容が読みどころである。

この作品が結核の美学の脱神話化を象徴的に物語る場面がある。海軍中尉だった二十歳の若者が療養のためサナトリウムにやってくる。ハンサムで背も高く、青い瞳をした、すてきな笑みを浮かべる青年だ。一昔前なら結核の美学にお似合いの若者といっていいだろう。しかし、彼の結核は「昔の小説によく登場した「奔馬性肺結核」」として過去の神話の中の病として処理される。二ヶ月後に彼は死ぬがその死は動物と同じような死に様であり、サナトリウムの入寮者からもすぐに忘れ去られていく。青年の死は、結核の神話を埋葬し、その死を寓意化するものとして読めるのではないだろうか。確かにアイヴィには結核の美学が残存しているが、テンプルトンとの命を賭した恋は、古典的な結核の神話が崩壊した後のより現代的な病のナラティヴに属しているように見える。

2　ハンセン病

ハンセン病ほど謂われなき負の烙印を押され差別と偏見の眼差しを向けられた病はない。差別と偏見の要因となったのは、外見の損傷である。閉じない瞼、仮面のような顔、肥大する眉など、著しく相貌を損なわせ、俗に「獅子面」と呼ばれる顔をもたらすことが、人々にこの病を忌諱させる要因となった。有効な治療法が確立されるまで、また日本ではその後も、ハンセン病患者は聖書に記される「穢《けが》れたもの」として隔離の対象とされ悲惨な歴史を歩まされてきた。

ここで「ハンセン病」と「癩病《らい》」の表記について述べておく。ご存じの方も多いと思うが、「癩病 leprosy」には強い差別意識が伴うため、現在では癩菌の発見者の名前をとってニュートラルな科学用語である「ハンセン病 Hansen's disease」の表記を使うようになっている。日本では「らい予防法」が一九九六年に廃止になって以来、この傾向はさらに強まり、過去の文学作品の翻訳でも leprosy の訳として「ハンセン病」を使うことが多くなっている。しかし、病に特化した本アンソロジーの性格、歴史的文脈、文学作品の持つ文学性や修辞性などを考慮して、本書ではニュートラルな「ハンセン病」ではなく歴史的な意味作用を伴った「癩病」「レプラ」を使用した(ただし、現代文学であるアップダイクの作品はこの限りではない)。このことによってハンセン病患者を差別する意図も、ハンセン病に対する偏見を助長する意図もないことをお断りしておきたい。

戦後も強制隔離政策が続行した日本においては、北條民雄に代表される「ハンセン病文学」という独特のジャンルが確立されたが、英米の本土においてハンセン病が猛威を振るわなかったせいか、英米の文学ではそれに比するほどの大きなうねりはない。とはいえ、ハンセン病を主題に据えたり、物語の仕掛けに使ったりする作品は十九世紀後半から二十世紀前半にかけて散発的に登場する(その多くは短編である)。その背景に、十九世紀に台頭する帝国主義と植民地支配の拡大がある。ハンセン病が、いまだはびこる熱帯植民地との接触が増加したことで、ハンセン病が「再発見」されたのである。中世末期に下火になり十七世紀にはヨーロッパから消滅したかに見えたハンセン病が植民地支配の「報復」としてヨーロッパに舞い戻ってくるかもしれないという不安がこの時期、醸成されつつあったのだ。

とはいえ、帝国主義の楽観的かつマッチョな姿勢がハンセン病に対する見解を支配する。曰く、ハンセン病は熱帯地域の土着の疾病であり、とうの昔に免疫ができている白人はかかりっこないのだと。ハンセン病が遺伝によるものか感染によるものかの論争も、こうした楽観的な帝国主義的信念の中で遺伝に傾いていった。ところが、その信念が打ち砕かれる事態が生じる。ハワイにおける急激なハンセン病の蔓延と、ハワイのモロカイ島へ身を賭して向かったベルギーのカトリック信徒、ダミアン神父のハンセン病罹患とその死である。ハワイでは十九世紀半ばからハンセン病が比較的短期間で蔓延し（一説によれば中国からの移民労働者が急増したからだといわれているが本当のところは分からない）、一八六五年に隔離法が制定され、モロカイ島の北の端にハンセン病患者を強制隔離するためのコロニーがつくられる。ダミアン神父はモロカイ島にハンセン病患者を手厚くケアするために向かったのだが、不運なことに自身がハンセン病に罹患し、「モロカイの殉教者」として一八八九年に死去する。当然ながら、ダミアン神父の死は欧米の白人もハンセン病を免れないこと、それが感染性のものであるという見解の決定的な論拠となった。ここで帝国主義的楽観論と信念がことごとく崩れ去ったのである。

ジャック・ロンドン（一八七六—一九一六）のハンセン病を主題とした短編はそのような帝国主義の信念が音を立てて崩れ去る様をうまく描いている。ロンドンはハンセン病を扱った短編を三つ書いている。「さよなら、ジャック」「ハンセン病患者クーラウ」、そしてここに訳出した

「コナの保安官」(一九〇九)である。先の二つは既訳があるので、ここでは未訳の最後の作品を選んだ(最近では村上春樹が「クーラウ」を訳している)。ロンドンは妻とともに一九〇七年にモロカイ島に上陸しハンセン病患者と交流を持っている。その体験はエッセイ「モロカイのハンセン病患者」にまとめられ、航海記の一部として発表された。ロンドンはこのエッセイでハンセン病患者が煽情的な描かれ方をされていることに反発し、ハンセン病患者がいかに人間らしいか、コロニーでは患者も非感染者も一緒になってゲームに興じ、競馬を楽しみ、野球や合唱を楽しんでいるかを、また、ハンセン病に対する恐怖は患者を見たことのない人の偏見によるものだということを語っている。非常に人道主義的な見解だが、滞在した日が七月四日の独立記念日でちょうどカーニバルだったこと、支配者の文化を土着の文化と融合させながらも被支配者がそれを祝っていること、ロンドンも隔離政策は必要と認めていることなど、一筋縄ではいかない面もある。詳説は避けるが、モロカイ島を「楽園」とみなすこのエッセイと西洋人の目に映るハンセン病の恐怖を描いた短編の間に深い溝があるように見えるが、実はそうでもなさそうなのである。

「コナの保安官」

「コナの保安官」では超人的な男ライト・グレゴリーの顚末が描かれる。前半のコナ海岸の楽園のような静けさと甘美さ、多彩な比喩で描かれる穏やかな気候の様子とグレゴリーの強運ぶりが後半で急転直下、一変する。帝国主義的男らしさを具現しているグレゴリーのマッチョな姿がもろくも崩壊するのである。その落差が読みどころなのだが、この手法は秀作「さよなら、ジャック」にも使われているし、他にハンセン病と関わりの深いアメリカの作家チャールズ・ストダードの短編「ラハイナのジョー」（一八七三）にも同様の手法が見られる。もう一つの読みどころは、物語の最後の場面、語り手カドワースらがグレゴリーを救い出そうとハンセン病患者と格闘するところだ。格闘の末に露わになったハンセン病患者の崩れた顔は梅毒患者のそれを想起させる。カドワースはハンセン病患者に手をかまれ、婚約者との結婚をあきらめるのだが、これは「さよなら、ジャック」の主人公が病原の代理であるムカデにかまれる逸話を想起させる。どちらもハンセン病がセックスや性病とつながっていることを強く匂わせる。このようなハンセン病の性化（セクシュアリティとの連想）はこの時代、強固なものになっていたのだが、それはもう一つの短編「ハーフ・ホワイト」にも色濃く反映されている。

「ハーフ・ホワイト」

この作品の作者ファニー・ヴァン・デ・グリフト・スティーヴンソン（一八四〇―一九一四）はかろうじて『ジーキル博士とハイド氏』の作者であるロバート・ルイス・スティーヴンソンの妻として記憶されている。「ハーフ・ホワイト」（一八九一）は確かに作品としては弱いし、物語として破綻している面も否定できない（例えば、キャノンハースト神父がハンセン病に罹患した経緯やルラーニとの関係が曖昧でしっくりとこない）。しかし、背景を探ると「ハーフ・ホワイト」の曖昧さ、弱さの理由が見えてくるように思えるのだ。キャノンハースト神父がダミアン神父を模していることは誰の目にも明らかだが、それ以上に、キャノンハースト神父の描写に当時の人々がダミアン神父へ向けた懐疑的な視線とハンセン病と性をめぐる言説が読み込める。どういうことか。これにはファニーの夫であるロバートも絡んでくる。夫ロバートはダミアン神父の死の直後、モロカイ島を訪れている。と同時に、ダミアン神父を擁護する熱烈なパンフレットをものしている。実はダミアン神父の死後、ダミアン神父を神格化する風潮の中で、反対にダミアン神父が性的・道徳的に道を踏み外したためハンセン病にかかったのだとする見方が、ある医師の手紙が公表されることで拡散されていたのだ。その医師に猛反発したのがロバートだった（偶然にも医師の名前はハイドであった）。もう少し踏み込めば、背景にあったのはハイド医師の友人であるジョージ・フィッチ医師が唱えるハンセン病梅毒起源説である。彼はハンセン病は梅毒の第四段階に過ぎないと考え、ハンセン病の性化を助長した。この考えは医学的には大方否定されたが、一般の人々（西洋人）の中にはフィッチの梅毒起源説を支持するものは多かった。というのも、西洋人の目には、ハワイ人は性的に放縦で、その消すことができない淫らな生活習慣ゆえにハンセン病＝梅毒にかかりやすいように映ったからだ。実は、ダミアン神父もこの考えの支持者だった。彼はハンセン病の九割は梅毒由来であり、ハワイの土着民の体の中にはもともと梅毒の血が流れている、それゆえ、第三世代にはハンセン病となって現れるかもしれないと説いている。これは当時の遺伝梅毒の論理をあてはめたものだが、「ハーフ・ホワイト」でキャノンハースト神父が親の身勝手な行動から「悲惨な結果が第三世代」の子供たちに降りかかるとしていることと相同である。もちろん、ファニーがダミアン神父の考えを知っていたとは考えにくいが、夫のロバートがダミアン神父を神格化する方向に向かったのとは別の仕方でダミアン神父をとらえていたことは確かだ。とすれば、「ハーフ・ホワイト」は、ダミアン神父の神格化が固定化される以前のダミアン神父にまつわる混沌とした状況を汲み取ったがゆえに、物語上の曖昧さが生じたと考えられるかもしれない。

3　梅毒

梅毒は性感染症の中でも最もひどく恐れられた疾病である。性感染という性格上、そして、外見に現れる病理の痕跡とそのおぞましさ（鼻が欠け顔が崩壊する）ゆえに、道徳と性との文化的言説に強く絡めとられた病である。その医学的文化的歴史の詳細はコルバンやケテルらの文献を参照されたい。文学における梅毒・性病の表象の研究も比較的進んでいると思われる。ここに翻訳した二つの短編は比較的、日の目を見ない部類に属する作品である。その一つ、アーサー・コナン・ドイル（一八五九—一九三〇）の「第三世代」は『ラウンド・ザ・レッド・ランプ』（一八九四）という医学小説集の中の一編である。（タイトルは一般開業医を示す赤ランプのそばで、という意味）。この医学小説集自体ドイル作品の中で日の目を見ないようだが、「医学と文学」という観点からすれば非常に興味深い資料である。「癌」の節で紹介するサミュエル・ウォレンによって誕生したといってもいい「医学小説」ものの系譜に属し、その嚆矢《こうし》となるものだ。もう一つの短編、アーネスト・ヘミングウェイ（一八九九—一九六一）の「ある新聞読者の手紙」（一九三三）は創作過程が安易だとのことから不当に評価されてきた小品である。

「第三世代」

「第三世代」は梅毒、より正確には遺伝梅毒をテーマにしたゴシック調の秀作である。梅毒の専門医であるセルビー博士のところに神経質体質の青年フランシス・ノートンが訪れる。身に覚えのない症状が急に体に現れ、梅毒ではないかとセルビーを頼ったのである。なぜ、梅毒かと疑ったのか。父も同様な症状に悩まされ、その元々の原因が放蕩の限りを尽くした祖父にあることを知っていたからだ。娼婦との性交渉で後天的に梅毒になるケース以外に、この時代に恐れられたのは「遺伝梅毒」である。これは「先天性梅毒」と異なる。後者は厳密にいえば、母親の胎内感染から梅毒になって生まれてくるというものだ。十九世紀後半に恐れられたのは、生まれると同時に発症する梅毒というより、何年かたってから（忘れた頃に）発症する遅発性の梅毒であり、それを説明するのに、母親は無害なまま父親の精子をとおしてのみ感染し、それが後代に継承される「遺伝梅毒」という考えが編み出され広く信じられた。ノートンが真面目に生きてきたのになぜ梅毒にかからねばならないか、それは祖先のせいだ、「親の因果が子に報い」といういかにも不合理な論理である。

ドイルが梅毒に興味をもってこの作品を書いたのには理由がある。もちろん、医師であるドイルに梅毒の知識はあった。いや、特別な興味と知識があったはずである。というのも、ドイルの博士論文のテーマがまさに「脊髄癆」（＝脊髄梅毒）であったからだ。この短編はドイルの博士論文で得た知識を存分に生かして書かれている。よりピンポイントにいえば、当時の著名な性病学者ジョナサン・ハチンソンの遺伝梅毒論を下敷きに書かれている。梅毒を判別するのが難しい時代にあってハチンソンは梅毒患者に特有の三つの徴候を示唆する。切れ込みが入った歯（ハチンソン歯）、間質性角膜炎、耳の病変の三つである。セルビー博士がノートンの目と歯を診て典型的だと診断を下せたのはこの「ハチンソンの三徴候」の中の二つが認められたからだ。もう一つ、ハチンソンによっていることが分かる点がある。脛にできた「蛇行性」の潰瘍である。あらゆる性病学者が参照することになるハチンソンの梅毒研究『梅毒 *Syphilis*』の中でこの蛇行性の潰瘍は、第二期の梅毒と第三期の梅毒を区別する指標として繰り返し提示される。つまり、ノートンの症状はかなり進行しているといっていい。では、三つの徴候の残り、耳の病変についてはどうか。セルビー博士は診断していないが、物語ではノートンの聴覚に異変が生じている可能性が示唆されている。物語の始めのほうで、音に対する感受性が不思議と細かく書き込まれている。「聴覚も敏感になっていて……黒い大時計が時を刻む重苦しい音が耳に突き刺さった」。隣室で話す男たちの声にも異様に敏感になっている。つまり、難聴の前兆でもあるかのように聴覚が鋭利になっていることが分かる。こうしたことを考えると最後の場面をあえて深読みしたくなる。ノートンが絶望のあまり馬車に身投げし自死するというのが一般的な読みだが、夜の十一時という暗闇の中、目のあまりよくないノートンが耳だけを頼りに馬車をよけようとしていたのではないか、そして、急に難聴に襲われ馬車に轢かれたのではないか、とも読める。ハチンソンがいうように耳の病変は突然前触れもなしに訪れるということもこれを裏付ける。

「ある新聞読者の手紙」

ヘミングウェイの掌編「ある新聞読者の手紙」は、新聞の健康相談あてに書かれた新聞読者の手紙が主体となり、その前後に導入部分と結末が付け加えられたものである。ある若い既婚女性から送られてきた手紙には、上海へ派遣された夫が梅毒らしき病気に罹患したらしい、中国から戻ってきてから肉体関係はないが治療が終われば大丈夫だと夫にいわれている、父はこんな病気にかかったら最後、死んだほうがましだといっている、私はどうしたらいいのかということが書きなぐられている。妻の無知と悲哀とよるべなさが結末部分のとりとめない独り言にも響いている。植民地支配の代償としての梅毒、植民地では梅毒感染が問題となっていたのに、北米国内では黙殺されたという歴史的背景も読み取れる。

前述したように、このテクストはあまりにも安直に書かれたため低い評価しか受けてこなかった。実は、この手紙、ヘミングウェイの友人である医師ローガン・クレンデニングのもとに送られた実際の手紙をヘミングウェイが譲り受け、その日付と場所を変えて、そっくりそのまま借用したものである。クレンデニングは読者からの投稿をもとにした新聞コラム「健康とダイエット」で大成功を収めた当時人気の医師であった。医学エッセイ『人間の体』もベストセラーとなっている。恐らく、医学史家なら彼の名前にピンと来るはずだ。クレンデニングはかなりの好事家で文学や医学史にも通じ、医学史のソースブックも編纂している。ヘミングウェイはクレンデニングから六通の手紙を譲り受け、そのうちの二つを小説に使っている(もう一つは自慰をテーマにしたものだ)。つまり、この作品は手紙の前後にヘミングウェイが付け足しの文章を添えただけのものであり、その安直さゆえに低い評価しか与えられなかったのだ。しかし、視点を変えてみれば、ヘミングウェイは同時代の医師に向けて書かれた手紙をそのまま温存して使っているのだから、この手紙（テクスト）は当時のアメリカ社会に生きる、夫の性病に対する妻の不安とその内面を記録したものとして史料的価値は高いといえるし、医学と文学とがパッチワーク的に融合した実験的なテクストとしても貴重である。

4 神経衰弱

神経衰弱は十九世紀後半にアメリカの医師ジョージ・M・ビアードが流通させたアメリカ版文明の（つまり神経の）病の症候群である。ビアードが強調したのはアメリカは近代テクノロジーの目覚ましい発展――電気、電報、鉄道（蒸気機関）、定期刊行物――（これに女性の頭脳労働と社会進出も加わる）によりかつてないほど神経過敏に陥っているということだ。もちろん、神経過敏体質なのは中産階級の白人で、主に頭脳労働に携わる専門職やビジネスマンに限られる。例えば、花粉症でくしゃみや鼻水に悩まされたり、不眠症に陥ったり、頭が禿げあがるのは、彼らが必死の思いで働いた代償であり、神経衰弱は名誉のバッジというわけだ。その証拠に、文明から遠く離れた有色人種や野蛮人は毛深く神経衰弱にはかからないではないか。というわけで、神経衰弱はアメリカの病となるだけでなく、アメリカとは何か、誰が「アメリカ人」なのかについての言説装置にもなっていった。

「黄色い壁紙」

さて、男性の頭脳労働者がノイローゼになるなら、社会進出した女性の頭脳労働者（作家も含む）はさらに悪い結果を引き起こす。本来ならそのエネルギーは出産や子育てに温存せねばならないからだ。こうした女性らのために、ご親切にもウィア・ミッチェル博士が「安静療法」なるものを開発する。貧血気味の女性に豊富な滋養を与え、「脂肪と血」を補給し、本来のエネルギーを回復させる。より大切なのは、患者を家族から隔離することだ。家庭内の病室は患者がわがまま放題になれる空間となるため、かえって危険である。例えば、看護人を何度も交替するはめになる。患者の言いなりにならないためにも家族から患者を引き離す必要があるのだ。患者は入院してベッドで安静にしていなければならないが、適宜筋肉マッサージや知的活動も行う。この安静療法にお世話になった女性の一人がアメリカの作家シャーロット・パーキンス・ギルマン（一八六〇―一九三五）である。結婚と出産の後、鬱状態に陥ったギルマンはミッチェル博士のもとを訪れ、安静療法を受けることになる。一ヶ月後無事退院し、ミッチェル博士の処方を守ることに。ペンを持ってはいけない、知的活動は一日二時間のみといった処方だ。ところが、この処方を守ったのに、身体は良くなるどころか、以前のヒステリー状態へと逆戻り。こうなったのもミッチェル博士が執筆活動を禁止したからに他ならないと、博士への抗議として名作「黄色い壁紙」が生まれたという経緯はよく知られている。「黄色い壁紙」は一九七〇年代に再出版されるや、フェミニスト批評の潮流に乗って瞬く間に、フェミニスト文学の古典として文学史に復活を遂げる。片やミッチェル博士は家父長制のがちがちのイデオロギーを体現する頭のかたい「おやじ」として女性の敵となる。

「黄色い壁紙」については膨大な批評と研究が蓄積されているので、ここでは一言だけ注意を喚起しておく。大方の批評家が勘違いしているが、「黄色い壁紙」における主人公の療法はミッチェル博士が提唱する「安静療法」ではない。少なくともそれを相当拡大解釈しなければ「安静療法」とは呼べない。安静療法は家族から隔離された状態でしか機能しない。「黄色い壁紙」は夫や親戚が見守る中で、つまり「家庭」環境の中で展開している。ということは、この物語はそもそも安静療法ではなく、その後の「後日談」として読まなければならない。いや、その後日談での処方ミスを批判しているのだ、といわれるかもしれない。しかし、ミッチェル博士の考えをよくよく見ると、安静療法の回復期において執筆などの知的活動を禁止するどころか、むしろ勧めているのだ。つまり、ギルマン（と短編の主人公）はミッチェル博士がすべきだということを禁止し、してはならないということをしていることになる。われわれはギルマンだけの一方的な意見を聞きすぎていたのかもしれない。といっても、「黄色い壁紙」自体の価値を下げるものではないが、今後はよりバランスの取れた立体的な批評が必要となろう。

「脈を拝見」

O・ヘンリー（一八六二―一九一〇）のユーモラスな短編「脈を拝見」は初出のタイトル「神経衰弱者の冒険」が示すように、神経衰弱にかかっていると思い込んでいる主人公の奮闘を面白おかしく活写している。神経衰弱の医療市場の盛況ぶりと、それに振り回される患者の奮闘ぶりが垣間見られる作品である。主人公はある意味ヒポコンデリー（客観的な心身の異常がないのに病気にかかっていると思い込み、様々な心身の症状を訴えること）であって、それを神経症的に演じているといえる。最後は「安静療法《レストキュア》」ならぬ「西部療法《ウエストキュア》」（男性に向けられた運動療法）によって完治する。O・ヘンリーは「最後の一葉」で有名な二十世紀前半のアメリカの短編作家。肺病をテーマとした「最後の一葉」をはじめとして、記憶喪失をユーモラスに描いた「弁護士の失踪」、リューマチの泥棒とその被害者を描いた「同病あいあわれむ」など病気を扱った作品も多く残している。

5　不眠

「黄色い壁紙」の主人公が不眠症に陥り夜、活動的になっているように、神経衰弱や鬱といった精神障害と不眠とは切り離すことができない。鬱の第一の症状は不眠ともいわれる。不眠に悩まされたのはなにも現代人だけでなく、遥か昔からそうではなかったのかと思われるかもしれない。確かに、眠れない夜を過ごしたのは中世や近代初期の人々も同じだっただろう。だが、不眠が医学的関心を呼び、不眠に関する医学書や論文が書かれ、他の病の症状ではなく「不眠症」として病理学化されたのはそう遠い昔ではない。およそ百五十年前に遡るに過ぎない。ヴィクトリア時代の最盛期を過ぎた頃から急に不眠の症例が増えだし、医学的関心を呼んだのだ。他の疾病に付随する何かではなく、不眠そのものに対する「知」が言説化される。なぜ人は眠れなくなるのか、その病理と生理学は何なのか、環境との関わりはいかなるものか、等々。それに呼応するように、文学でも不眠を題材にした小説や詩が書かれるようになる。ディケンズの傑作「信号手」や不眠症に悩まされた夜の詩人ジェイムズ・B・V・トムソンの『不眠』（これは死の直前に書かれた）、不眠症で自殺したともいわれる詩人ジョン・デイヴィドソンの「不眠」などである。

なぜこの時期に不眠が知の対象となったのか。イギリスは一八六〇年代から一九一〇年にかけて第二の産業革命を経験したといわれる。科学の発展とともに新しいテクノロジーが登場し、人々の暮らしを変えていった。鉄道網の拡張、地下鉄の開通、電話や電報の発展、ガス灯に代わる照明、電灯の登場等々により、一日のリズムが変容し、特に夜の生活が活性化される。かつて夜といえば暗闇そのものだったが、今や街路には明るい照明がともり、都会は光の氾濫の場となる（「清潔な、明かりのちょうどいい場所」はこの照明の氾濫とも関係してこよう）。ビジネスマンは、電報の発達のおかげで、仕事が終わり帰宅した後も遥か遠くの海外支社からの電報によって仕事モードに切り替わる始末である。現代の電子メールよろしく、オンとオフとの区別がつかないシームレスな労働環境の母型がこの頃誕生したといってよい。こうして過度の刺激を受けて不眠に悩まされるようになった、というのが説明の一つだが、環境からの一方的な（受動的な）刺激だけでは説明しきれない。

この時代最大の問題となったのは、他でもない、自意識や意志という主体的な活動と眠りの関係性である。外的な刺激を避けて静まり返った田舎で心地よい眠りを得ようとしたとしよう。だが、眠れない。遠くから聞こえる列車の音が明日の通勤を連想させてしまう。いや、今日の会議での失態が尾を引いているし、明日のプレゼンの準備は万全かどうか不安だ。こうした小さな悩みや不安が頭を離れない。早く眠りに就かなければならないと意識すればするほど神経過敏になる、目がさえる。悪循環である。もうお分かりだろう。睡眠が意識のない状態とすれば、眠るためには、眠りの妨げとなる意識的不安や眠りたいという意識そのものまでもストップさせなければならない。が、それをやるのが当人の意志である限り無限の堂々巡りとなる(「眠っては覚め」にあるように、「眠りを意識」して不眠症になる)。さらに厄介なのは、意志力を最大の美徳の一つとするヴィクトリア人にとって、そもそもある程度の意志力(神経エネルギー)がなければ、眠りを妨げる日々の不安に打ち勝てないとされたことだ。日中に頭脳労働に従事するものはそれだけで意志力を消尽しているのだから、不眠を克服できるだけの意志力は持ち合わせていない。眠りたいという頑固な意志を馴致させるための、羊を数えるという単純作業にしても意志力は必要なのに、それさえもできない。出口なしというわけだ。多かれ少なかれ、われわれ現代人はこうした不眠文化の遺産の中に生きている。

「清潔な、明かりのちょうどいい場所」

本書に収めた二編は二十世紀アメリカ文学において「失われた世代」と呼ばれるグループの二人によるものである。梅毒の項目に続きヘミングウェイの短編が再び選ばれたのは偶然ではない。ヘミングウェイと病(医学)との関係は思った以上に深い。マッチョのイメージが強いヘミングウェイだが、最近の研究ではそれも自己演出であることが分かっている。父親が産婦人科医だったこともあり、医学的知識は子供の頃から豊富だったようだ。左目の生まれつきの障害から始まって、彼の人生は数えきれないほどの病気と怪我に見舞われている。戦場での負傷もあるが、マラリアやインフルエンザは軽いほうで、落馬で顔が歪んだり自動車事故で複雑骨折したり、気管支炎やアメーバ赤痢にもかかっている。中年以降は生涯続く肝機能障害が始まり、交通事故による視覚障害、言語障害、記憶障害、勃起障害と踏んだり蹴ったりだ。丹毒にも感染し失明の危機に陥ったり、高血圧による耳鳴りや度重なる頭痛にも悩まされることに。セスナ機の事故によって重傷を負い、左耳の難聴と二重視の後遺症に生涯悩まされ、最晩年は鬱病、神経衰弱、不眠や糖尿病と病が途切れなく続く。最後は電気ショック療法も受けたが、その翌年自殺している。ヘミングウェイの病気と怪我の例はまだまだ続けられるが、まさに満身創痍で書き続けた作家といっていい。「清潔な、明かりのちょうどいい場所」では夜中のカフェで二人のウェイター（若者と年長者）が自殺しようとしたという老人の相手をしている。年長のウェイターが実は不眠症に陥っていることが最後で明かされる。恐らく戦争帰還兵であろう。鬱状態の老人と「すべては無」だという虚無感を抱える年長のウェイターに必要なのは、ひと時秩序をもたらしてくれる「明かりのちょうどいい場所」である。憂鬱な暗さでも眩《まばゆ》いばかりの明るさでもいけない。不眠症の彼らには、ちょうどいい明るさの場所でなければいけない。

「眠っては覚め」

F・スコット・フィッツジェラルド（一八九六―一九四〇）は日本でも『グレート・ギャツビー』でお馴染みの作家である。フィッツジェラルドもまた病気に悩まされた。結核、不眠症、心臓病にアルコール依存症、そして妻ゼルダの精神障害。三〇年代に書かれた自己告白ものの短編には彼の病の経験が色濃く反映されている。病と文学のジャンルにとって必須となる作品群である。なかでも「アルコールの中で」はその嚆矢といっていい。「眠っては覚め」では、オーバーワークによって極度の疲労状態に陥った語り手が二年前から「夜の厄介者」たる不眠症に陥っている。ヴィクトリア時代であれば過労による神経エネルギーの消尽と診断されるだろう。フィッツジェラルドらしい自己憐憫と自己崩壊の感性が不眠症に重ね合わせられている。

6　鬱

日本でも欧米でも鬱病は流行しているようだ。誰しも長い人生の道のりの中で、憂鬱になることや気分が落ち込むことも、喪失感を味わったり悲嘆にくれたりすることもあるだろう。こうした誰もが陥る人生の問題、あるいは一時的な気分や主観としての鬱（昔はメランコリーと呼ばれていた）が鬱病という疾患として医療・病理学化され広く人々に認識されるようになったのは欧米では十九世紀末、日本ではほんの最近のことである。どのような状態を鬱や鬱病と呼べるか、そもそも精神疾患とはいかなるものか、非常に曖昧である。欧米に限ってみても、鬱やメランコリーなどの精神疾患を意味する言葉やその意味領域は一筋縄ではいかない。ヒステリー、ヒポコンデリー、メランコリー、メランコリア、鬱、恋煩い、神経症、心気症、気ふさぎ症、神経衰弱、イギリスの病にアメリカの病、こういった病が時代や文化によって形を変え意味を変え古代から近代まで連綿と続いている。いわゆる「鬱病」の前近代的名称である「メランコリー」にしても、まず疾患として語られる現代とは違い、宗教や文学の中で象徴的な意味を獲得した概念であり、より広いコンテクストで語られ認識されていた。天才が天賦される創造性の代償としてのメランコリーという考えがその最たるものだ。

メランコリーが鬱病に病理学化されると同時にジェンダー化も進む。メランコリーは病気としては男性の病であった。ロバート・バートンの『憂鬱の解剖』(一六二一)でもメランコリーは男性の病としてである。十八世紀のイングランドでバブルが弾けて多数の破産者を出したが、その時鬱で自殺したのは男性である。ところが、鬱が病理化され独立した疾患になると、女性の病として認識されるようになる。もともと情動の不安定さは女性性と強く結びつけられていたので不思議なことではないのだが。現代の英米の鬱病患者の典型的イメージは子育てを終えた中年の女性ということになっている。日本で中高年の男性サラリーマンが鬱病の典型的イメージの一つであるのとは対照的である。

「十九号室へ」

ドリス・レッシング(一九一九—二〇一三)の「十九号室へ」(一九六三)は、中産階級に属する知的な専業主婦のスーザンが鬱に陥り、ついには自殺するまでの過程を丹念に描いている。レッシングは二〇〇七年にノーベル文学賞を受賞した二十世紀イギリスを代表する作家の一人である。主人公が精神障害を誘発するのは長編作品でもよく見られるモチーフで、『黄金のノートブック』のアナ、『四つの門の市』のリンダ、『地獄への降下命令』のチャールズなどにその例が見られる。ちなみに六〇年代のレッシングは反精神医学の旗手R・D・レインの思想の影響を受けていたといわれる（その後、レインの思想から離れる）。「十九号室へ」という作品では、なんでも思い通りに進み、一見満ち足りているように見える知的な女性スーザンが、知性の桎梏《しっこく》によって徐々に自分自身を追い詰めざるを得ない状況が内的独白とともに事細かに描かれ、まるで鬱の症例のような作品に仕上がっている。時代と文化は違うが、村上春樹の主婦ものを連想する方もいるかもしれない。なかでも、主婦の孤独な内面が寓意化されている「眠り」や「緑色の獣」などと比較すると面白いだろう。

緑つながりではないが、「十九号室へ」では白と緑の対比が効いている。郊外にある大きな家は、ホワイト・カラーの知的中産階級が住む家を象徴するかのように白いことが何度も強調されている。もちろん、スーザン夫妻の何事にも合理的に対処し処理する知性と、無駄な感情を抑圧し合理化・正当化し続ける欲動の印である。白さに対比されるのは、白い大きな家に付随する緑の「庭」である。庭はスーザンのサンクチュアリ（隠れ場、聖域）としてあるが、彼女の内面が投影された「悪鬼」と出会うことから彼女の抑圧された無意識や欲動をも含意しよう。庭の延長にあるのはいうまでもなく、緑で装飾された十九号室である。緑は西洋では一般的に青二才や嫉妬の象徴であるが、一方でセクシュアリティに関連する意味もある。娼婦が羽織るガウンが緑色であることから、娼婦ひいては堕落した性を暗示することもある。庭で悪鬼が長い棒きれで白っぽい病的な生き物をかき回す象徴的なシーンはこうした連想とも関係づけられよう。

7　癌

癌は二十世紀以降の現代的な病であり、少なくとも、癌に対する恐怖はごく近年のものだと思われるかもしれない。しかし、ずっと以前から癌に対する恐れは行き渡っていたといっていい。癌は、急に襲いあっという間に死をもたらすペストのような病とは異なり、ゆっくりと身体を蝕み、その緩慢な死への過程で苦痛と悪臭と醜悪さをもたらす、病の中でも最も過酷なものの一つとされてきた。現代とは違い、肺癌や胃癌など身体の奥深くに隠れているものは可視化されないので、ヒポクラテスの時代から十九世紀まで癌といえば、体の表面に表出する可視的な腫瘍が主なものとなる。男性でいえば舌や口や生殖器に、女性ならとりわけ乳房に表れる腫瘍が目印となる。皮膚癌か生殖器を襲う癌かだ。特に、乳癌は発症率の高さ、良性の腫瘍との区別のつきにくさなどもあって、癌の代名詞となった。つまり、癌といえば、女性の病というのがある時代までの通念だった。このアンソロジーに収められたウォレンの短編の題材が乳癌であるにもかかわらず、タイトルは単に「癌」とだけ記されているのはそのせいである。「女性を襲うむごたらしい災難」、つまり「癌」とあるのも当時の癌のジェンダー観に沿っている。

体液説が支配的だった時代、癌の病理のメカニズムはおおむね黒胆汁の過多とそれがある部位に滞留し腐敗することで生じると説明された。ある部位とは乳房と子宮である。ハイリスクなのは閉経後の女性である。閉経により体液の流れが滞りやすくなるからだ。若い女性も（「癌」の婦人のような）危険がある。例えば、離乳を早めてしまったために乳癌になりやすいと考えられた。十八世紀の小説家で乳房切除手術を受けたファニー・バーニーがその例である。子供をもたなかった女性、特に独身女性や修道女などに乳癌が多いとされたのも、癌は体液の滞留に起因するとする考えに沿っている。体液を凝固させる要因の一つに情念がある。繊細な身体のか弱き女性は感情の波に晒されやすいので特に危険であるが、繊細な心身を有している女性で含意されるのは、特定の階級に限定されるということだ。洗練された階級の女性が乳癌にかかりやすいという神話はここから生まれる。この短編の中で「最も麗しい女性こそ」乳癌に見舞われるといっているのは恐らくその神話によったものだろう。

この短編のハイライトは、なんといっても夫人の乳房切除手術の場面である。乳癌は症状が進むと切除せざるを得なくなる。選択肢は二つしかない。拷問のような外科的処置を受けるか、死を黙って待つかだ。そのため多くの患者は外科手術を選んだ。だが、麻酔もなく近代的な術式も確立されていない時代に、乳房切除手術は極めて残酷なものであったことは想像に難くない。ぞっとするような手術の様子は、悲鳴を上げ続け、際限がないように思える苦痛に耐えたファニー・バーニーが「言葉にならない拷問」とその手術を評したことからもうかがえる。しかし、逆にいえばこの手術こそ彼女らが通常は男性の美徳とされるヒロイズムと勇気、その「胆力」を男性に見せつけることができる場なのだ。乳癌の底流にあるもう一つの神話（ある程度事実に基づいていると思われる）がこの女性のヒロイズムである。残酷な手術を耐え忍ぶ女性に尊敬の念と称賛の眼差しが注がれ、十八世紀には当代の大詩人ポープが詩に歌うまでになり、尋常ならざる苦痛を耐え忍ぶ乳癌の女性という文化的イメージが形成される。サミュエル・ウォレン（一八〇七―七七）の「癌」もこの文化的イメージの潮流に棹さすものである。また、この短編の中では、通常の手術で原則的に施される目隠しや拘束を一切拒絶している。これには前例がいくつかあるようだ。例えば、十七世紀のフェミニスト、メアリー・アステルも同様に拘束を拒否して手術を受けている。乳房切除手術の場に男性の権威に対する女性の不服従の意思も読み込める。

病の文学には夫婦の絆についての物語が多い。モームの「サナトリウム」もそうだが、ウォレンの「癌」もその系譜に入る。蛇足になるが、肺病を患う夫の回復を心待ちにする主婦の姿を描いた太宰治の「満願」は、掌編ながらもこのジャンルの秀作である。

このアンソロジーの隠し玉といってもいいサミュエル・ウォレンについて述べておかなければならない。というのも、このアンソロジーの作家の中で飛びぬけてマイナーな存在だからだ。英文学の専門家でも十九世紀ゴシックに精通しているものでなければほとんど読まれることも、名前を聞くことさえないかもしれない。今では完全に忘れ去られ、ディケンズやレ・ファニュのゴシック小説に医学ゴシックの材料を与えた作家程度の認識にとどまる。しかし、当時は成功と売り上げだけを見れば、かのディケンズをも凌ぐと評されたほどである。それ以上に、文学と医学というジャンルにおいて極めて重要な位置を占める作家である。

ウォレンは一八〇七年ウェールズに生まれ、一八二一年から二七年にかけて医学を修業した後、二七年から二八年にかけてエディンバラ大学で法律を学んでいる。ロンドンで特別弁護人となるが、一八三〇年から三七年にかけて『ブラックウッズ・マガジン』に連載され、後に『ある内科医の日記から』としてまとめられる医学小説が大ヒットし、文学の世界に入る。残念ながら医学ものはこれ一冊のみだが、四〇年代に出版した小説も次々と成功を収める。その多くは法律ものである（「法と文学」のジャンルでも重要な作家）。五一年に発表した長編詩の大失敗もあり、五〇年代から急速に人気に陰りを見せ、それ以降の文筆活動は影をひそめる。五九年から七七年に死去するまでは心神耗弱の犯罪者を審査する補助裁判官に任命されている。

ウォレンがどんな医学・医療を修業したのかは分かっていない。『ある内科医の日記から』が爆発的な成功を収めたのは、それが医師家業の専門性を初めてフィクション化した本格的な作品集であること（本格的な医学小説の誕生である）に加え、医学ものであるにもかかわらず（いやそれだからこそかもしれないが）おどろおどろしいゴシックの要素が満載だからだ。狂気や幽霊、墓泥棒、決闘にギャンブル、放蕩による梅毒や殺人、自殺や家庭内暴力などセンセーショナルな話題がてんこ盛りである。唯一ウォレンの医学小説を研究したミーガン・ケネディはこれを「ゴシック医学」というジャンルで括っている。しかし、『日記』はゴシックものだけではない。「癌」に見られるような感傷的なモードの作品もある。「結核」などもそのいい例だ。ゴシック調と感傷モードを融合させた「張り裂けた心」という作品もある。面白いのは、一見客観的な観察者に見える内科医の語り手が所々で情緒的な反応を垣間見せる点だ。「癌」でも内科医の心の動揺（女性的に見える）と外科手術を受ける当人である夫人の何ごとにも動じない屈強さ（男性的なそれ）が対比されていて面白い。

8 心臓病

心臓発作で突然死を迎えるのは現代人にとって珍しくない。しかし、「狭心症 angina pectoris」やその他の独立した心臓の疾病として突然死が認識されるようになったのはそう遠い昔の話ではない。一七九三年に当代の外科医ジョン・ハンターが委員会の最中に激情を抑えられず激昂した直後、胸を押さえ倒れこみ、そのまま帰らぬ人となった。解剖の結果、狭心症による死と断定された。この頃から、様々な心臓病が独立した疾病として医学の場に登場する。一七六八年にウィリアム・ヘバーデンによって定位された狭心症はその最初のものである。

狭心症をはじめとする心臓病に特徴的なのは、感情に深く関わる病であることだ。感情の突然の激昂や発露、押さえられぬ情念や不安は狭心症の発作のきっかけとされた。日頃から怒りやすい気質のハンターが激昂のあまり心臓発作に見舞われたとしてもおかしくはない。さらにいえば、ハンターの突然死は狭心症の他の特徴も具現している。誰もが知るハードワーカーであること、中年の男性であることだ。働き盛りの中年男性が、日頃の過労がたたり、過度の感情の発露がきっかけとなって心臓発作を起こし突然死する、というテンプレートはこの頃から十九世紀を通じてできあがるが、ハンターはまさに、その典型的なモデルとなったのである。十九世紀は心臓病による死亡率も高まり、心臓病への関心が飛躍的に増加したといっていい。

さて、中年の男性が罹患しやすい心臓病だが、十九世紀の文学の世界では、どうやら女性の病としての面も見られるようだ。文人では、病弱の作家ハリエット・マーティノー、小説家のギャスケル夫人（五十五歳のとき心臓発作で死去）、詩人のエリザベス・B・ブラウニングなどが心臓病を患っている。いずれも感受性が強いがゆえに心臓病になりやすいという神話を利用して自己を心臓病の型にいれて自己認識（＝自己成型）している。例えばブラウニングは結核だったが、結核としての自己よりも心臓病を患う自己を優先している。もともと心臓はハート、つまり感情や情緒、感受性や感性を象徴するものとしてあったが、ヴィクトリア時代にその傾向が強まったようだ。

「一時間の物語」

ここに訳出したのはアメリカの小説家ケイト・ショパン（一八五〇―一九〇四）の掌小説である「一時間の物語」（一八九四）である。ショパンは主に女性の身体やセクシュアリティをオープンに描いた作家である。代表作として『目覚め』がある。「一時間の物語」は、感情の過度の衝撃がいかに身体に影響を及ぼすかの一典型だが、主人公のマラード夫人がどうしても心臓病によって突然死を迎えなければならない理由がある（おそらく十八世紀ならば、神経が繊細なため突然の訃報で失神や発作的な死を迎えるというパターンだろう）。注意したいのは、夫が鉄道事故に遭ったとされたこととそのニュースが電報によって伝えられたということだ。鉄道と電報、どちらも十九世紀の新しい近代テクノロジーである。二つとも、スピードと距離が大前提となっている。遠く離れた所を瞬時に（あるいは瞬時とも思える時間で）結ぶ高速テクノロジーだ。鉄道はその高速ゆえにいったん事故になったら突然の死を招きかねない。そう、この二つは「突然さ」という項目でつながっている。そもそも、電報という通信テクノロジーがなければ、この物語は成立しない。夫は事故に遭わずに生きていたのだから、手紙などで知らせが届く前に家に帰ってきているはずである。「一時間」という短い時間の中で急展開する仕掛けが成立しなければ、マラード夫人の心臓は無傷のままだったはずである。もうお分かりだろう。マラード夫人が死ぬのは、「突然さ」という隠れたテーマにふさわしい病、突然死の代名詞でもある心臓病でなければならないのだ。この物語が百年以上も前に書かれたのにもかかわらず、どこか現代的な匂いがするのは、この「突然さ」のテクノロジーとそれがもたらす突然の死とが身近なものになったからに他ならない。

9　皮膚病

病の中でも体の表面に可視的に表出する病ほどやっかいなものはない。それが命に関わる重大な病ではないにしてもだ。ハンセン病で見たように、外見を著しく損なう病はスティグマ化されやすい。自己と他者を差別化する指標に容易になりうるからだ。と同時に、人体の表面でもあり、外界との接触点、他者との関係性の窓でもある皮膚の病理は自己意識に深く関わるという点で、他者の病であると同時に自己の病でもある（太宰治の短編「皮膚と心」は皮膚病患者の心理をうまく描いていて、必読である）。

歴史的に見て皮膚病がやっかいなのは、それが皮膚を損なう他の疾患の症状として理解されるため、他の疾患と容易に区別がつかないという点だ。ハンセン病や梅毒（性病）、天然痘といった他の疾患と皮膚病の症状は絡み合っていて、皮膚病を独立した特定の疾患として命名するのはずっと困難であった。例えば、アップダイクの短編に登場する、そしてアップダイク自身が罹患した「乾癬《かんせん》 psoriasis」が臨床的に命名されたのは十九世紀初頭になってからに過ぎない。乾癬を疾患として命名したロバート・ウィランでさえ、ハンセン病との峻別には至らなかったのだが。

「ある「ハンセン病患者」の日記から」

ジョン・アップダイク（一九三二―二〇〇九）は二十世紀戦後アメリカを代表する作家である。主に中流階級の白人の日常生活の皮相な姿を描いた。アップダイクが生涯持病として抱えていたのが皮膚の慢性疾患である乾癬である。アップダイクによれば彼の母もその母親もこの病に悩まされており、曰く、母系遺伝なのだそうだ（ちなみに彼の第四子も乾癬を受け継いだ）。乾癬という持病は彼の人生の方向性を決定づけたといっていい。その経緯は、自伝的エッセイ、その名も『自意識 *Self-Consciousness: Memoirs*』の第二章「皮膚と戦って」の中で詳しく述べられている。

作家という職業を選んだのは、人前に姿を晒さなくて済むからに他ならず、結婚を急いだのも、乾癬の自分を好いてくれる女性は他に見つからないだろうからであり、子供を早く作ったのも美しい皮膚の子供たちに囲まれたかったからであり、ニューヨークを去ってマサチューセッツ州イプスウィッチに移り住んだのも、治療のために浜辺で日光浴をするからに他ならない。四十二歳になるまでカリブへ毎年のように行ったのも、日光浴治療という目的以外に、白人が少なく、そこでは好奇の目で見られることがないからだ。アップダイクが『自意識』の中でいうように、乾癬は絶え間ない自己点検を強いる。常に鏡を覗き込み、皮膚の状態を確かめる。どのように隠したらいいか戦略を常に練らなければならない。「乾癬はナルシシズムを強いる。とはいってもこのナルキッソスは自分が見ているものを愛してはいないのだが」。乾癬はまさにナルシシズム（自尊心）の病である。

　作者自身の乾癬体験が色濃く反映されている短編「ある「ハンセン病患者」の日記から」は、陶磁器作家の闘病体験が日記形式で綴られる佳作である。乾癬病患者を「ハンセン病患者」に喩えているのは問題なしとはいえない。本作品の訳では、ハンセン病を特別な意図で使用しているのを強調するため原文にはない鉤括弧で括った。十月三十一日のハロウィーンから始まる日記は画期的な治療法――PUVA（ソラーレン紫外線照射療法）――により主人公「私」の乾癬症が治癒する変容の過程が描かれている（皮膚が「きれい」になるのは十二月二十五日である）。と同時に、恋人カーロッタとの関係が変化し、天才的だった陶磁器作り（肌理《きめ》がなめらかな陶磁器）にも変化が生じる。ざらざらした鱗のような肌の劣等感がまっさらで滑らかな表面を求める原動力となって、秀でた陶磁器を生み出していたのに、健康体になった「私」には滑らかな表層品（皮膚の補遺、代替品）は必要なくなってしまう。

これらすべてに作者の経験が何らかの形で投影されている。作品の中で「私」はボストンのオーストラリア出身の医師の病院で「ライトボックス」に入り紫外線療法を受けるが、アップダイク本人もボストンで同じくオーストラリア人医師のもとでPUVAを受けている。一九七四年の秋に妻と別れた後、ひどい乾癬の発作に見舞われたからだ。この作品はその直後に書かれている（カーロッタの別れとパラレルである）。最も重要なのは、主人公もアップダイクも芸術に携わっており、しかも、「天才的」な才能を認められているという点だ。どちらも、乾癬からくる劣等意識を反転させ、完璧な美に対する欲求を芸術に投影し昇華させている。ペダンチックな語彙を多用するアップダイクの洗練された文体は時に皮相的だと批判されるが、乾癬によって鱗状になった皮膚がぼろぼろと剝がれるのを、稀代の創造力によって昇華させた結果なのかもしれない。『自意識』の中で語っているように、乾癬という病は「私であるために」支払わなければならない高い代償であり、「私の創造性、創作へのどうしようもない欲求」は「人をまごつかせるほどぽろぽろと溢れ出る皮膚のパロディ」に他ならない。作家の持病とその創造力との関係を探るための格好の作品といえるだろう。

カバーの図版についても簡単に触れておきたい。この絵はリチャード・T・クーパー「昏睡する裸の男」（一九一二）の部分である。医学史研究で有名なロンドンのウェルカム・トラストの創設者ヘンリー・S・ウェルカムの依頼で描かれた水彩画の中の一枚。外科手術のためクロロホルムで昏睡状態に陥った患者がデーモンに外科道具を使って攻撃されても目覚めない様子が描かれている。麻酔薬によって患者は苦痛を免れるようになったが、麻酔薬が導入された当時は不安もあった。無感覚の患者はなすすべもなく物のように扱われる危険がある。また、ひょっとしたら、ひた隠しにしていた患者の欲望や信念が寝言となって露呈してしまうこともあるかもしれないのだ。クーパーはこの他に、乳癌、梅毒、結核などを主題とした絵を残している。

本書の企画は平凡社編集部の竹内涼子さんとの話し合いから生まれた。竹内さんとは若い頃一緒に仕事をさせてもらったが、その後は年賀状のやり取りだけが続いていた。何か面白い企画をということで、いくつか病の文化・歴史関係の翻訳の話をもちこんだのだが、昨今の出版事情もあってなかなかいい返事はもらえなかった。すると、竹内さんの方からこういう企画はどうですかと提案され、なるほどそれは面白いと飛びついたのがこのアンソロジーの始まりだった。それから、各々の病の代表的な短編はないかとあちこち漁り回った。イギリス文学が専門なのでアメリカ文学における病の短編を見つけるのは一苦労したが、それでもその過程で大変有意義な発見をいくつかした。そうして九つの項目と十四の短編がそろった。翻訳はイギリス文学は私と同僚の大久保とで、アメリカ文学はアメリカ文学の若手研究者の三人（馬上、上田、土屋）で分担した。全体の訳の統一と調整は監訳者である石塚が行った。不備な点も多いと思うが、寛容なお許しを請いたい。こうして完成にこぎつけることができたのも、竹内さんの発想とご尽力の賜物である。

この場を借りて、深く感謝の意を表したい。なお、解説は、膨大な関連資料をもとにして書かれている。主要なものは参考文献にあげてあるので、「文学と病（医学）」に興味のある方は参照されたい。「文学と病（医学）」という研究分野は以前よりも開拓されたとはいえ、まだまだ伸び代は大きい。後に続く研究者が育つようにとの祈りと期待を込めてこの書を世に送りたい。

二〇一六年六月

主要参考文献

◆結核

スーザン・ソンタグ『隠喩としての病い』富山太佳夫訳、みすず書房、一九八二
福田眞人『結核という文化——病の比較文化史』中公新書、二〇〇一
Bynum, Helen. *Spitting Blood: The History of Tuberculosis*. Oxford University Press, 2012.
Byrne, Katherine. *Tuberculosis and the Victorian Literary Imagination*. Cambridge University Press, 2011.
Lawlor, Clark. *Consumption and Literature: The Making of the Romantic Disease*. Palgrave, 2006.
——and Akihito Suzuki. "The Disease of the Self: Representations of Consumption, 1700-1830." *Bulletin of the History of Medicine* 74 (2000): 258-94.
Ott, Katherine. *Fevered Lives: Tuberculosis in American Culture Since 1870*. Harvard University Press, 1996.

Rothman, Sheila M. *Living in the Shadow of Death: Tuberculosis and the Social Experience of Illness in American History*. Basic Books, 1994.

◆ハンセン病

トニー・グールド『世界のハンセン病現代史——私を閉じ込めないで』菅田絢子監訳、明石書店、二〇〇九

Ahuja, Neel. "The Contradictions of Colonial Dependency: Jack London, Leprosy, and Hawaiian Annexation." *Journal of Literary Disability* 1 (2007): 15–28.

Daws, Gavan. *Holy Man: Father Damien of Molokai*. University of Hawaii Press, 1973.

Edmond, Rod. *Leprosy and Empire: A Medical and Cultural History*. Cambridge University Press, 2006.

——*Representing the South Pacific: Colonial Discourse from Cook to Gauguin*. Cambridge University Press, 1997.

London, Jack. *The Cruise of the Snark*. Penguin, 2004.

◆梅毒

クロード・ケテル『梅毒の歴史』寺田光徳訳、藤原書店、一九九六

アラン・コルバン『時間・欲望・恐怖——歴史学と感覚の人類学』小倉孝誠・野村正人・小倉和子訳、藤原書店、一九九三

E・ショウォールター『性のアナーキー——世紀末のジェンダーと文化』富山太佳夫他訳、みすず書房、二〇〇〇

高野泰志『引き裂かれた身体——ゆらぎの中のヘミングウェイ文学』松籟社、二〇〇八

新関芳生「"One Reader Writes"を読む——ヴィクトリアニズム・植民地主義・医学」『英語青年』一九九九年八月号

Hutchinson, Jonathan. *A Clinical Memoir on Certain Diseases of the Eye and Ear, Consequent on Inherited Syphilis*. London, 1863.

—— *Syphilis*. London, 1877; 3rd ed. 1893.

Rodin, Alvin E. and Jack D. Key, eds. *Conan Doyle's Tales of Medical Humanism and Values*. Krieger Publishing Company, 1992.

Silverstein, Arthur M. and Christine Ruggere. "Dr. Arthur Conan Doyle and the Case of Congenital Syphilis." *Perspectives in Biology and Medicine* 49 (2006): 209–19.

◆神経衰弱・不眠・鬱

大社淑子『ドリス・レッシングを読む』水声社、二〇一一

北中淳子『うつの医療人類学』日本評論社、二〇一四

ジョナサン・クレーリー『24/7 眠らない社会』岡田温司監訳、NTT出版、二〇一五

新関芳生「ヘミングウェイ年譜――病気・怪我とテクスト」『ユリイカ』一九九八年八月号

『ヘミングウェイ大事典』今村楯夫・島村法夫監修、勉誠出版、二〇一二

Blackie, Michael. "Reading the Rest Cure." *Arizona Quarterly* 60 (2004): 57–85.

Campbell, Brad. "The Making of 'American': Race and Nation in Neurasthenic Discourse." *History of Psychiatry* 18 (2007): 157–78.

Clendening, Logan, ed. *Source Book of Medical History*. Dover, 1942.

Gijswijt-Hofstra, Marijke and Roy Porter, eds. *Cultures of Neurasthenia from Beard to the First World War*. Rodopi, 2001.

Golden, Catherine J. ed. *Charlotte Perkins Gilman's 'The Yellow Wall-Paper': A Sourcebook and Critical Edition*. Routledge, 2004.

Kerr, Lisa. "A Lost Decade: Exploring F. Scott Fitzgerald's Contribution to the Illness Canon through the Doctor-Nurse Series and Other Healthcare Stories of the 1930s." *Medical Humanities* 38 (2012): 83–87.

Lawlor, Clark. *From Melancholia to Prozac: A History of Depression.* Oxford University Press, 2012.

Mitchell, S. Weir. *Doctor and Patient*. Philadelphia, 3rd ed. 1888.

Poirier, Suzanne. "The Weir Mitchell Rest Cure: Doctor and Patients." *Women's Studies* 10 (1983): 15–40.

Radden, Jennifer, ed. *The Nature of Melancholy: From Aristotle to Kristeva.* Oxford University Press, 2000.

Schuster, David. "Personalizing Illness and Modernity: S. Weir Mitchell, Literary Women, and Neurasthenia, 1870–1914." *Bulletin of the History of Medicine* 79 (2005): 695–722.

Scrivner, Lee. *Becoming Insomniac: How Sleeplessness Alarmed Modernity*. Palgrave, 2014.

◆癌・心臓病・皮膚病

ピエール・ダルモン『癌の歴史』河原誠三郎・鈴木秀治・田川光照訳、新評論、一九九七

マリリン・ヤーロム『乳房論——乳房をめぐる欲望の社会史』平石律子訳、トレヴィル、一九九八

Alberti, Fay Bound. *Matters of the Heart: History, Medicine, and Emotion*. Oxford University Press, 2010.

Baker, Barbara S. *From Arsenic to Biologicals: A 200 Year History of Psoriasis*. Garner Press, 2008.

Bowers, Bege K. "Samuel Warren." *Dictionary of Literary Biography*. Vol. 190, Gale Research, 1998.

Foote, Jeremy. "Speed That Kills: The Role of Technology in Kate Chopin's 'The Story of an Hour'." *Explicator* 71 (2013): 85–89.

Kaartinen, Marjo. *Breast Cancer in the Eighteenth Century*. Pickering and Chatto, 2013.

Kennedy, Meegan. "The Ghost in the Clinic: Gothic Medicine and Curious Fiction in Samuel Warren's *Diary of a Late Physician*." *Victorian Literature and Culture* 32 (2004): 327–51.

Prosser, Jay. "The Thick-Skinned Art of John Updike: 'From the Journal of a Leper'." *Yearbook of English*

Studies 31 (2001): 182-91.
Updike, John. *Self-Consciousness: Memoirs*. Random House, 1989.

◆その他

『アメリカ文学入門』諏訪部浩一責任編集、三修社、二〇一三
『イギリス文学入門』石塚久郎責任編集、三修社、二〇一四
『身体医文化論』1—4、石塚久郎・鈴木晃仁他編著、慶應義塾大学出版会、二〇〇二—〇五

「脈を拝見」

Henry, O. “Let me Feel Your Pulse.” *Adventure in Neurasthenia*. 1910.

参照：Henry, O. “Let Me Feel Your Pulse.” *O. Henry 100 Selected Stories*. Hertfordshire: Wordsworth Classics, 1995. pp. 477-486.

「清潔な、明かりのちょうどいい場所」

Hemingway, Ernest. “A Clean, Well-Lighted Place.” *Scribner's Magazine*. March, 1933.

参照：Hemingway, Ernest. *The Complete Short Stories of Ernest Hemingway: The Finca Vigía Edition*. New York: Charles Scribner's Sons, 1987. pp. 288-291.

「眠っては覚め」

Fitzgerald, F. Scott. “Sleeping and Waking.” *Esquire*. December, 1934.

参照：Fitzgerald, F. Scott. *My Lost City: Personal Essays, 1920–1940*. Cambridge: Cambridge University Press, 2005. pp. 163-167

「十九号室へ」

Lessing, Doris. “To Room Nineteen.” *A Man and Two Women*. New York: Simon and Schuter, 1963.

参照：Lessing, Doris. “To Room Nineteen.” *To Room Nineteen: Collected Stories.* Vol. 1. London: Flamingo, 2002. pp. 352-386.

「癌　ある内科医の日記から」

Warren, Samuel. “Cancer.” *Blackwood's Magazine*. September, 1830.

参照：Warren, Samuel. *Passages from the Diary of a Late Physician,* 5th ed. London, 1838. pp. 42-49.

「一時間の物語」

Chopin, Kate. “The Dream of an Hour.” *Vogue*. December 6, 1894.

参照：Chopin, Kate. “The Story of an Hour.” *The Complete Works of Kate Chopin*. Baton Rouge: Louisiana State University Press, 1969. pp. 352-354.

「ある「ハンセン病患者」の日記から」

Updike, John. “From the Journal of a Leper.” *New Yorker.* July 19, 1976.

参照：Updike, John. “From the Journal of a Leper.” *John Updike: Collected Later Stories*. New York: Library of America, 2013. pp. 17-28.

出典一覧

「村の誇り」

Irving, Washington. "The Pride of the Village." March 15, 1820. *The Sketch-Book of Geoffrey Crayon, Gent.* New York: C. S. Van Winkle, 1819-1820.

参照：Irving, Washington. "The Pride of the Village." *The Sketch-Book of Geoffrey Crayon, Gent.* Oxford: Oxford University Press, 1996. pp. 275-282.

「サナトリウム」

Maugham, W. Somerset. "Sanatorium." *Creatures of Circumstance*. London: Heinemann, 1947.

参照：Maugham, W. Somerset. "Sanatorium." *Collected Short Stories.* Vol. 3. London: Vintage, 2002. pp. 252-280.

「コナの保安官」

London, Jack. "The Sheriff of Kona." *American Magazine*. August, 1909.

参照：London, Jack. "The Sheriff of Kona." Jack London, *Tales of the Pacific.* London: Penguin,1989. pp. 121-134.

「ハーフ・ホワイト」

Stevenson, Fanny Van de Grift. "The Half-White." *Scribner's Magazine*. March, 1891. pp. 282-288.

「第三世代」

Doyle, Arthur Conan. "The Third Generation." *Round the Red Lamp.* London: Methuen & Co., 1894.

参照：Doyle, Arthur Conan. "The Third Generation." *Conan Doyle's Tales of Medical Humanism and Values.* Malabar: Krieger Publishing Company, 1992. pp. 67-77.

「ある新聞読者の手紙」

Hemingway, Ernest. "One Reader Writes." *Winner Take Nothing*. New York: Scribner's, 1933.

参照：Hemingway, Ernest. *The Complete Short Stories of Ernest Hemingway: The Finca Vigía Edition*. New York: Charles Scribner's Sons, 1987. pp. 320-321.

「黄色い壁紙」

Stetson, Charlotte Perkins. "The Yellow Wall-paper." *New England Magazine*. January, 1892.

参照：Gilman, Charlotte Perkins. "The Yellow Wall-paper." *Charlotte Perkins Gilman's "The Yellow Wall-paper" and the History of Its Publication and Reception: A Critical Edition and Documentary Casebook.* University Park: Pennsylvania State University Press, 1998. pp. 29-42.

Doris Lessing
ドリス・レッシング（1919-2013）
ペルシア（現イラン）生まれのイギリスの作家。５歳から30歳まで南ローデシアに住む。植民地の問題をはじめとする政治・社会的テーマの作品を多くものす。2007年にノーベル文学賞を受賞。代表作に『黄金のノート』。

Samuel Warren
サミュエル・ウォレン（1807-1877）
ウェールズ生まれのイギリスの作家。10代の頃、医者の修業をするが、その後大学では法律を学ぶ。医学と法律の二つの専門分野をそれぞれ小説に活かした。今では忘れ去られた作家だが、当時はディケンズに匹敵するほどの人気と称された。

Kate Chopin
ケイト・ショパン（1850-1904）
アメリカの作家。ルイジアナ州を中心とした地方色作家として絶賛されたが、彼女の代表作となる『目覚め』は当時の価値観に反する女性の性を描いたとして発禁となり、創作の場を失う。再評価されるのは1970年代以降である。

John Updike
ジョン・アップダイク（1932-2009）
アメリカの作家。アメリカ白人中流社会の風俗と日常を洗練された文体で描く20世紀後半を代表する作家の一人。出世作となる『走れ、ウサギ』を含む「ウサギ4部作」が代表的作品。

[監訳者]

石塚久郎（いしづか ひさお）
1964年生まれ。英国エセックス大学大学院博士課程（Ph. D.）。専修大学文学部教授。著書に、『イギリス文学入門』（責任編集、三修社）、『身体医文化論』1、4巻（共編、慶應義塾大学出版会）、*Neurology and Modernity*（共著、Palgrave）、訳書にレントリッキア他編『現代批評理論――22の基本概念』（共訳、平凡社）。

[訳者]

大久保譲（おおくぼ ゆずる）
専修大学文学部教授。東京大学大学院博士課程中退。訳書にディレイニー『ダールグレン』（国書刊行会）、ウォー『卑しい肉体』（新人物往来社）、共訳書に『ポケットマスターピース08　スティーヴンソン』（集英社）。

上田麻由子（うえだ まゆこ）
上智大学非常勤講師。上智大学大学院博士後期課程単位取得退学。アメリカ文学専攻。共著に『増補改訂版 現代作家ガイド 1 ポール・オースター』（彩流社）、訳書にシリ・ハストヴェット『震えのある女――私の神経の物語』（白水社）など。

土屋陽子（つちや ようこ）
弘前大学教育学部専任講師。名古屋大学大学院博士課程単位取得満期退学、博士（文学）。アメリカ文学専攻。

馬上紗矢香（もうえ さやか）
上智大学他非常勤講師。ボストン大学大学院修了、修士（アメリカン・スタディーズ）。上智大学大学院博士後期課程単位取得退学。アメリカ文学専攻。共著に『アメリカン・ロマンスの系譜形成――ホーソーンからオジックまで』（金星堂）。

[著者]

Washington Irving

ワシントン・アーヴィング（1783-1859）
アメリカの作家。結核の療養で2年間ヨーロッパを訪問。その後イギリス旅行記という体裁で書かれた代表作『スケッチ・ブック』が英米両国で人気を博す。有名な「リップ・ヴァン・ウィンクル」はこの中の一編。

W. Somerset Maugham

W. サマセット・モーム （1874-1965）
イギリスの小説家・劇作家。ロンドンの聖トマス病院付属医学校で医学を学び医師免許も取得するが、処女作『ランベスのイライザ』の成功で作家として身を立てる。代表作に自伝的小説『人間の絆』と『月と6ペンス』がある。

Jack London

ジャック・ロンドン（1876-1916）
アメリカの作家。自然主義の代表的作家の一人。ダーウィンの進化論やマルクスの社会主義思想など一見矛盾した思想が作品に反映されている。代表作に『野性の呼び声』『白い牙』などがある。

Fanny Van de Grift Stevenson

ファニー・ヴァン・デ・グリフト・スティーヴンソン（1840-1914）
アメリカ生まれの作家。17歳の時に最初の結婚をするも、夫の不実に悩まされヨーロッパで美術を学ぶためアメリカを出る。フランスでロバート・ルイス・スティーヴンソンと出会い、後に結婚する。短編小説をいくつか残している。

Arthur Conan Doyle

アーサー・コナン・ドイル（1859-1930）
エディンバラ生まれのイギリスの作家。シャーロック・ホームズの生みの親として有名。エディンバラ大学で医学を学び、一時開業医となるも、その後作家業に専念、『緋色の研究』をはじめとする数々の傑作を生み出す。

Ernest Hemingway

アーネスト・ヘミングウェイ（1899-1961）
アメリカの作家。「失われた世代」の一人。マッチョなイメージが強いが、度重なる怪我と数々の疾病に見舞われた人生だった。最後は精神を病み猟銃自殺で生涯を閉じる。代表作に『老人と海』。

Charlotte Perkins Gilman

シャーロット・パーキンス・ギルマン（1860-1935）
アメリカの作家。長女の出産を機に神経症を発症し、ウィア・ミッチェル博士の「安静療法」を受けるも病状は悪化。その経験が代表作となる短編「黄色い壁紙」を生み出す。同作は20世紀後半に優れたフェミニズム文学として再評価され今に至る。

O. Henry

O. ヘンリー（1862-1910）
アメリカの短編小説家。本名、ウィリアム・シドニー・ポーター。医者の家に生まれ自身も薬局で働く経験を持つ。ユーモアとペーソスに富んだ300編にも及ぶ短編を残した。代表作に「最後の一葉」「賢者の贈り物」など。

F. Scott Fitzgerald

F. スコット・フィッツジェラルド（1896-1940）
アメリカの作家。華やかなる1920年代「ジャズ・エイジ」の旗手となり、代表作『グレート・ギャツビー』を執筆する。30年代は妻ゼルダの精神疾患や自身のアルコール依存など、不遇の人生を送る。

平凡社ライブラリー 846

病《やまい》短編《たんぺん》小説集《しようせつしゆう》

発行日…………2016年9月9日　初版第1刷
2018年12月7日　初版第3刷

著者……………E. ヘミングウェイ、W. S. モームほか

監訳者…………石塚久郎

発行者…………下中美都

発行所…………株式会社平凡社
〒101-0051　東京都千代田区神田神保町3-29
電話　東京(03)3230-6579［編集］
東京(03)3230-6573［営業］
振替　00180-0-29639

印刷・製本……株式会社東京印書館

DTP…………平凡社制作

装幀……………中垣信夫

ISBN978-4-582-76846-6
NDC分類番号938　B6変型判(16.0cm)　総ページ352

平凡社ホームページ http://www.heibonsha.co.jp/

落丁・乱丁本のお取り替えは小社読者サービス係まで
直接お送りください（送料、小社負担）。